刘伯温演义

马光复　赵　涛　主编
杨世铎　著

中国古代军师演义丛书

国际文化出版公司
· 北京 ·

图书在版编目（CIP）数据

刘伯温演义 / 杨世铎著 . -- 北京 : 国际文化出版公司 , 2023.6

（中国古代军师演义丛书 / 马光复 , 赵涛主编）

ISBN 978-7-5125-1373-0

Ⅰ . ①刘… Ⅱ . ①杨… Ⅲ . ①章回小说—中国—当代 Ⅳ . ① I247.4

中国版本图书馆 CIP 数据核字 (2022) 第 013941 号

中国古代军师演义丛书 · 刘伯温演义

主　　编	马光复　赵　涛	
作　　者	杨世铎	
选题策划	兴盛乐	
责任编辑	侯娟雅	
出版发行	国际文化出版公司	
经　　销	全国新华书店	
印　　刷	保定市西城胶印有限公司	
开　　本	880 毫米 ×1230 毫米	32 开
	10.5 印张	236 千字
版　　次	2023 年 6 月第 1 版	
	2023 年 6 月第 1 次印刷	
书　　号	ISBN 978-7-5125-1373-0	
定　　价	69.80 元	

国际文化出版公司

北京朝阳区东土城路乙 9 号　　邮编：100013

总编室：（010）64270995　　传真：（010）64270995

销售热线：（010）64271187

传真：（010）64271187-800

E-mail：icpc@95777.sina.net

序 言

Preface

中国是有着五千年悠久历史的文明古国，中华传统文化博大精深，军事文化是其中很重要的组成部分。在我国古代军事文化中，军师的产生与存在也是一个十分特殊而耀眼的现象。

中国古代军事文化源远流长，异彩绚烂，在世界文化发展史上具有突出地位。它是中国古代无数次王朝战争和大规模农民起义战争的经验总结。它的丰富内容，是前人留下的宝贵军事经验，是中华民族灿烂文化遗产的一个重要部分，是用流血换来的推动历史发展的理论财富，也是人类智慧的结晶。随着历史的发展和社会的前进，历代的军事家、战略家和不断涌现的军事论著中对于战争与军事问题的理性认识，也在不断地深入和提高，中国近代直至现代的军事思想，都从中批判地继承和吸取了许多有价值的内容。

在我国古代大大小小的战争中，军事家与战略家不断总结经验，逐渐形成了独特的“以仁为本”的战争观，它主要包括两层含义：

第一，战争的核心支柱是“以仁为本”，即所谓的“仁义之师”。《司马法·仁本第一》中即开宗明义：“古者，以仁为本，以义治之之谓正。正不获意则权。”仁者使人亲和，义者使人心悦。仁和义，才是军队战斗力的核心凝聚力，才是赢得战争胜利的最根本的基础。

第二，战争首要准则是“师出有名”。古籍《礼记·檀弓下》中就明确主张“师必有名”，认为“师出无名”必将遭到众人的非议和反对，终成败局。

这些战争的基本原则，即使历史发展到今天，仍然是颠扑不破的真理。

中国传统军事文化包含着丰富的军事理论和深邃的军事思想，以及战争智慧、军事谋略、战略和战役的策划、战争指挥与战争部署等内容。在中国历史上曾发生无数大大小小的战争，在轰轰烈烈的战争历史进程中，时时刻刻都有军师（军事家、战略家）的身影，以及军师的劳苦、军师的智慧、军师的心血。

我国古代杰出军师，通过战争的实践，以及长期对战争的研究，总结出许多可贵的军事思想，值得我们学习与借鉴。比如：

一、重战思维。战争是国家头等大事。《孙子兵法》中就明确指出：“兵者，国之大事，死生之地，存亡之道，不可不察也。”它认为战争是关系到国家生死存亡的头等大事，绝对不能大意，不能不认真研究和对待。

二、慎战思维。慎重对待战争，要仔细分析前因后果，以及各种形势与条件，不可以轻易言战。《孙子兵法》中这样写道：“亡国不可以复存，死者不可以复生。故明君慎之，良将警之。”

三、备战思维。指的是战争要有准备，要未雨绸缪，不打无准备之战。必须重视备战，思想上时刻不要忘记战备，要做到“用兵之法，无恃其不来，恃吾有以待也；无恃其不攻，恃

吾有所不可攻也。”（《孙子兵法》）

四、善战思维。就是要会用兵打仗。第一，注重以“道”为首要因素的多因素制胜论。“道”就是政治，是“令民与上同意也。故可以与之死，可以与之生，而不畏危也”。第二，庙算制胜论。庙算，是古代开战前在庙堂举行军事会议，商讨与谋划战争的一种方式。《孙子兵法》主张战前庙算，要对战争全局进行计划和筹划，制订出可行的战略方针。第三，“诡道”制胜论。《孙子兵法》里讲道：“兵者，诡道也。”因此，他提出“能而示之不能，用而示之不用，近而示之远，远而示之近。利而诱之，乱而取之，实而备之，强而避之，怒而挠之，卑而骄之，佚而劳之，亲而离之”的诡道之法，进而达到“攻其不备，出其不意”的目的。第四，“知彼知己”制胜论。《孙子兵法》中写道：“知彼知己，百战不殆；不知彼而知己，一胜一负；不知彼不知己，每战必殆。”

在用人方面，古代军师也有自己的精心总结。战争中怎样使用军事将领，几乎同样决定着战争的胜负。用将之道的原则是选贤任能，这不仅是古代军师的用将之道，也是社会的用人之方：

一、重将思维。即十分重视军队的将领工作，了解和统筹部属。《投笔肤谈·军势第七》指出：“三军之势，莫重于将。”并且认为：“大将，心也。士卒，四肢百骸也。”也就是我们现代所说的“千军易得，一将难求”。

二、选将思维。即注意考察、选拔将领工作。在古代，选将标准有五个。《孙子兵法》中就明确提出“将者，智、信、仁、勇、严也”。这五项标准即使在今天仍有极大的实用价值。

三、用将思维。即选人之后，还要用好人。古人认为，将帅使用的基本原则，就是第一信任和第二放手。要做到“用人不疑，疑人不用”。

古代军师是我国历史上一颗颗璀璨的明珠，他们的爱国主义思想、杰出的军事谋略与高超的指挥能力和军事智慧，是我们需要认真继承和弘扬的中华优秀传统文化遗产，广大读者也能够从中了解和学习我国古代军师那种兢兢业业、追求理想、大智大勇的精神，以及一丝不苟、认认真真学习和工作的高贵品德。

基于以上的认识，我们在20世纪90年代初策划了这套《中国古代军师演义》丛书，从中国古代众多军师人物中撷取十位。因为中国古代军师名录众多，撷取哪些人进入十大军师之中，曾有过不同看法。为了选题的严谨性，我们征求了著名历史文化学者、中国古典文学专家余冠英①先生的意见。

根据余先生的建议，本套丛书精选了十位具有重要历史地位的军师，用演义的文学样式，全面、生动、活泼、形象地书写他们辉煌的一生，书写他们的历史贡献以及丰功伟绩。作家们力求全书人物形象突出，故事性强，具有较强的可读性，能达到思想性与艺术性相结合的高度。

《中国古代军师演义》系列丛书一经上市，就受到广大读者的热烈欢迎。我们也深感欣慰。经历二十余年的沉淀，这套

① 余冠英（1906 — 1995），江苏扬州人。毕业于清华大学，曾在清华大学、西南联大任教。1952年担任中国科学院文学研究所研究员，后又担任文学研究所主任，国家学术委员会主任。曾主编《中国文学史》《唐诗选》等。

书也经受住时间的考验，在中国文化更有影响力的今天，为了更好地适应时代的变化，讲好中国故事，也为中华优秀传统文化的传播贡献一份力量，我们特组织了优秀的编辑老师对《中国古代军师演义》系列丛书进行重新修订、审校、设计，并对封面人物画像、内文插画进行了艺术创作，希望这套全新的丛书能再次给读者朋友带来更好的阅读体验。

阅读军师演义，不仅可以让我们形象地了解、认识、学习中国古代的军事与军师的高超智慧、战略思维、人格品德，帮助我们做好今天的工作，而且可以让我们享受阅读演义过程中的愉悦和快乐。

十卷军师演义的内容十分宽泛，历史材料的收集也繁简不一；书写工程宏大，还要做好取其精华去其糟粕。在塑造典型人物和描绘战事的时候，还要尽量坚持“大事不虚，小事不拘”的原则。因此，书中可能会有些许疏漏与不足，敬请学者专家和读者不吝赐教、指正。

马光复

（编审、国务院有突出贡献专家、中国作家协会会员、北京作家协会儿童文学创作委员会副主任）

2022年4月

目录

Contents

第一回　名将后裔聪敏勤学　熟读《春秋》阐释经义

刘基（1311—1375），字伯温，元末明初浙江青田（今浙江文成）人。元末进士。曾任江西高安县丞及浙江儒学副提举、行省都事等职。元至正二十年（1360）三月，前往应天（今江苏南京），投奔朱元璋，为朱元璋出谋划策，受到器重。明初任御史中丞兼太史令，后授弘文馆学士，封诚意伯。他是明代著名政治家、谋略家。他聪明过人，多谋善断，嫉恶如仇，性情耿直，深得当世和后人敬仰。至今，人们一提到刘伯温，就会想起，他和张子房（张良）、诸葛亮、魏徵等是一样了不起的人物。

刘伯温是怎样的家世、出身呢？这不能不引出一段故事来。

北宋徽宗年间，大名府内黄县[①]，年轻的武举岳飞、汤怀、张显、王贵等人，结伴到相州（今河南安阳市）参加院考。内黄县令李春爱惜英才，将自己的女儿许配给了岳飞。岳

---

① 大名府内黄县：大名府位于今河北大名县东南部，内黄县位于今河南省北部，隶属河南安阳市。（本书正文部分脚注无特别标注均为编者注。）

飞赴考前夕，到岳父面前辞行。李春特地修书一封，拜托自己的同年汤阴县令徐仁对岳飞一行多加关照。岳飞新结拜的兄弟牛皋，未曾赶上县考，也要同去应试，李春特别拜托徐仁在都院面前多说些荐举的话。

岳飞等五人骑马来到汤阴，求见县令。徐仁从岳飞手中接过李春的书信看了，又打量岳飞等五位好汉，见个个魁梧伟岸、气宇轩昂，心中好生喜欢，便让他们先找客店住下，次日赴辕门候考。

过了一夜，岳飞等五人骑马到了辕门，来见中军。岳飞说："学生岳飞等五人，求都院大老爷检阅弓马，相烦中军老爷引见。"

那中军洪先听了，回过头斜睨了他们一眼，问身边的衙役说："他们可有常例送上吗？"

"不曾送来。"

洪先两眼往上一翻，冷冷地说："今天大老爷不考弓马。过三日，你们再来吧。"

岳飞只得应着，转身与众兄弟上马回寓。他们正走在路上，徐县令乘轿前来，见了他们五人，忙吩咐住轿。岳飞等翻身下马，侍立路旁。徐县令说："我正要去见洪中军，托他周全你们的考事，怎么你们这么早就回来了？"

岳飞说："那中军因我们没送常例，叫我们过了三日再去。"

徐仁生气地说："他这是胡说！难道给他这中军送礼才能考，不送礼就不能考了？你们随我来。"

徐县令命轿夫起轿，岳飞等五人重新上马，随徐县令进了辕门。徐仁径直走到大堂，拜见刘都院，说："禀上大人，今有大名府内黄县武生五名，请大人考试弓马。”

刘都院吩咐左右，将岳飞等传进，见五人相貌个个威武雄壮，不由面露喜色。这时，中军洪先走上厅来，来个恶人先告状：“这五人弓马甚是平常，中军已经见过，叫他们回去练习，下科再来。不知怎么，他们又来扰乱大老爷！”

徐仁气愤地揭穿说：“这中军因考生不曾送常例给他，所以如此诳禀。这些武生三年才有一次机会，还望大人成全！”

洪先心里不服，当面撒谎说：“我早上明明见过他们武艺低下，大人若不信，可让他们同我比一比。”

岳飞说：“若大老爷下令，我愿和他比试。”

刘都院稍一沉吟，说：“也罢，你二人就比试武艺给本都院看看。”

二人领命，就在甬道上各自占了一个位置。洪先取过一柄三股托天叉，使了个“饿虎擒羊”式。岳飞也取过沥泉枪，使个“丹凤朝阳”式。洪先傲慢恃强，居心不良，恨不得将岳飞一叉刺死。他举起叉，望着岳飞劈头便刺。岳飞把头一偏，让过叉，心里想：“我和他并无仇恨，何苦害他性命。”这洪先却不通人情，又一叉向岳飞刺来。岳飞把头一低，摇枪而走。洪先以为他败了，抢上一步，照岳飞后背就是一叉。岳飞倏忽转身，用枪一隔，“当啷”一声把洪先的叉掀过一边，趁势掉转枪杆，在洪先背上轻轻一捺，那洪先吃不住劲，“扑”的一声跌倒在地。

厅上观看的人们，禁不住为岳飞喝彩：“好武艺！”

刘都院看得明白，不由大怒，叫过洪先喝道：“似你这等本事、这等德行，也配做中军官吗？”说罢，便叫左右把他赶了出去。

刘都院命徐仁带了岳飞等五位武生，同到箭厅比箭。

先让汤怀等四人射过，成绩皆优；又考岳飞的箭，比前四人更好。刘都院问岳飞：“你是祖居内黄县吗？”

“晚生原是这汤阴县岳家庄人氏，生下三月后就遭遇洪水，家产淹没，母亲抱着晚生在花缸内，随水漂流到大名府内黄县，蒙恩公王明员外搭救，收养我长大，所以住在内黄县。后来，又得先义父周侗先生教我众兄弟武艺。如今，只求大老爷赏一批册，好进京赶考。倘能取得功名，日后也好重返故里。”

“噢，原来如此！本都院即刻差人送信去京，你等可回去好好准备。”

刘都院又对徐仁说：“贵县可回去查一查岳家旧时产业，待本院发银，为他重盖房屋，叫他仍归故里吧。”

岳飞等一起叩头谢恩。

过了不久，岳飞和母亲，连同王贵、汤和、张显、牛皋等人的家长，经过商量，为了孩子们在一起习文练武、成就事业，都随岳飞迁到汤阴县岳家庄来。内黄县县令李春，也把女儿送来，同岳飞成亲。

岳飞等将家眷安置以后，整天习弓练箭，准备到东京（今河南开封）赴考。

他们先到汤阴县拜谢徐县令，接着又到节度衙门，向节度使刘公谢恩。刘都院悄悄对岳飞说：“前些天，我已修书寄给东京留守宗泽大元帅，请他照应你们考试。我怕他公务繁忙，丢在一旁。如今再写一封书信给你带去，亲自送上。”说完，刘都院当场写了信，又命侍从取过白银五十两，一同交给岳飞，说：“这些银两权作路费吧。”

岳飞等再三拜谢，收了书信和银两，往东京进发。

这次进京，是著名爱国英雄岳飞一生的转折点。而支持他走上征途的刘都院不是别人，正是北宋将领宣抚都统、少保刘延庆之子刘光世。刘延庆原居住在陕西延安，后来官至镇海军节度使，宋钦宗靖康二年（1127）防守京城，被入侵的金人杀害。刘光世随高宗南渡，官至开府仪同三司、录尚书事。全家迁到临安（今杭州）。

刘光世的儿子尧仁由临安迁居浙江丽水县竹州。尧仁的儿子刘集，鉴于南宋末年蒙古兵南侵，战乱频仍，又从丽水迁移到青田县武阳山南麓的武阳村。

在青田县以南百余里的地方，有一座南田山，是道家七十二福地之一，称为南田福地。山上云雾缭绕，苍松翠柏终年长青，再加绿树红花掩映着绿绒似的稻田，确是美丽而神奇的所在。据说，刘集迁来武阳村之前，为了寻找一个既安全又幽静的住所，费了很多时日。正是“日有所思，夜有所梦”，有一天夜里，他梦见一田清水，水中有一只羊，他不由得跑到田中，双手抓住羊角跳起舞来。可是越举越重，终于醒来。第二天，他到山神庙，求庙祝圆梦，庙祝得知他做梦的由来，便说道：“一田清水，当指青田县；抓住羊角跳舞，也就是舞羊了。你可到青田县查访一番，如有舞羊的地方，也就是你要寻找的安居福地了。”

刘集来到青田县城，没打听到“舞羊”这个地方。他离开县城来到南田山，沿着清明的小溪，走到一处群山环抱、山水秀丽的地方，一打听，此处竟真有个村子叫武阳村。刘集想，“舞羊”与“武阳”谐音，大概就是这里吧。这武阳村太美了，不是世外桃源也属人间仙境。他决定全家迁居到这里。

刘集生子刘濠，曾为南宋翰林掌书。濠生子庭槐，长大时已是元朝，曾做过太学上舍。庭槐子名“爚”字“如晦”，曾任遂昌县教谕（相当于今天的县教育局局长），家中藏书甚丰，娶妻富氏。富氏也出身于书香门第，比刘爚小十几岁。

元武宗至大四年（1311）六月十五日，富氏夫人为刘家生了一个男孩儿。这孩子生来眉目清秀，声音洪亮。刘爚高兴，望子成龙，为新生儿取名叫“基”，意思是这孩子生来就有根基，以后能够成长为为国家创立基业的人。

后来，这孩子果然有出息，成了大明开国元勋。这就是大名鼎鼎的刘伯温。刘基字伯温，是民间传说中与诸葛亮并提，比诸葛亮晚生了1130年的著名军师。

刘基有个哥哥叫刘舒，字伯洋，没读多少书，就离家到南田谋生去了。不久，刘基又有了一个弟弟叫刘升，字伯演，与刘基一起结伴读书。刘基聪敏过人，又很勤勉，人们都说他一目十行、过目不忘。

这一天，刘爚家来了许多文人学士，都夸奖刘基聪慧多才。有位先生想试试刘基，出对说：“文安邦。”

刘爚说：“基儿，你来对。”

小刘基眼珠一转：“武定国。”

刘爚又出一对：“成家立业。”

小刘基马上对：“开天辟地。”

“好！真不愧是诗书传家！”朋友们对着刘爚夸赞不止。

岂不知，一个人的禀赋固然重要，但博览强记更是使人变得聪明的要诀。有一次，母亲让小刘基提着礼物到外祖母家拜年，他竟把自己读的书放在篮子里，却忘了放入腊肉。

武阳村绮丽的山光水色，瀑布喷泉，苍松绿竹，野花野草，陶冶了刘基的胸怀，促进了他才智的增长。

刘基出生时，曾祖父刘濠已经去世两年，但在刘基懂事的时候，曾祖父刘濠和父亲刘爚乐善好施、救人危难的故事，还在乡间盛传。

元世祖忽必烈至元年间，把中国人分为四等：第一等蒙古人；第二等色目人，包括西夏人、回回人、西域人以及一部分留居中国的欧洲人；第三等汉人，包括契丹人、女真人、高丽人以及原金朝统治下的汉人；第四等南人，指南宋统治下的汉人和西南各民族人民。元朝统治者把色目人列为第二等，是为了提高回回上层分子的地位，拉拢他们作为蒙古贵族的帮手；把全国的汉人分为汉人和南人，则是为了分化离间，削弱南北人民的团结与反抗。

元初，有些农民再度沦为农奴或奴隶。那些被称为“驱口”或“驱丁”的奴隶们，是主人家的私产，主人可以任意买卖。按照元朝的法律，主人杀死无罪的“驱口”只杖八十七，而良人打死“驱口”则杖一百七十，这和私宰牛马的刑罚差不多。蒙古人打汉人，汉人不得还手；蒙古人打死汉人，只是流放到北边充军。

那时的土地集中现象非常突出。如杭州的寺院占有佃户五十万家，北方的蒙古贵族，占地四顷以上者极为普通，田亩连阡陌，家财累巨万。元朝灭宋时，许多汉族官僚地主也趁机侵占农民土地，驱役佃户，为所欲为。就在刘基出生以后的武宗时，有一个蒙古大臣竟占田千余顷，每年收租五十万担，平均每亩收五担。这样苛重的剥削，逼得农民走投无路。

一般民户的赋税杂差也很沉重。如在括马[①]时，蒙古人不取，色目人取三分之一，汉人、南人全取。元朝政府还严禁汉人、南人打猎、演武、集会，甚至还禁止夜间点灯。尽管元朝统治机构中也有汉人，那不过是利用汉族文人熟悉统治人民的一些经验，而实权仍掌握在蒙古贵族手中。他们比较信任回回人，常派回回人经商、理财。蒙汉统治者之间的矛盾始终存在，但在阶级利益上又是一致的。

民族矛盾和阶级矛盾交织在一起，日益发展。处于最低层的汉人和南人，往往以秘密组织的形式进行反抗。有一年，在距武阳村二百多里的四溪村，有个叫林融的人，扯起恢复南宋的大旗，聚众造反。

元政府立刻派兵镇压，把林融和他的同党全部杀死。这还不算，朝廷又派一名钦差来到青田县，到处清查林融余党，以图斩草除根。而当地的一些豪绅恶霸，趁机诬陷那些对自己不满的百姓。因此，这钦差老爷的黑名单上，竟录下了上万人的名字。他准备回京上报朝廷，尽杀“余党”。

钦差老爷带着土豪劣绅的贿金和黑名单匆匆赶路，刚到武阳村就已天黑，不多时浓云密布，满天飘雪，雪花落地很快又化成了水。山路泥泞、溜滑，钦差一行人困马乏，就在路边找了一户人家住了下来。

钦差大老爷自以为立了大功，志得意满，威风凛凛，吩咐随从到村里去要吃要喝，嘴里还不住地叫嚷着：“要不是这成千上万的逆党造反，怎能害得我大老爷在这大雪天里钻山沟！非要把他们杀光不可！”

---

① 括马：征集民马。

这家房主人早就听说朝廷派人到青田县来搜查林融余党，听了钦差老爷的话十分害怕，他不便多说，只是奉承道：“大老爷一路辛苦，小人去给大老爷打些酒来暖暖身子。”

他提了酒壶，走出门，悄悄来到刘濠家里。

刘濠听了这位村民的讲述，心中震惊。他想，林融一伙是被逼无奈，已经死得够冤够惨了，如今官府再妄杀成千上万的“余党”，还不知又要冤枉多少好人、使多少人家破人亡！这些上了名册的人被杀，他们的家属又会怎么样呢？刘濠同报信的村民商量救人的办法，左想右想，苦无良策。当时，刘基的父亲刘爚年方十岁，在旁听得清楚，心里早有了主张，走过去拉住祖父的手，附在他耳旁说：“爷爷，不如这样……”

刘濠听了孙子的话，笑逐颜开，对那位报信的村民说：“你也不用去打酒了，就在我家招待钦差老爷吧！”

刘濠立刻安排酒宴，杀鸡烧肉，尽量准备了一桌丰盛酒席，亲自把钦差请到家里来。钦差大人听那位村民介绍，刘濠是将门之后，青田望族。他一进门，就看见熠熠闪耀的灯烛下热气腾腾，又闻到酒菜飘香，身上顿时暖和起来。刘濠捧出家藏陈年佳酿，殷勤劝饮，为钦差洗尘。那钦差也就乐得享受，一盅一盅灌个没完。不一会儿，他就见灯光摇曳，五光十色，自己的身子摇摇晃晃，如腾云驾雾，嘴里也越说越得意。他拍着刘濠的肩膀说：“你知道吗。这、这四溪有多少逆党？真是不、不得了！”他竖起一只大拇指说：“有、有一万多名！你、你不不信……”他边说边解开行囊，拿出一摞名册，给刘濠看。刘濠随手一翻，不由大惊，果然人数众多，他逢场作戏地恭维道：“大人为朝廷立功，为地方造福！干，干！”

钦差大老爷已是酩酊大醉，灌下去的酒顺着嘴角往外流。

刘濠看火候到了，吩咐两个家人架着钦差老爷到后院小楼上睡下，并在那边小心看守。自己赶紧翻开钦差留下的名册，录下了前面的二百余人的名字，然后，拿着名册来到钦差睡觉的小楼下，把两个家人叫下楼来，让他们搬来柴草，悄悄嘱咐他们一些话。刘濠自己动手，一把火烧了名册和钦差的行囊，又把小楼引燃。不多时，小楼火起，烈焰腾空，烟雾弥漫。眼看小楼就要倒塌，十岁的小刘爚突然喊叫起来："快上楼救人哪！起火了！"

两个家人早有准备，"噔噔噔"跑上小楼，把正在打鼾的钦差背了下来，转移到另外的地方睡下——他竟然没有醒来。

第二天，钦差起床，看到刘家后院的小楼已成灰烬，自己的行囊、名册也不见踪影，不由得发愁，如何向朝廷交代？刘濠连忙劝解说："大人不必着急，我家不幸失火，使您受到连累，实在有罪。莫不是那名册中有冤情，上天有意保全他们呢？"

众人也七嘴八舌地说："亏了小刘爚发现得早，唤人把大人从火海里背出来，再晚一点儿，大人的性命也危险了！"

钦差看着烧成瓦砾的小楼，真有点后怕，便也向刘濠拱拱手："多谢救命之恩！只是这名册……"

刘濠胸有成竹地说："这事好办，我家有亲戚住在四溪，我可以派人到那边找亲戚帮助，重新列出罪犯名单。"

钦差没法，只得又回到原先住的那个村民家住下。

过了几天，刘濠将自己偷偷录下的名单交给钦差。钦差一怕耽搁时间会惹怒皇上，二怕追究起来于己不利，也就匆匆收起名单，回朝复命。

后来，朝廷下诏，只杀了那名单上的二百余人。刘濠祖孙冒着惹祸上身的危险救下万名百姓的事，便在当地流传开来。刘基听了这个故事，对曾祖和父亲十分敬佩，并决心像他们那样做人。

刘基的祖父庭槐，字尚德，是元朝太学的上舍。太学分为外舍、内舍、上舍，这上舍是最高级的太学生。刘庭槐精研天文、地理、阴阳、医卜诸书，很有学问，只是在刘基出生前几年已经去世。

刘基出身书香世家，受到长辈们的良好影响，从小喜爱读书，凡经史、诗文无不涉猎。他不仅熟知元朝以前各朝的兴衰，还从父亲那里知道，元朝自忽必烈以后，结束了自五代以来长达三百余年的几个政权分立的割据状态，实现了全国大一统。忽必烈曾大量利用汉族知识分子，让他们为他服务，套用了儒家治国平天下的经验、理论和制度，治礼乐，设学校，奖励农桑，兴修水利，这就使得元朝政权进一步得到汉族地主的支持、拥护，生产、科学、文化各方面，都在当时世界居领先地位。

但由于土地兼并的继续发展，当时的民族矛盾、阶级矛盾日趋尖锐。北方的蒙古贵族和各族地主，利用政治权势兼并土地；南方原有的汉族地主，又凭着土地和财富的实力，转过来谋求政治权势，用权势保护和兼并土地。佃户们辛苦一年，不得不把收成的一半甚至七成缴给地主，此外，还有附加的丝、鹅、鸡、鸭等。自耕农的差役负担也越来越重，什么开河、筑堤、运输、修长城，没完没了，压得农民喘不过气来。

元朝宫闱内争夺皇位的斗争异常激烈，自忽必烈去世，他孙子做了十三年皇帝，以后的皇帝如走马灯似的换来换去，没有一个在龙椅上坐得长久的。

尽管刘基读了不少史籍，但身居山村，对外面的世界是不了解的。刘爚看到了这一点，决定领他离开家，出外去见见世面。

至治二年（1322），刘基十二岁了，在本县考中了秀才。为了刘基的进一步深造，刘爚雇了一名挑夫，挑上书箱、行李，带上刘基离开了武阳村。

走了半天，父子俩又转雇小船，沿溪水顺流而下，进入瓯江。瓯江上舟船往还，小刘基观赏着两岸的村落、人家，还有在江上捕鱼的渔夫，觉得十分新奇。

第二天，他们在青田县码头靠岸。刘爚领着刘基来到县衙教谕署。刘爚曾在这里任职，见了现任教谕，也是过去的老同事，直接说明，请他让儿子到县学读书。因为县学的十九名学生名额已满，教谕又写信给他的老友、现任处州府（今浙江丽水）录事郑原善，托他推荐刘基到府学就读。

第二天一早，刘爚父子又乘船离青田赴括城。

一路上秀丽的山光水色、飞瀑流泉，使刘基目不暇接。他想，日后一定要到这里好好看看。

正当夜幕低垂，小船闯入了万家灯火的括城。这里真不愧是州府所在地，大街小巷灯火辉煌，卖吃的、卖杂货的吆吆喝喝，好不热闹。父子俩找了一家客店住下。

第二天，刘爚父子俩到府衙拜访录事郑原善先生。郑原善，字复初，四十岁上下的年纪，儒雅文静，是宋朝元祐进士，在州府任录事，专管文书一类的事，也兼府学教授。他看了青田县教谕推荐刘基的信，又见刘基一副天真活泼的样子，高兴地说："本来府学的二十名学生也已满额，碰巧年前有一学生因病退学，刘基正好可以补上。"

吃过午饭，郑原善先生领刘爚父子拜见教授、学正，接着，刘基就把书箱、行李搬进了书院。

府学里正在讲授朱熹注的“四书”，刘基在家曾读过一些，也听过父亲的讲解，学起来不觉有多大困难。刘基在同学中年岁最小，他两目炯炯有神，活泼好动，善动脑筋，显得很懂事。他常会讲一些有趣的历史故事和山村奇闻，不论教授还是同学都很喜欢他。他写文章也不死板地寻章摘句，而是自由地发挥自己的见解，因而令人读来很感新意。

郑原善先生见他谦逊好学，除了府学规定的课业，又给他讲授理学。

历史上最早的理学家是宋朝的周敦颐，又称濂溪先生，他的弟子是程颢、程颐兄弟。理学也称道学，是宋代儒家的哲学思想。大理学家朱熹是程颐的四传弟子，所以宋代又称理学为“程朱理学”。这门学问对于十几岁的孩子来说未免深奥，但刘基用心攻读，认真听讲，颇有所得。

书院放假，刘基便和几位同学乘小船到城东南的少微山游览。少微山上有一紫虚观，道长名吴自福，字梅涧，很有学问。刘基向他请教：“学生听说，有道士和道人两种称谓，请问道长，这两种称谓有何区别？”

吴道长笑道：“我们道教南派第五祖白玉蟾自号‘琼山道人’，这里的道人和道士是一回事。但有时道士未必是道人，而是指有道之士，有道之士不能称为道人。”

刘基听了很佩服。吴梅涧又领刘基等参观紫虚观中的三清殿、藏经室、晚翠楼等处及少微山。吴道长告诉刘基，少微山又名大括山，因为这地方与天上的少微处士星相对应，所以山名少微，州名处州。括城因背倚括苍山而得名。括苍山上多栝树，所以叫栝苍、栝城，但有人将“栝”写成“括”，以后便沿袭了下来。

冬去春来，几度寒暑，刘基长到十六岁了。他和几位同学到杭州参加乡试。

元朝作为一个少数民族统治的王朝，一向歧视汉人和南人，排斥汉族先进的封建文化。蒙古族皇帝多不识汉字，他们鄙薄儒生，宁可用粗通文墨的人去管行政事务，更不去管什么科举考试。元仁宗夺得皇位以前，曾经被贬斥到南方，接受过汉文化的熏陶，对儒学在维护王朝统治中的作用有所认识，因此即位后便推行仿效汉制的政治改革，并于皇庆二年（1313）下诏重开科举。按规定，童生经过县考，考中了是秀才，乡试（省试）与会试（京试）每三年一次，都分作两榜，蒙古人、色目人一榜，汉人与南人一榜。蒙古人、色目人的试题较浅，授职却较高。乡试考中是举人，可到京城应会试；会试中了称贡生，可以参加御试；御试是皇帝亲试，试后赐为进士；进士又分三甲，一甲前三名赐进士及第，第三名称探花，第二名称榜眼，第一名称状元。

不论乡试还是会试，都要经过三场考试。第一场考四书五经，其中包括两个内容：一是根据《论语》《孟子》《大学》《中庸》的范围出题，考生按照朱熹集注来阐明本意，然后讲出自己的见解，做三百字以上的文章；二是要求考生专论五经《诗》《书》《礼》《易》《春秋》中的一段，做一篇五百字以上的论文。第二场，考生要做古赋、诏诰、章表一篇，古赋、诏诰用古体，章表用四六句，参考古体。第三场考策论一道，做千字以上的文章。

第一场考试是主要的，但刘基关于五经中一段的论文写得不深刻，很少创见，结果没考上举人。

回到处州以后，有的老师、同学为他惋惜，刘基冷静想想，觉得责任全在自己，是自己虽然博闻强记但消化不够，不能举一反三进行独立发挥。这不是可以依靠哪位师长临时指导的，只有靠自己的深思熟虑。

郑原善先生没有责怪他，而是对他说："关云长熟读《春秋》一部书，就光复汉室三分鼎。今后，你也要熟读《春秋》，这对你以后取得功名和前途发展是有好处的。"

这年六月，郑原善与青田县令曹成奉命修葺石门书院。郑先生一回到括城，就推荐刘基到那边读书。他对刘基说："石门的风景优雅，山林茂密，环境清幽，你到那边静心攻读，三五年内必有成就。"

中秋节后，郑先生亲送刘基到石门洞。师生坐船来到石门洞前，郑先生说："你看这两峰相对，如卧龙伏虎，而在洞后又有双峰如一旗一鼓，虽见不到大江，但可想到滔滔江水如扬旗擂鼓。"

"先生，是谁首先想到在这里建立书院呢？"

"南朝宋景平年间，永嘉太守谢灵运曾到这里游览赋诗。北宋皇祐年间有陈、赖两姓迁到这附近居住，游人渐多。石门书院是本朝至元年间经进士刘若济建议建造的。这一次，经过重新修葺，规模更大了。"

师生下船后，郑先生领刘基到书院，见过这里的师生，为刘基在谢客堂借了一间书屋，要他住在这里潜心攻读《春秋》，兼读他书。

《春秋》是我国最早的编年史，记载了鲁隐公元年（前722）到鲁哀公十四年（前481）二百四十二年的列国史事。原为鲁国大事年表性的史书，经孔子整理编定，被尊为“经”。其文辞简约，短的仅一字，最长也不过四十多字，因此，后来又出现了解释《春秋》的《左传》以及《公羊传》《穀梁传》三传。《左传》是《春秋左氏传》的简称，相传是春秋末年鲁国史官左丘明编撰，以编年体详细记载了《春秋》所未载的重要史实，比较重视记叙历史事件的原委，记叙历史人物的政治主张和见解、宗教观点，对战争的描述生动简练。元朝科举制规定，论述《春秋》时可以引用“三传”，所以刘基在主攻《春秋》时，又读了《公羊传》和《穀梁传》。

汉代董仲舒著《春秋繁露》，以阴阳五行学说，对自然现象和人事作牵强比附，建立了“天人感应”学说。刘基也认真阅读。

休息时，刘基常到石门洞附近游玩。一次，他来到石门洞东南方向，发现数十丈高的悬崖上有一直泻而下的飞瀑。飞瀑之下冲出了一个水潭，在阳光下闪耀如银，因此名叫积银潭。潭边有光滑巨石，刘基常到这里诵读《春秋》，陶冶性情。

刘基在石门洞读书，父亲常为他送钱。为了减轻父亲负担，刘基放假时常拿了刀斧到山上砍柴，卖了换钱。

刘基在石门洞熟读《春秋》和一些相关著作，认真地做了札记，后经整理，便成了两卷本的《春秋明经》。在这本书里，刘基阐述了《春秋》的“微言大义”，他承袭了儒家的“天人感应”学说，认为“天人一理，有感则有其应”。刘基写出《春秋明经》就为进一步参加考试打下了基础。

第二回 十年寒窗进士及第 为官清廉名扬高安

元至顺三年（1332），刘基已满二十三岁。从他到石门书院苦读，到写出《春秋明经》，已过了九年，正可谓“十年寒窗苦”。到了秋天，他回到家乡，父亲对他说：“基儿，我刘氏一族，自古以来诗书传家，爱国报国，不遗余力。上次乡试虽然失败，如今你又攻读数载，应当再上考场一试。如能考中举人，就再上京都参加会试。我们并不一定要做官为宦，但也要争取功名，光宗耀祖。”

刘基满怀信心。他从石门回家，正是要同父母商量去杭州乡试的事。他说：“父亲放心，儿这次赴杭应试，定能成功。”

刘基背上行囊，悄悄离家，乘船坐车，到了杭州。八月二十日、二十三日、二十八日，三场考试，他都沉着应战。因为学识长进很大，所以三场考试下来，可说是连战连捷，中了第十四名举人。这次乡试，江浙行省只有二十五个举人的名额，青田县就有三人考中，除刘基外，还有叶岘、徐祖德二人。

刘基中举还家，为武阳村带来了光荣和喜庆。乡亲们带上鸡、鸭、鱼、肉和各种佳肴美酒，到刘家贺喜。人们不住地夸奖刘基勤学有为，同时嘱咐自己的孩子以他为学习的榜样。

转过年来，元朝的末代皇帝妥懽帖睦尔即位，是为顺帝。就在这一年，刘基同叶岘、徐祖德约定到括城会齐，结伴到京城大都（位于今北京市内）参加会试。

临行，母亲拉着他的手，送他到门口，不住地叮嘱一路上注意寒暖饮食。父亲和刘基的弟弟刘升则一直把他送到村外。全村的父老们也来送他，说了不少祝他成功的吉利话。

刘基心里热乎乎的，回望武阳山村，乡景乡情浓似醇酒，令人依恋，但人们的祝愿又催他远行。刘基到达括城，叶岘、徐祖德已在约定的旅店里等他了。

他们三人晓行夜宿，说说笑笑，倒也不觉寂寞。每经一个地方，他们总是饶有兴致地打听那里的古迹名胜，有时也顺便去游览一番。北国风光和古老的民俗民情对他们而言既陌生又新鲜，使他们开阔了胸襟，又填补了书本知识的不足。从括城到大都，旅途数千里，他们风尘仆仆，身体虽然累瘦了，内心反觉十分充实。

他们到了大都已是正月下旬。

元大都又叫“汗八里”，那是“大汗之城”的意思。以前金朝的中都燕京，建筑在今北京西城区西部莲花池以东，中都的设计是仿照北宋京城汴梁（今河南开封）的样子。蒙古内部统一后，成吉思汗率领兵马，大举伐金，在万马奔驰的滚滚烟尘中，直驱中都城下，经过激烈的争战，中都沦陷，中都城内的金国宫殿被蒙古骑兵举火焚烧，一代宫阙竟成废墟。四十多年后，成吉思汗的孙子忽必烈，怀着统一中国的决心，从蒙古高原的都城和林，迁都到金中都。但金中都早已成为废墟，忽必烈只好选择位于中都城东北郊琼华岛的大宁离宫住了下来。几年之后，忽必烈派人以大宁宫所在的湖泊为中心，重新设计了一座规模宏大的新城，这就是赫赫有名的元大都。

大都不再以莲花池和由莲花池来源的小河为中心，而是转移到以大宁宫附近的湖泊为中心。因为元朝在此建都不能不考虑数以万石计的粮食漕运，所以在忽必烈到达中都以后的第三年，便命卓越的水利专家郭守敬，设计了以玉泉山水来沟通漕运的计划，也就是引白浮泉循西山山麓入瓮山泊，然后汇入积水潭，再入闸河。这条新运河名为通惠河。元大都建筑在金中都城东北郊外，以琼华岛及其周围的湖泊为中心，把三组宫殿罗列在湖泊的东西两岸。东岸是皇帝居住的宫殿，叫“大内”，就是后来紫禁城的前身。位于西岸南面的叫隆福宫，北面的叫兴圣宫，分别为太子和皇太后的住处。三宫鼎立，宫殿之间的湖泊名太液池。环绕三组宫殿四面的城墙叫萧墙，也就是皇城。环绕皇城外面的叫大城，也就是外郭城的城墙。有一条明显的中轴线贯穿太液池东岸的宫城中心。沿中轴线往北，在积水潭东北岸上建筑了一个中心阁（相当于今鼓楼所在地）。南城墙在今东西长安街南侧；北城墙在今德胜门、安定门以北五里处，东墙与西墙分别在今东直门、西直门的南北垂直线上。北城有二城门，西为健德门，东为安贞门。东城自北而南是光熙门、崇仁门（相当于今东直门的位置）、齐化门（相当于今朝阳门）；西面是肃清门和义门（相当于今西直门）、平则门（相当于今阜成门）；南面三门，正中为丽正门，东为文明门，西为顺承门。

大都城内以南北、东西向的街道划分为五十坊。每个城门以内都有一条笔直的干道，南北东西干道各有九条，形成棋盘式格局。沿着积水潭东北岸，开辟了一条斜街，是新开凿的通惠河的终点，这里水运便利，市场繁华。

刘基等三人一到大都，先打听会试的考场，然后在考场附近找一家客店住下。眼看离会试没有几天了，尽管街道的热闹景象是那么诱人，他们还是躺下来睡上一觉，恢复体力，养足精神，准备进考场。

二月初一，是第一场考试。在这前一天，刘基、叶岘、徐祖德等举人，先将铺盖搬入贡院，每人独居一室，分别由两名祗应军（类似贴身侍卫）监护。初一清早，第一遍钟声时，考官和考场工作人员，以及应考的举子们都起床漱洗。第二遍敲钟，监官们打开考场大门，考生入院，经搜身检查，除允许带的《礼部韵略》外，不许带其他文字资料。接着，举人们把各自的解据（中举凭证）呈上，纷纷下跪，知贡举（主考官）和试官隔帘还礼。第三遍敲钟，考官发题，举人们就座答题。中午，贡院赐膳一顿。考生们考好交卷，由受卷官写上举人姓名、籍贯、年甲等。举人们取回解据出院。晚上，第四遍钟响，考生及全体工作人员全部退场，院门上锁。

二月初二、初五进行第二场、第三场考试，所经程序同第一场一样。

三场考试下来，刘基觉得考得不错。第二场作赋，题为《龙虎台赋》。龙虎台位于大都西北居庸关附近，背山面水，有龙盘虎踞之势。元帝每年去上都（今内蒙古正蓝旗上都河镇），往还都在龙虎台驻跸。刘基虽未亲临过，但凭他博学多才，尽力想象发挥，竟然写出了四百余言的歌颂皇帝的赋来。

考试完了，还有二十多天等待发榜，刘基等三人正好结伴逛逛京城。

大都正值严寒季节，朔风怒号，有时飘起鹅毛大雪，房上、树上，全是银白世界。这是刘基等人从未见过的。他们不怕冻手冻脚，游兴很浓。大都人口众多，街上车水马龙，店铺一家挨着一家，里面的货物琳琅满目。

这一天，刘基逛书市，在一家书店看到一本天文书，越看兴致越高，竟然站在书柜前默默背诵起来。店主发现这位书生如此专注地看这本无人问津的书，便笑容可掬地搭讪说："相公，这本天文书在店里摆了三十年，几乎没人看一眼。家父曾嘱咐，如遇有读懂此书者，便当奉赠。相公既对此书爱不释手，那就送给你吧。"

刘基说："学生怎敢受此厚赠，只请先生借阅二日，读后奉还。"

店主将书包好，交给刘基说："不必还了。"

过了两天，刘基还是如期将书归还。店主人还是坚持要把这本书赠送给他。没想到，刘基说："多谢老伯，不必送了，此书尽在我心中了。"说完，他从头到尾背了出来。

店主不由大惊，夸赞说："相公真是奇才啊！"

三月初，会试成绩揭晓，在中书省大门旁边贴出了大字榜文，刘基、叶岘、徐祖德皆榜上有名。被录取者需于初七到翰林院参加廷试。自宋仁宗以来，凡参加廷试者不再有取舍，只分名次。刘基心里有数，廷试成绩再好，也不会把南人排到前面，所以心里并不紧张，听天由命吧。

三月初七这天，每位参加廷试的考生，由皇宫宿卫一人监视着进入贡院，蒙古人、色目人、汉人、南人考生分组站立，再由礼生引到堂前，望皇宫两拜，然后就座，按策题作文。经这次廷试，刘基考中第二十六名进士。

本来元朝录取进士就很少，作为南人，刘基等考中进士就更不容易了。他受到了京官们的夸奖与重视。按元朝规矩，刘基等新科进士被赐宴于翰林国史院，又入朝登殿，面见皇上，呈谢恩表，拜会中书省的当政大老爷，足足忙了十多天。

这一切礼仪应酬完了，刘基、叶岘、徐祖德赶紧结伴回乡，很快到了括城。

见了老师和学友们，刘基等诉说着赴京赶考的经过，大家都为他们高中而欢欣鼓舞。在这里居留数日，刘基又在两位府学教授的陪同下，转回武阳村。

然而，刘基万万没想到，他一进村，邻家老伯便拉着他的手说："快，快回家，你父亲病重，天天在盼你。这回可把你给盼回来了！"

刘基的心顿时往下一沉，三步并作两步，跑回家，"扑通"跪在了父亲床前，抓起父亲的手，热泪滚滚涌出眼眶。

刘爚感觉到了，极力睁开双眼，凝望着儿子，半天，才叫出声来："我的儿！"说完，竟要刘基扶他坐起来。

刘基忍住眼泪，没哭出声来，立刻把进京赶考和中进士的经过，详细地禀告。

刘爚高兴地点点头，说："好，功夫不负有心人！"

一家人高高兴兴过了几天，刘爚病情依旧。他自觉时日无多，就把刘基叫到床前，说："儿啊，趁我现在身体好些，你就把媳妇娶过门吧，也算了却我最后一桩心事。娶了媳妇，你就可以放心地外出，去奔前程；我就是去了，你母亲也有个做伴……的了……"

在老人眼角，两颗晶莹的泪珠，滚落下来。母亲在一旁听着，心里发酸，抽抽噎噎地说："基儿，就依了你父亲吧。"

“是。父亲母亲放心，我就去操办。”刘基回头又安慰父亲，“要是再办婚事，咱家就是双喜临门了，父亲一定会很快好起来的。”

刘基的未婚妻富氏，是他母亲富氏夫人的远房侄女，虽然女家家境贫寒，但女孩长得俊俏，性情贤惠；两家又都知根知底，所以刘家派人送信去，亲家那边立刻准备嫁女。

为了避免使父亲劳神操心，刘基尽力使婚事从简。乡亲们也都相信娶媳妇可以“冲喜”，可使刘爚转危为安，所以大家都热情相助。

娶亲的花轿抬到了武阳村，鞭炮齐鸣，锣鼓震天，远亲近邻都来贺喜，沸沸扬扬，络绎不绝。同榜进士叶岘、徐祖德接到请柬也来祝贺。

刘爚的身体太弱了，在经历了“双喜临门”的喜庆以后，顿觉两桩心事都已完结，心里松了一口气，病体反而支撑不住了，终于像灯芯燃尽，一下子睡过去，再也没有醒来……

刘基为了侍奉母亲、陪伴新婚的妻子，没有出门。元朝是蒙古人和色目人贵族的天下，汉人没有地位，南人更是等而下之。朝廷排斥汉家儒生，当时有“十儒九丐”之谣，一说人分十等，即一官、二吏、三僧、四道、五医、六工、七猎、八民、九儒、十丐；另一说是一官、二吏、七匠、八娼、九儒、十丐。儒介于娼妓与乞丐之间，成了被人取笑的对象。刘基进士及第，并未受到当朝的真正重视。他在家里待了几年。

元顺帝至元二年（1336）秋天，刘基接到朝廷授他为江西高安县丞的任命。

刘基告别母亲、妻子和弟弟刘升。一家人虽恋恋不舍，但为了刘基能登上仕途，也都抑制住感情，对刘基温语慰勉。

淳朴、热情的家乡父老们，又一次前呼后拥，送刘基离开武阳村，祝福他做个为百姓着想的好官，青云直上。刘基洒泪揖别，一字一句地大声说："我刘基决不辜负父老乡亲的期望！"

刘基看到送行的人中没有了父亲，心里不胜酸楚。年轻貌美而又贤淑的妻子深情地凝视着他，纵有千言万语，当着那么多人，也无从说起，只有四目对望，互表不舍之情。

刘基终于翻身跨马，扬鞭飞驰，奔向仕途。

走到半路，遥望侧路一阵烟尘过后，也有一位与他年龄相仿的书生，在仆人陪伴下匆匆赶路。到了十字路口，二人相见，万万没想到，那书生竟是同榜进士余阙。余阙是河西武威人，因父亲在庐州（今安徽合肥）做官，他一直跟着父亲在庐州长大。此时余阙正从家乡赶到婺州（今浙江金华）出任浙东海右道肃政廉访司佥事。于是，二人就在路旁握手攀谈，十分投契。

二人相携走到路旁一家饭馆，用过酒饭，互相赠诗勉励，然后才依依不舍地分手。

刘基想起恩师郑原善先生为人耿直，因常与上司意见不合而遭排挤，最后只得辞职还乡，去了江西玉山。这一回，刘基到江西赴任，正好可去拜访。

郑先生年已半百，银霜染鬓，但神情爽朗、体魄康健。他没料到刘基到江西做官会突然来看他，师生见面，真是喜出望外。他们紧紧握手，嘘寒问暖，畅谈别后经历，不胜感慨。在此前后，当今皇帝不问政事，一心信佛，到处建筑寺庙，刻金为像，动辄把千锭万锭巨金和千顷万顷土地赏赐给寺院，大做佛事，弄得朝内香烟缭绕，乌烟瘴气。昏庸的皇帝在那里享乐信佛，中央大权交给了太师、右丞相伯颜。伯颜蛮横独断，恣意杀伐，“顺我者昌，逆我者亡”，不但与他对立的左丞相遭诛，连皇后也被毒死。这一来，奸党肆虐，万民遭殃。处于水深火热之中的饥民，被逼为“寇”，“作乱”者此伏彼起。这些国家大事郁结在郑原善心中太久了，本想对刘基倾吐一番，可又想，刘基初登仕途，心劲儿正高，为了不使他扫兴，只是谈了些故人故事，诚恳地嘱咐刘基：“为官一任，就要造福一方。你此去高安上任，不但要想到朝廷，也要想到那些受苦的百姓。”

“老师教诲，学生铭记在心。”

郑先生送刘基上路，总觉这仕途坎坷，荆棘丛生，又不免殷切叮咛：“你所面临的一切，岂能尽如人意，但求做事问心无愧而已。世事茫茫，你好自为之吧。”

刘基一边点头，一边上路。老师赠言如同甘霖入土，他吸纳于心。

高安这地方是瑞州路治所之地，位于赣江支流锦江中游，风调雨顺，土地肥沃，鱼米丰足，市面上倒也显得繁华昌盛。但实际上，它也像江南许多地方一样，社会矛盾十分复杂。豪强专横，形成地方的大患。土豪大地主们，对朝廷统治者和蒙古王公贵族是孙子，对地方百姓、对比他们贫弱者却是爷爷、暴君。他们依靠经济实力勾结官府，成为欺压良善的恶霸势力。这些地主豪绅勾结官府的手段也是相当巧妙的：官员一到任，他们就千方百计地拉拢；一旦搭上桥，就送上美女、财货、珍玩异器，投其所好，渐渐地饮宴同席，称兄道弟，妻女往还。以后，街坊乡里要办什么事，都要先向他们托门子、通关节，名为“猫儿头”，或称“定门”。这些恶霸骗人家财、夺人妻女、杀人害命，无恶不作。

刘基下车伊始，果然被地方豪强所包围。他们吹嘘奉承，请酒接风，馈赠献礼，接二连三。刘基一概回他一个不买账。他牢记郑先生的谆谆教诲，又为自己作《官箴》三篇以自勉。他认为做官要恩威并举，帮扶弱者，禁绝横暴，奖勤罚懒，济人苦难。这就好比农夫耕田，要辛勤耕耘，不使杂草丛生；又如役马，要驾驭有方，不使其走上岔道。他告诫自己，不要沽名钓誉，要严以律己、宽以待人，秉公办事，远吏近民。

起初，那些土豪劣绅们还以为刘基不过是故弄玄虚，做做样子，以便更进一步地榨取。但是经多次周旋，他们发现这位二十六岁的年轻人并不是那么好对付，只得稍稍收敛一下。

刘基深知，这帮恶霸根深蒂固、盘根错节，很难铲除，然而倘若任他们胡作非为，又怎能厘清地方政治？他想到，土豪是为害一方百姓的祸患，而消除这些祸患的力量也在百姓。所以，他决定经常到百姓中走走，看看他们的辛苦劳作，听听他们对身受的苦难的倾诉。

刘基上任不到一年，他的诚心和廉直换得了百姓的尊敬和信赖，人们多称他的字“伯温”。

这天，在锦江边的福禄酒馆里，几位常客把酒谈心。一位老汉说：“听说刘伯温大人出门不喜欢坐轿，常带着一两个跟班，穿着便服到处去查访……”

店主人送酒走过来，说：“不错，刘大人还到敝店来过几次哩。他不但微服私访，有时还装扮成各种身份的人。有时是书生，有时是生意人，有时也扮作像各位一样的人。诸位可得留点神。”

“怕什么，我们不做亏心事，还能不让说话吗？”

又一位中年人说："是呀，我倒想有机会遇到这位刘大人，看他能不能为民做主，处罚几个干坏事的衙役，给大家看看。"

这时，坐在一角的一位书生，拿着酒杯凑过来，对刚才说话的那位中年人说："看样子，这位大哥是知道衙役干的坏事了，不妨说几件给在下听听，我们也好请刘县丞做主。"

那中年汉子"咕咚"饮了一口酒，"砰"地把酒杯往桌上一放，气愤地说："就说县衙钱三，拿走东街李老汉的酱牛肉，李老汉跟他要钱，他不但不给，反而一脚踢翻了老汉的摊子，动手打人，这不明明是仗势欺人吗？"

"这位大哥可是亲眼所见？"

"不是亲自看见，我还能瞎编吗？还是我把李老汉从地上扶起来的呢。"

又一老汉插言说："这钱三是不是赌钱输光了，到村里偷鸡的那一个？"

"就是他！老百姓见他横眉瞪眼的样子，敢怒不敢言。"

"这事是该让刘县丞管一管。"

过了几天，这几位喝酒的人再次来到福禄酒馆的时候，都争着传播好消息："前几天我们说的那个坏小子钱三，昨天在衙门里被打了二十大板，又忍着痛到李老汉家里还钱、赔礼。我们真没看出那位书生就是刘伯温大人。"

城西周家庄有一位周老汉卧病在床，独生儿子为给老爹治病，出外打柴，然后到城里去卖，一个恶霸地主让老汉的儿子把柴送到自己家里，却不付钱。老汉的儿子与他争执，恶霸地主却说："你敢说这柴是你的？你知道这周围几十里的土地都是我家的，你敢向我要钱？"

“我不卖了！”老汉的儿子挑起柴捆就走。恶霸地主竟指使人将他打倒，反诬告他偷砍了自家的树。县衙吃了贿赂，居然将受害人押进了监牢。

周老汉一急，病情加重；周老太太眼见无米下锅，又无钱买药，唯一的儿子又吃冤枉官司，愁得哭天抹泪，急火攻心，不几天就把两眼哭瞎了。

刘伯温得知这一冤案，化装成一个青年农民来到周家庄，自称是周老汉儿子的朋友，专程看望周老汉夫妇。他向左邻右舍打听周家儿子蒙冤经过，同时把身上带的十几文钱，全留给这一双受苦的老人，并安慰他们说：“老伯、老妈妈不要着急，这点钱先买点药，过两天我再送米来。”

没过几天，刘伯温果然派人给周家送了米来，又把受冤屈的小伙子释放回家。老夫妇俩老泪纵横地问儿子：“儿啊，你什么时候交了这样一位好朋友？”

“爹、娘，这哪里是我的朋友，是咱高安县丞、青天大老爷刘伯温大人啊！”

这天，刘伯温正在县衙坐堂，衙门前大街拐角处卖油条的赵老汉，因前一天晚上自己省吃俭用积蓄下来的几十贯铜钱失盗，前来告状。刘伯温问道：“快把详细经过说来。”

“禀告大老爷，昨夜三更，小人正在熟睡，忽听屋内有响动，赶紧披衣起床，喊叫：‘有贼，有贼！’等邻居听到叫声，举着火把赶来时，盗贼早已逃得无影无踪。我穷老汉年近七十，无儿无女，这以后的日子可让我靠谁呀……”老汉说到这儿抽噎起来。

众邻居也都到堂为老汉作证，大家齐说：“求大老爷为民做主，赶快缉拿窃贼！”

刘伯温听完，已经心里有数，没有多说，就吩咐退堂。然后，自己带了几名衙役查看赵老汉的住处，发现赵老汉的破屋板壁已被人撬开，放钱箱子上的另一只箱子被搬到了一边。看样子，窃贼把钱弄到手，从被撬开的板壁洞中逃走了，虽然弄出了响声，但在破屋周围并未留下痕迹。刘伯温皱眉一想，这窃贼不但知道赵老汉积攒了钱，还知道藏在什么地方，因此，他十分小心地撬开板壁进屋，偷了钱又从容不迫地逃走。这显然是熟悉赵老汉家底又认真做了准备的。

于是，刘伯温详细询问四邻，想发现一些蛛丝马迹，但数日过去，一无所获。刘伯温苦苦思索，拟了一纸告示，让衙役贴到热闹的街上：

兹有赵老汉失窃一案，尚未查获罪犯，为救助赵某孤苦老人，凡离赵家五百步以内近邻，在今日辰时，到县衙内商议周济之事，不得有误。

街坊邻居互相传告，不管怎么想、怎么议论，到时大家总算都来到了县衙大院。

谁也没想到，院内放了一口大水缸，缸内盛满清水。地保出面对众人宣布："县丞刘大人吩咐小人说，赵老汉失窃实在可怜。俗话说，远亲不如近邻，我们大家都来帮他一把，每人向缸里投一枚铜钱。一来表白我们清白，铜钱必会落水；二来也凑点钱，帮助老汉过日子。"

邻居们一听只投一个铜钱，也乐得做个人情，齐说："应该，应该。"

于是，人们纷纷从口袋里摸出铜钱，往缸里投去，没带钱的赶紧回家去拿，或顺便向别人借了往缸里投。不知什么时候，刘伯温来到水缸边冷眼观看。

铜钱越投越多，有的人投了钱还在一旁看热闹。这时，有一个人刚把铜钱投入水缸，转身想走，忽听刘大人大喝一声：“将此人拿下！”

衙役们立刻上前将他扭住。刘大人立即升堂，当众开审：“你叫什么名字！”

“小人李五。禀大人，小人一向安分守己，不知大人为何将小人拿下？”

“大胆窃贼，还敢狡辩！你是怎样偷了赵老汉的钱，从实招来！”

那人吓得哆嗦起来：“小人冤枉！我怎么会偷赵老汉的钱？”

“哼！水缸揭发了你，照出了你那惊慌的样子；你刚才投进水缸里带着油渍的钱也告下了你！”

“这……这铜钱是我从赵老汉那里买油条找回来的。”

“胡说！赵老汉近来身体不好，已经十几天没卖油条了。哪能十几天前找的零钱，还会放在衣袋里？”

“老爷，小人冤枉，冤枉……”

这时，十几个衙役提着几十贯铜钱，上堂回禀：“这是从李五床底下挖出来的。”

在铁证面前，李五傻了眼，叩头如捣蒜，低头认罪。

赵老汉领回失窃的钱，跪拜谢恩。围观的群众这才明白了刘伯温的计策，纷纷称赞：“刘大人实在高明！”

于是，清官刘伯温的名声，很快传开了，他所写的诗文，也由于当地文人名士的传抄，而闻名遐迩。

一些正直的官员非常赞赏刘基的智慧与魄力，就连当时在朝的大学问家揭傒斯（字曼硕）也专门会见刘基，过后对人们称道说：“刘基是魏徵一流人物，英雄豪迈之气还要超过魏徵，将来必是治国经邦大才！”

不仅刘伯温的同僚们佩服他，有难处向他请教，就连上司出了疑难案件，也来找他审理。

瑞州路所辖二县一州，是高安县、上高县和新昌州。元顺帝至元五年（1339），新昌州发生了一件人命案子，初审以误伤罪判决，原告不服，一直告到了瑞州路官府。可是瑞州路官府里的官儿们怕得罪本案一家有势力的豪绅，都拖延不肯复审，众口一声推荐刘伯温来审。这些同僚中有的真正推崇刘伯温，以为只有他才能公正裁决使冤案得平，有的则想看刘伯温的笑话。不管怎样，瑞州路官府里的总管大人，总算找了个垫背的，立即顺势责令刘伯温复审此案。

刘伯温明明知道这是个棘手案子，弄不好自己反受牵累，但又想，遇事前怕狼后怕虎，当这个县丞还有什么用！他毅然从命，前往案件发生地，深入勘查，查阅一审案卷，寻找其中破绽，终于弄清，这不是什么“误伤”，而是一桩谋杀案。

新昌州有一个姓程的家大业大势力大的豪绅，儿子程秃子是个游手好闲的歹徒，吃喝嫖赌，无恶不作。程秃子长得粗眉宽额，一脸横肉，常常抛开原配妻子，带领几个打手，到处采花寻柳。一次，他游逛到李家村，见一美貌少妇在井边浣衣，便流着口水上前调戏，少妇惊慌，高喊：“救命！”恰逢她丈夫李槐前来担水，急忙跑过去，举起扁担护着妻子逃走。程秃子淫欲未遂，恼羞成怒，但由于李槐妻子的喊叫引来众多乡亲齐声对他谴责，只得悻悻地走开。

程秃子不思悔改，事过不久，就纠集一群狗腿子前来寻衅。李槐势孤力单，没有防备，被程秃子一刀杀死。李槐妻子心里明白这是程秃子报复杀人，她忍着悲痛，埋葬了丈夫之后，便来到新昌州喊冤告状。

这豪绅程家不但与新昌州官府早有勾结，而且同驻在当地的蒙古豪绅互通声气，当时把这种关系叫“蒙古根脚”。这种人，不仅百姓不敢惹，连官府也惧怕三分。李妻告状到新昌州，程秃子早已托人向审案官贿赂了大量金银，又托“蒙古根脚”去施加压力。贪官见告状的是一平民女子，不去验尸查证，也不传唤百姓证人，便匆匆结案，判为“互相斗殴，误伤致死”。李妻是一烈性女子，宁死不服。她变卖家财，继续上告，一直告到了瑞州路。这就是刘伯温接手的这一案子的始末。

刘伯温查清案情，十分气愤，当即命衙役搜查物证，传唤人证，重新审理。歹徒程秃子还想故伎重演，又托人向刘伯温行贿，岂不知他的贿金正好作为罪证。刘伯温在审判中当场揭穿了他的恶行，并依法宣判：

> 歹徒程秃子作恶多端，因企图奸污民妇未遂，蓄意杀害民妇之夫，进行报复，理应偿命；
>
> 初审官收受贿赂，贪赃渎职，应当罚没赃款，赔偿原告，革去贪官之职，永不起复。

这一判决呈报到瑞州路，经审核无误，立刻批复执行。

这一件本不复杂的命案，由于刘伯温主持公道，坚定地秉公执法，使得冤情昭雪。百姓们欢呼刘伯温是青天大老爷，瑞州路各州县以至江西省也都传遍了他的名声。

这些颂扬的话传到刘伯温耳朵里，他反而感到不安。他想，自己不过为百姓办了几件事，百姓就如此感激，足见当今的好官太少了。同时，他也担心，名声大了并非好事，世事多舛，还要多加小心。

第三回　辞官乡居研习百艺　务农园圃著述武学

果然不出刘伯温所料，在新昌州杀人案判决不久，接二连三的攻击就如冰雹般冲着他打来。

按元朝制度，在路、州、县各级行政机构中，均设有蒙古人、色目人担任的达鲁花赤。“达鲁花”是蒙语，本意是荷包上压口的褶子，而“达鲁花赤”作为官名，就是掌管地方政府印信，对地方官吏、军民行使监督的特权人物。他们什么事都管，什么事都不负实际责任。许多达鲁花赤具有统治者的傲慢，骨子里却是不学无术的草包，只喜欢别人奉承，擅作威作福。高安县的达鲁花赤就是这类人。

新昌州杀人案的凶手程秃子，托人向初审官行贿，所托的那个人，正是高安县的达鲁花赤。达鲁花赤自然也不是省油的灯，初审官受贿多少，达鲁花赤也受贿多少。刘伯温受命复审此案，达鲁花赤无法阻拦，内心却很紧张。他怀着又恨又怕的心情，采取了又打又拉的手段。起初，达鲁花赤见刘伯温动手查案，便假惺惺地关心说：“刘大人年轻有为，前程不可限量！总管大人派你复审新昌的案子，可千万小心从事。新昌的审案官任职多年，经验很多，一个斗殴误杀案，不至于查不清楚。刘大人还是息事宁人为好。你想，一个农妇死了丈夫，当然会不依不饶，刘大人可好言抚慰，让被告多给些安葬费就是了。”

达鲁花赤见身边没有别人，又拿出一锭白花花的银子推到刘伯温面前，说：“事主程秃子对于麻烦刘大人复审此案过意不去，备了一点薄礼。”

到这时，刘伯温终于弄清了达鲁花赤的用心。他看了看银子，不动声色地说：“复审此案是奉总管大人之命。初审是否恰当，只有查个水落石出才好判断。不过，程家这份礼会有用处的……”

后来刘伯温判案时，这锭银子就成了程秃子行贿的物证。

一向骄横的达鲁花赤，没想到刘伯温会如此出他的丑。尽管瑞州路没有追究他的责任，但已有把柄抓在刘伯温手里。因此，达鲁花赤视刘伯温为眼中钉、肉中刺。

地方上的强梁豪右皆因刘伯温触犯了他们的利益，对他又恨又怕。在新昌州案子了结没有多久，高安县的达鲁花赤就不断找借口，向江西行省告状，污蔑刘伯温“目无上司，越权办案，独断专横”。

原先，高安县令听说江西省籍的二品朝官揭傒斯十分赏识刘伯温，恐怕刘伯温在朝内有靠山，便表面上奉承刘伯温能干，而且把公事都推到他身上，自己也乐得清闲。可是随着时日的迁延，高安百姓只知有个清官刘伯温，不知县令何许人也。这位县令不由如芒刺在背，坐卧不宁。后来，他打听到这位揭傒斯不过是当朝一位著名文人，担任过编修辽、金、宋三史的总裁官。揭傒斯只是在刘基中进士以后，夸奖过刘基的才干，后来书信往还，也只是讲些作诗、作文的学问，并不是刘伯温的靠山。如今，顶头上司达鲁花赤既然向刘伯温发难了，县令也就趁机卷入了这一股攻击刘伯温的浊流。

豪绅们联名写信上告，说刘伯温在高安收买民心，图谋不轨。

县令也跑到江西行省大臣那里，摘下乌纱帽，耍赖说："有他县丞刘伯温，就没我这个县令！"

年轻正直的刘伯温渐渐体会到什么叫"仕途坎坷""官场倾轧"了。但他在冷静反省以后，心里反而很踏实。他自信，自己所作所为，不负史书先贤的训诲，不违郑原善先生所说"但求无愧我心"！他倒像个局外人一样，不急不悔，不辩不怒，读书观变。

江西行省大臣深知刘伯温这个县丞很得民心。如依高安县那些告恶状的人的意思去查办，必将引起众怒；如全然不理，又难以应付高安县那些地头蛇的抱怨和愤怒，于己不利。所以在他前思后想以后，决定把刘伯温调到江西行省来，改任行省掾吏。

掾吏又称刀笔吏，在老百姓中一向声名狼藉，在元朝更属贪暴的官职。这是因为，"天下习儒者少，而由刀笔吏得官者多"，再就是蒙古人与色目人当官的多不通文墨，这就为刀笔吏贪污作恶提供了方便。刘伯温早就憎恶这些人，今日却要与这些人为伍，真让人哭笑不得。

刘伯温怕惊动高安百姓，自己收拾好行李，趁天还不亮，悄悄离开高安县，到江西行省治所洪州（今南昌）上任。

刘伯温当掾吏当然不当人们咒骂的刀笔吏，做事依然"但求无愧我心"。他照旧秉公执法，我行我素。因此，他往往同那些仰承上司鼻息的同僚意见相左。这种局面决定了他不可能施展自己的抱负，内心里充满了苦恼。所幸在掾吏中有两位年轻的朋友与他气味相投。一位叫郑希道，刘伯温曾写诗称赞他“郑君廊庙姿，才识天下冠”“胸中富文史，蔚蔚锦绣段”；另一位叫钱士能，为人正派，才干出众。他们三人常在一起谈天说地，研究诗文。

后来，郑希道改任泉州录事，因与上司意见不合，拂袖去职，到京都游学去了。刘基为郑希道写诗送别：

老翁生长平原里，但见平原路如砥。
谓言路平无崄巇，车轮不摧马如飞。
今日驱车上梁甫，回头却忆平原路。
梁甫吟，愁我心？

这首诗写了他们仕途坎坷、无可奈何的心境。

不久，钱士能与同僚因议事冲突起来，吵了一架，也悻悻离去。

两位好友相继离开，使刘伯温连个说话的人也找不到了，他感到异常孤单。这时候，临江路发生了“虎狼卒”一案，给他很大刺激，使他觉得，再这样待下去，什么事也是办不成的。

临江路同瑞州路相邻，管辖着一县二州，治所在清江县。清江人口众多，物产丰富。近几年，这县里出现了一个“虎狼卒”集团，人数上千，他们在县府附近横行霸道，专以敲诈勒索为业，官员中有谁敢过问都受到报复，受害群众更无处申冤，谁要上告必遭攻击。百姓都把他们看成祸害乡里的虎狼，称为“虎狼卒”，又称“筘鼓”，意思是他们干坏事时以笳鼓为号，成帮结伙，狼狈为奸。刘伯温见临江人一提起虎狼卒就恨得咬牙切齿却又束手无策，也曾想主动去临江惩治这个集团，可一想到连高安县的恶势力都斗不倒，更何况那些明火执仗的虎狼卒，他们之所以敢于横行，肯定和地方贪官恶吏相勾结。事实上，有好几位官员到临江上任，没待几天就被赶跑了。

由于当地向上告状的人日益增多，元朝廷决定委派蒙古人、江浙行省掾吏月忽难为临江经历[①]。

月忽难果然不负众望，上任以后，立刻进行调查，查得一些领头的虎狼卒以后，便下令抓捕。这时候，不但虎狼卒们公开叫嚣，进行威胁，上面也有人为虎狼卒说话，警告月忽难“不要自找死路”。月忽难倚仗自己是蒙古人，表示：“誓不与鼠子俱立！”他雷厉风行，一下子把几个虎狼卒头目杀掉，余党也就渐渐溃散。

对于这件事，刘伯温很佩服月忽难的魄力，但像自己这样的“南人”，八品小官儿，却是敢想而无力干得成的。回顾在江西为官五年，他目睹了官场的尔虞我诈、争权夺利、日益腐败，而廉洁、诚实却成了迂腐。尽管他处处留心，投向他的仍多是讥笑、嘲讽。这种龌龊的环境，他是无法改变的。元顺帝至元六年（1340），刘伯温决定仿效郑希道、钱士能，向江西行省大臣递上辞呈。

虽然这位大臣一再挽留，刘伯温还是以自己“朽钝”为名，坚决辞归。

来时满怀壮志，去时两袖清风。心情上固然感到一时的

① 经历：古代的一个官职，其主要职责是负责公文的来往。

轻松，但又郁积了过多的不平。他在《送葛元哲归江西》诗中写道：

我昔筮仕筠阳[①]初，
官事窘束情事疏。
风尘奔走仅五稔，
满怀荆棘无人锄。
…………

正是上梁不正下梁歪，大大小小的官吏越来越加紧对百姓的掠夺和榨取，弄得国家越来越没有希望了。

元朝从武宗到顺帝登极的二十五年间，换了八个皇帝。为了争当皇帝，蒙古贵族之间相互攻击、倾轧，军政大权渐渐转移到握有实权的朝臣手中。蒙古皇室和元朝政府每年搜刮的民脂民膏，多用于毫不节制的“岁赐”和“做佛事”。武宗时，政府一年收入白银二百八十万锭，他不到一年就挥霍了八百二十余万锭。仁宗即位，年支出两千万锭。这些钱大部分赏赐了蒙古贵族。中央政府财政亏空，贪污剥削愈来愈重，政府卖官鬻爵，贿赂公行。到顺帝即位，蒙古贵族和喇嘛的飞扬跋扈、官吏的贪污、地主豪强的专横，更是与日俱增。

刘伯温的心情是沉闷的，唯其如此，他想换换环境，呼吸一点新鲜空气。离开江西，不知何日能再回来，他想顺路到鄱阳湖和武夷山去游览一番。

好友李爟怕他一人路上寂寞，特来伴送。二人坐上小船沿

① 筠阳：指高安。

赣江南行，直奔鄱阳湖。

鄱阳湖是我国最大的淡水湖，赣江、修水、抚河、信江、鄱江五河在此汇聚。鄱阳湖又分南北两湖，中为细腰，宛如一个不规则的葫芦。南湖称官亭湖、族亭湖；北湖称落星湖、左蠡湖。湖内有几个小岛，最著名的是马鞍山、康山。

刘伯温与李爟来到湖边，找了一家窗明几净的客店住下。他们临窗摆酒，边饮边聊。

这一日阳光明丽，湖上风波不兴，碧水如小风吹皱的丝绸，柔软光滑。他们一边看渔家在湖上行船、捕鱼，一边看码头做生意的商贾匆忙来往，一时间，将那官场上的肮脏角逐和尘世的功名利禄都扔在一边，心情十分畅快。

可是，李爟不能不回到官场中去。二人依依惜别，互道珍重。

刘伯温独去武夷山。

武夷山位于崇安县（今福建武夷山市）以南三十里仙霞山脉之顶。据说神仙武夷君住在这里，因此名为武夷山。武夷山绵亘一百二十里，有三十六峰，还有云窝、天游、武夷宫、水帘洞、桃源洞、流香涧、卧龙潭、虎啸岩等名胜。清清溪水绕流其间，形成九曲十八湾。

刘伯温身临其境，不由诗兴大发，吟道：

饮马九曲溪，遥望武夷峰。
长林抱回合，丹崖造空濛。
浮晖澹寒翠，水木皆曼容。
…………

游罢武夷山，刘伯温想起慈母、贤妻，不知多少个日夜，在翘首盼望着自己归去。他不由归心似箭，扬鞭策马，转回乡土。

刘伯温回到了山清水秀的故乡，回到了那竹木掩映的小院，见到母亲、妻子和弟弟、弟媳，也见到了那些纯朴的父老乡亲们，精神顿时为之一振。

弟弟刘升已长得粗壮结实，劳动之余仍然喜欢读书，也已学会干各种粗重的农活。新娶的弟媳也身强力壮，上知敬老，下睦妯娌。刘伯温觉得离家这几年，多亏了兄弟夫妇俩的操劳，心里很过意不去，他也决心学会干农活和理家。

每天，晨光熹微，他就起床，穿草鞋，戴斗笠，到菜园瓜地担水、浇粪、除草、间苗。清新的空气使他胸襟豁达，辛劳的汗水荡涤了失意的块垒。渐渐，他的身体变得结实了，精力充沛了。

到了夜晚，他仍然挑灯苦读，勤勉不辍。

他读书、劳动，同时不断地向老农请教实践的经验。过了一段时间，他对种菜、植树、栽稻、养蜂、营造、医药等各种学问，都有了较深入的研究。

这期间，他对阴阳占卜之法也产生了浓厚兴趣，还四处拜贤者为师，虚心求教。

孔子曰："吾少也贱，故多能鄙事。"刘伯温琢磨，连孔圣人都承认自己"多能鄙事"，我为什么不能把所学的各种实用知识编纂成书呢？

自从有了这个想法，他就把读过的书引章摘句做了提要，又把实践中的体会去粗取精，认真整理，编成一本十二卷的《多能鄙事》。后来的《四库全书总目》中介绍此书说：

“……是书凡饮食、器用、方药、农圃、牧养、阴阳、占卜之法无不备载，颇适于用。然体近琐碎，若小儿四季关、百日关之类俱见胪列，殊失雅驯……”

刘伯温居家三年，除了读经史、习作诗词、研究杂学，实习百艺外，琴棋书画也大有进步。他会弹琴、作曲，曾谱写了《客窗夜话》，表达了功成身退、愿游山水的情怀。

他有时也展纸泼墨写丹青，清钱杜《松壶画忆》中有记载。

刘伯温非常满意和珍爱天伦之乐的生活，处处孝敬母亲，夫妻恩爱相伴。然而，刘伯温婚后多年没有孩子，成了全家的一大心病。老夫人操持着让他们夫妇俩求医问卜，可是毫无结果。刘伯温的妻子富氏觉得是自己不能生，很对不起刘家，常常暗地饮泣。刘伯温发现以后，把她拉回自己的房间，柔语劝慰：“有没有孩子，又何必犯愁？我们兄弟三人，只要哥哥、弟弟有孩子，刘家的香火就可传下去了。我们从他们两房中抱一个孩子就行了……”

“不，不……”刘伯温所说，正是妻子的心病，她说，“我们刘家祖上积德，从大宋起，先人在朝为官，为国家立了汗马功劳，你又考中进士，取得功名，受到乡里的尊重，不该无后……”说到此，富氏又忍不住哭泣起来。

“千万不要这么说，只要我们夫妻恩爱，白头偕老，就是幸福。”

“这我知道。你待我情深义厚，可我不能生下一男一女，就是没有尽到做妻子的责任。我不能让你承担‘不孝有三，无后为大’的罪名。即使你休了我，我也不怨。不如让我回娘家，要不就出家为尼，你好再另娶一位夫人。”

“别说傻话，你我都还年轻，说不定过几年就会生孩子，何必想这么多？像你这样的贤淑妻子，我再到哪里去找？怎么会说出休了你或是让你出家的话呢！做妻子的如因有病不育，已经是很不幸了，做丈夫的再把她休弃，岂不是违背天理人情？古人虽有‘七出’之条，那是指淫、妒、不孝一类，绝不能作为男人喜新厌旧的借口。你既不是那种不守妇道的女人，我也不是那种薄情寡义的男人。”

“你越是这样对我好，我越觉于心不安。要么，从今以后我把你当作哥哥，敬你、爱你。作为小妹，请哥哥再娶一位新嫂嫂……”

妻子说着，柔肠寸断，又忍不住依在他身上哭出声来。他感到她的身心都在颤抖。

伯温也掉下泪来。紧紧抱住她，充满了无限的柔情，说：“你呀，你呀，真是个小傻瓜。你既然这样爱我，我又怎么能舍得了你……”

妻子倒在他怀里，哭得更凶，呜咽地说：“我又何尝愿意离开你……”

妻子的愁烦无法消融，经她对婆婆和丈夫的一再恳求，又托亲友劝说，刘伯温无奈同意再娶一妾。

这位二夫人陈氏，是武阳本村人，刘伯温到括城求学时，她还是一个不懂事的双角小丫头儿，这时长到十八岁了，出落得亭亭玉立，既丰满又靓丽，如出水荷花。这小姑娘自幼读过几天书，又聪明伶俐，受过良好的家庭教育。武阳村出了个进士刘伯温，她也曾像其他乡邻一样，跟着去看热闹，看到刘家喜气洋洋，她由衷地感到高兴和光荣。自从刘家托媒人来提亲，小姑娘觉得，刘伯温与自己，就像那戏文中的才子佳人一般，是天作之合、天赐良缘。刘家婆媳通情达理，乐善好施，那是全村出了名的，所以，不但陈家父母认为女儿得到了好的归宿，姑娘本人也感到十分幸运。

陈氏过门后，孝顺、敬重婆母，尊重丈夫与大妇。她年轻力壮，手脚麻利，主动担当了大部分家务。在丈夫面前，由于年龄相差较大，她很自然地喜欢以撒娇来表达真挚的柔情蜜意，那一份天真烂漫的情态，唤起了刘伯温的青春活力。

除了陪伴美妻娇妾，刘伯温更专注于学问的进修。

他还记得小时候，父亲的好友给他出题作对，客人说："文安邦"，他对了"武定国"。表面看，那是少年刘伯温才思敏捷的表现，实际上，刘基在熟读史书时，安邦定国已成了他从小的抱负。孔夫子说："有文事者，必有武备。"刘伯温阅读的书籍中，好多是关于军事的。在他所写的《春秋明经》中，虽然也有谈兵论战的内容，但未进行专门的、深入的研究。在生活安定的这段时间里，他决定潜心研究"武备"，以备济时救世。

宋神宗时，有人将古代兵书汇辑成《武经》，其中包括《孙子》《吴子》《六韬》《司马法》《三略》《尉缭子》《李卫公问对》七部兵书。后来，《武经》成了武学的必读之书。刘伯温把这些书找来，精心研读，认真做笔记，结合自己的心得与思考，写成一本新的军事著作《百战奇略》。

这部书以《六韬》《孙子》为主，按作战双方的军事、政治、经济、自然条件分列百题，每题下由正文和战例两部分组成。正文阐明用兵原则，引征兵家警语，然后结合具体战例加以归纳分析。这部书的内容虽不如《武经》，却又是我国古代兵家军事理论精华的提炼。

在《百战奇略》中，刘伯温提出了有信有教、恩威并施、赏罚严明等治兵之道，乃至随机应变的战略战术，突出地反映了古代兵家的辩证思想。

在古代，气候、地形等自然条件对战事影响重大，刘伯温在研习兵书的同时，又进一步钻研天文、地理，并写了很多有关这方面的专著。

第四回 暂离武阳游学江东 再上大都寻求官职

到了至正四年（1344），刘伯温已在家里过了五年乡居生活，体力、学识均大有长进。原来的文弱书生已变为满脸黑红、身体粗壮的硬汉了。正如古人所说，“学然后知不足”，武阳山村养育了他的体魄，但也局限了眼界，他很想到外面走一走、看一看。正巧，老友葛元哲从江西来函，约他一起游学江东。

所谓江东，指长江南岸以东地区，也就是江苏、安徽南部。这里雨量丰沛，鱼米充足，文化发达。刘伯温立即回函葛元哲，约他在婺州会齐。

中秋节刚过，全家人赏月吃月饼的团圆气氛还在温暖着每个家庭成员，一听说刘伯温要出远门，正如那天上明月圆了又缺，每个人又别有一番滋味在心头。长期相伴的大夫人富氏，在伯温娶过陈氏以后，心情虽有些解脱，可总不愿打破全家团聚、和乐安详的气氛；过门还不到一年的二夫人陈氏，正体味着如糖似蜜的新婚幸福，她听说丈夫要同朋友游学他乡，立刻泪珠儿“啪嗒啪嗒”地掉下来，拽住丈夫的胳膊说：“不，不，不让你走！你走了，我和母亲、大姐岂不是冷清死了！”

少妇的娇嗔使刘伯温心弦震颤，又喜又怜。“我也不想离开你们，可是你想，男儿读书争取功名，总要报效国家的，应该志在四方。我出去，是为了增长见识，开阔眼界，以后回到家里，也好讲给母亲和你们姊妹听听呀。”

陈氏歪头凝眸，嫣然一笑说：“那你走了，不能忘记我们，每到一个新地方，都要写封信来，早早返家。”

“好，好，我答应。”

刘伯温拜别老母，嘱咐弟弟刘升照管家事，又同妻妾话别。

刘伯温赶到婺州，葛元哲早和三四位朋友在那里等候。他们相互认识以后，一同乘船，沿兰溪江北上入桐江。

浙江因江道曲折如“之”，又名之江，上游是由新安江、兰溪江二水汇合而成，到桐庐称桐江，桐庐至富阳称富春江，到萧山与钱清江汇合，到杭州东南称钱塘江。刘伯温坐在小船上，望见桐江江面开阔，波光粼粼，远山叠翠，岸柳依依，不由心旷神怡。

触景生情，刘伯温想起两位古人来。他们是东汉的严光和宋末的谢翱。

严光，余姚人，本姓庄，因避汉明帝刘庄讳，改姓严，字子陵。少年时曾与刘秀一起游学。刘秀即帝位，严光隐姓埋名，隐居在富春江畔。有人报告朝廷说，江畔有一奇人，披羊裘，钓鱼自乐。刘秀疑此人是严光，派人把他找来，要他在朝廷做官，严光不肯，仍回江边隐居。后人把严光钓鱼处称严陵濑，又叫严子陵钓台。台下有钓台书院。

谢翱，福安（今属福建）人，是南宋丞相文天祥部下。宋亡以后，谢翱得知文天祥遇害，独自一人步行到严陵濑，登西台，设文天祥神位，祭奠痛哭，以竹如意击石，竹石俱碎，事后作《登西台恸哭记》。元初谢翱病死杭州，他的好友将他葬于钓台以南。

晚上，刘伯温同朋友们讲了严、谢两位高士的故事，第二天，大家便由桐江至富春江，来到严陵濑，登东西钓台，俯览大江。葛元哲说："严子陵不为利禄所动，终老在此，这是不容易做到的。可是钓台这么高，怎能垂钓？实际上这是后人仰慕他的高风亮节，凭吊他的高台而已。"

刘伯温没有回答，他脑子里正在酝酿一首《夜泊桐江驿》：

伯夷清节太公功，出处非邪岂必同？
不是云台兴帝业，桐江无用一丝风。

他们在驿站又听人说，当今也有一位像严光那样的隐士，江浙行省参政苏天爵知他有才，一再敦请他出山为官，他都谢绝了。这个人长年住在江畔，自食其力。他就是徐舫。

第二天一早，他们就来到瑶琳村，拜访徐舫。

在一片浓郁的松柏遮掩下，有一个篱笆小院，院内草房数间。带路的孩子向院内喊道："徐奶奶，你家来客了。"

一位古稀老妪走出屋，看见是一群书生，便问道："你们是找我儿子徐舫吧？今日一早，他就出门了。"

"老人家，他什么时候能回来？"

"难说。有时候出去三五天才回来。不过，今天他走不远，晌午能回家。"

刘伯温等暂别徐母，仍请孩子带路，去游瑶琳洞。

村童找了一根松明子点着，领大家进入洞中，天然的石灰岩溶洞如同人工修造的长廊，里面有一股潮气，地上坑坑洼洼。走了几丈以后，忽然出现一个大厅，方圆数十丈。洞壁上怪石嶙峋，有的如虎舞爪，有的似马腾空，有的如乱云飞渡，有的似盘根虬松。总之，那些形象随人去想、去说。他们说说笑笑，都说游历了仙境。

再往前走，大家似乎听到雨声淅沥，又似小溪潺潺，村童举火把四照，果见小溪流水。再往前，似有更大的穹洞，但莫测高深，使人觉得阴森森的。村童说："相公，再不敢走了！"

大家只好顺原路返回。

刘伯温等再次来到徐家，正遇到一位中年渔夫，披蓑衣，戴斗笠，中等身材，脸孔黝黑。他正从鱼篓中提出一条活蹦乱跳的大黑鱼和一条鳜鱼。

村童还未来得及说话，刘伯温便上前一揖："你可是徐舫先生？学生刘伯温等特来拜访。"

"不敢当。在下正是徐舫。寒舍不洁，就请各位在这里坐。"徐舫指着房前的石桌、石凳。

大家围坐石桌旁，徐舫已将鲜鱼提进屋去，并端出了茶壶、茶碗。刘伯温、葛元哲等向徐舫表示仰慕之意，徐舫却只谈些渔樵趣事和诗文。

不多时，徐母请客人吃饭，一桌鲜鱼嫩菜，加上徐舫拿出的家藏陈酒，醇香扑鼻，一下子驱走了大家旅途的倦意。

直到刘伯温等人拜别时，徐舫才拿出自编诗集《瑶琳》《沧江》赠给刘伯温，说："刘先生喜欢诗，那就奉上拙作，请不吝赐教。"

回到驿站，众人争先阅读徐舫的诗作，读着读着，竟忘了睡觉，大家都觉得这位隐士确实不凡。

刘伯温等顺流而下，在富阳逗留几天，又往钱塘江。到临安，别人去游览西湖，刘伯温自去拜会壬申年一起中举的同年。弹指间十年过去，朋友们握手话旧，举杯畅饮，友情酒香冲去了人间烦恼。

光阴荏苒，不觉两个月过去，西湖上飘起了雪花，朋友们纷纷离开临安回家过年，只有刘伯温、葛元哲留了下来。

开春以后，二人才开始去江东。他们去了苏州、镇江、丹阳。每到一地，访名士，游名胜，写诗题词留作纪念。自然，刘伯温没有忘记对陈氏娇妾的诺言，还要把新地方的见闻写信寄回家去。

刘伯温在丹徒，住在巨村的蛟溪书屋。当地名士欧阳太守敬佩他的学识，令子弟拜他为师。刘伯温可能是受了占卜数术一类书的影响，常爱说什么“凡事皆由前生定”。九月九日这天，欧阳太守设酒赏菊，可巧刘伯温因事外出，等他回来时，酒席上只剩下一杯酒和半个鸡头。太守命家人重整酒肴，伯温笑说：“不必了，这是前生注定。”

“先生这话怎讲？”

刘伯温笑而不语，令人取纸笔来，就在桌上铺纸写道：

去时三月三，来时九月九。
半个鸡头一杯酒，乡亲情谊最长久。

“江南佳丽地，金陵帝王州”。刘伯温与葛元哲经长时间的跋涉，终于到了目的地金陵。

金陵位于长江下游南岸，东和长江入海口直线距离约六百里，西有坦荡辽阔的江淮平原，东接锦绣富饶的江南鱼米之乡，在城区及其周围，山地、丘陵、平原、江河、湖沼，纵横交错，雄伟多姿，景色秀丽，有“龙盘虎踞”之称。

在春秋战国时代，金陵东面是太湖流域的吴国，西面是长江中游的楚国。吴的都城叫姑苏（今江苏苏州），楚的都城叫郢（今湖北荆州市荆州区西北）。金陵处于“吴头楚尾”。传说吴王夫差曾在金陵城里的冶山筑冶城，作为冶炼作坊。吴国东南有个越国，建都会稽（今江苏苏州）。公元前472年，越王勾践用范蠡之计灭吴，企图在江淮称霸，范蠡在边境筑了越城。公元前333年楚灭越，占有吴国旧地。楚威王在石头山上筑城，叫金陵邑。秦始皇统一中国后，将金陵邑改为秣陵县。到了三国时代，东吴的孙权将首都从京口迁至秣陵，改称建业。东吴以后的晋、宋、齐、梁、陈等六朝在这里建都，西晋改称建邺，后又改为建康。五代十国时，南唐建都建康，又改称金陵。

元世祖忽必烈灭金后，于1275年下江南，由雨花台攻入建康，之后改其名为建康路，后又改为集庆路。但在习惯上，人们仍然称之为金陵。

刘伯温与葛元哲来到金陵住下，又结交了许多诗人文友。他们常常聚会，海阔天空，纵论古今，赋诗作文。

一天，刘伯温在街上遇到一位道士。这位道士浓眉大眼，面容清癯。刘伯温上前搭讪道：“请问道长尊姓？从何处来？”

“小道周玄初，结庐于镇江黄鹤山鹤林寺之旁。不知先生尊姓大名？”

“学生刘伯温，浙江青田人氏，初到金陵，人地生疏，还望道长指教。”

二人邂逅，攀谈起来，竟有相见恨晚之感。从此，刘伯温常到钟山之麓，跟周玄初学习道家修持之法。二人诗文应对，颇为投缘。刘伯温将这一段的感想体会，赋诗纪念：

…………

钟山秀色连冶城，百花绕屋风泠泠。

焚香独坐诵《真诰》，坠露点滴流华星。

土伯骏奔从号令，鹤鸣闻天空谷应。

寥阳宝殿歌《步虚》，河汉当窗回斗柄。

…………

在静修中，刘伯温体验到天人相应的境界。可是时过不久，周玄初道士就回镇江去了。刘伯温望着道士病弱的身影，不胜惆怅，为了排遣这种离情别绪，独自登山游逛。

钟山，古称金陵山，东吴时东汉秣陵尉蒋子文捕盗死于山上，为纪念他，也称蒋山，东晋时鉴于山的北坡露出大片紫红色页岩，在阳光下闪耀着紫金色光芒，所以又称紫金山。钟山第一峰称北高峰，居中；第二峰称茅山，居东；第三峰称天堡山，居西。诸峰形势巍峨，气象万千。刘伯温登钟山，俯瞰秦淮河与玄武湖，回想历史故事，则是感慨万千。

秦淮河与金川河是流经金陵注入长江的两条支流。秦淮河全长仅二百余里。长江与秦淮河冲积的泥沙堆积成沿江的沙洲，著名的有白鹭洲。金川河是金陵城北的一条河，经宝塔桥注入长江。

玄武湖古称桑泊，东吴的孙权曾在这里训练水军，因此又称练湖。东晋时因湖处于建康宫城之北，又称北湖。玄武湖南有鸡笼山，山上有鸡鸣寺。刘伯温游到这些地方，总是流连忘返，写下不少吴歌、江南曲、竹枝词，以抒胸臆。

刘伯温在金陵看了这么多名胜古迹，眼界大开。但这不是他最终的目的，他始终不忘救时济世之志。自从从江西辞官，迄今已过了七个年头，必须想法让朝廷重新想到自己，看到自己的才学。尽管他无时不在思念老母和美妻娇妾，他还是决定到大都走一趟。

他除了把自己的想法写信告诉思念他的亲人，又同好友葛元哲商量。葛元哲说："像刘兄这样的匡时济世之才不为国用，实在可惜！我赞成你去大都，寻求重返仕途的门路，大展宏图。"

"说实话，我们在金陵结识了那么多文友，大都小有才华，文才如贤弟者却没有一个。那就让我们一起结伴奔大都吧。"

"不，小弟和兄长不一样。我只是江南一布衣，没有功名，进京又有何益？我还是留在江东，等候你的好消息吧。"

至正六年（1346）四月初二，葛元哲送刘伯温到扬州乘船，沿大运河北上。

自隋唐以来，原由杭州经洛阳至通州的南北大运河，因战乱频仍，年久失修。到元朝初年，由于大都需粮骤增，粮食又仰给于江南，河道不畅，南北漕运不得不先从苏北黄河故道逆黄河而上，到中泺，再改由陆运到淇门，再入御河（卫河），北上到通州，再上岸转到京城大都。这样一来，绕了大弯子，既加大了运费，又延长了时间。在元世祖至元十二年（1275）

和二十年（1283），由都水监、著名的水利专家郭守敬和兵部尚书李处巽主持，多次进行开凿与疏浚，到元世祖至元二十九年（1292），从南到北，连接古运河的济州河、会通河、通惠河三条河道修成。这就使原起杭州的大运河，或是由海道通到通州的水路运输，都可经通州直达大都城内的积水潭。刘伯温在扬州上船，正是沿着这条新运河的河道北上。

刘伯温到了济州（今山东济宁），先去寻访李白故居太白楼。李白于唐开元二十四年（736）偕夫人许氏和女儿平阳，由湖北安陆迁到这里居住长达二十三年。自从新运河开通，济州成了南通江淮、北过燕冀的大码头。河上帆樯如林，商贾麇集，市井繁荣。太白楼建在泗水河滨，楼不算高，但楼基很高，楼室精致，楼旁平台上碑刻甚多。刘伯温喜读李白的诗，看了李白故居，更增加了对诗人的崇敬。

又经数月颠簸，刘伯温终于经通惠河，到了大都的积水潭上岸。遥望皇宫金碧辉煌，近观大街上车水马龙，他很是兴奋。他找到一家旅店落脚，稍事休整，就去拜访那一年考中进士后对他表示十分赏识的揭傒斯大人。他想借助揭大人的引荐在朝廷找一个位子，也好为国效力。可当他奔到揭大人府上，守门人却告诉他："揭大人已于两年前过世了。"

刘伯温一时怔住，呆呆地望着朱漆大门之内，怀想揭傒斯的往事。

据说有一次，丞相脱脱问揭傒斯："修史以何为本？"

这位修史总裁胸有成竹地回答："用人为本。有学问文章而不知史事者不可与，有学问文章知史事而心术不正者不可与，用人之道，又当以心术为本也。"

这些话铿锵有力，落地有声，在文人中广为传诵。可惜，

各自回家。刘伯温写《送葛元哲归江西》：

…………

江南二月草木秀，雪阵如涛衮清昼。
投壶命觞尽文友，此乐百年何日又？
一朝复一朝，三岁如过电。
四牡彭彭子独贤，江东山水应看遍。
人间事，万不齐，我马向南君向西。
…………

第五回 宦海浮沉倡兴义塾 风云突变携眷归里

刘伯温回到武阳村，与家人久别团聚，整日沉浸在慈母爱、妻妾情的温柔乡里。家乡的山光水色洗涤了游子身心的风尘，家乡的饭菜补养了他的身子。他像每次从外面回来一样，很快恢复了体力和精神。此次回家，等候行省的任命，他心里憧憬着报效国家的前景，不论下田劳作或是伏案读写，总觉身上涌动着一股劲头。

不知不觉间，半年过去。这一天，陈氏夫人喜滋滋地咬着伯温的耳朵，说："告诉你，有了，有了……"

刘伯温一时丈二和尚摸不着头脑，忙问："有什么？"

陈氏脸上立刻飞起红霞，一头扎到他怀里："你不是早就盼孩子吗？"

"啊呀！"刘伯温顿时喜出望外，竟一下子把陈氏抱了起来。然后，他把这消息立刻告诉母亲和大夫人富氏，以及弟弟、弟媳。一家人心中的空缺充实起来，都像过节般地高兴。这时一位老家人急急忙忙闯进屋来："老爷，省里派人送信来了！"

刘伯温接过信，拆开一看，原来省檄授他为江浙行省儒学副提举并行省考试官，命他即日赴杭上任。

又是双喜临门！

一家人欢天喜地地庆贺了一番之后，又为这即日赴杭上任平添了愁烦。刚相聚，又别离，怎不令人难受呢？到底是老夫人深明大义，她说："基儿，你多年苦学苦读，又不辞辛苦，跋涉千里到大都去，不就是为了用学得的本领报效国家吗？如今行省命你去上任，正是实现你抱负的好机会，你就放心地去吧。想家了，就回来看看。"

母亲的话，正是刘伯温想说的。虽然他在感情上难以割舍这温馨的天伦之乐，但如果年轻时无所作为，岂不要"老大徒伤悲"吗！他冷静地想了一会儿，对母亲，也是对全家人说："母亲的教导极是，儿就做赴任的准备。家里的事就全靠升弟受累了。"

刘升早有思想准备，爽快地答应说："哥哥放心，我会尽力孝敬母亲，照顾好两位嫂嫂。"

一说到这儿，二夫人陈氏鼻子一酸，哭出声来："你刚刚回家才半年，又要走，不行，不行，我也跟着去！"

刘伯温心头一震，回过头来，像对不懂事的小妹一般，委婉相劝："你现在有孕在身，出门要坐车、骑马，颠颠簸簸，多有不便；再说，离开家，没有母亲和你姐姐的悉心照护，会休息不好。不如等到孩子生下来，我再回来接你们。"

"不，不……"陈氏的头摇得像拨浪鼓，哭声更大。老夫人看到这架势，很理解年轻媳妇独守空闺的苦情，怜惜地说："基儿，她执意要去，就让她跟着去吧。她年轻，怎能忍受夫妻长期离分呢？你出外做事，身边有个知冷知热的贴心人，我心里也踏实。我看，可以先在家里雇一个可靠的老妈子，随时服侍她就是了。”

大夫人富氏也有她的考虑，忙跟着说：“还是母亲想得周到。妹妹就跟夫君前去，生儿养女，我留在家里，同弟弟、弟媳服侍母亲，也算作两全其美了。”

刘伯温见大夫人如此诚恳，陈氏又那么痴情，也不再说什么反对的话，深情地对大夫人抱抱拳，说：“多谢了！”

这一下倒使大夫人闹了个大红脸，笑说：“别斯文啦，快点收拾行装吧！”

杭州，古名钱塘，又称武林。隋文帝时用名“杭州”。隋炀帝时，因为开凿大运河，南起杭州，这里成为交通枢纽，经济开始发达，人口也日渐增多。五代时，吴越国在此建都，称西府。南宋高宗赵构在建炎三年（1129）逃到这里，改名临安府。建炎八年（1134），正式定都临安。从这时起，这里成为世界名城。元朝改称杭州路，辖钱塘、余杭等八县和海宁州，治所设钱塘。这里也是江浙行省所在地。

至正元年、二年（1341、1342），杭州连遭两次大火。第一次烧毁官民房屋一万五千余间，烧死七十四人；第二次大火比第一次更凶，受害者两万三千余户。从此，数百年间的繁华之地，日渐凋敝。

刘伯温带家眷到达杭州时，火灾造成的创伤已渐渐平复。他直接到江浙行省儒学提举司官署报到，同家眷被安排住在署内的官房里。

行省儒学提举司统管各路、州、县学校祭祀、教养、钱粮的事情，以及考校下面呈上来的著述文字。每司设提举一人，从五品；副提举一人，从七品。刘伯温就任行省儒学副提举，主要分管“考校呈进著述文字”。他不嫌官小，而是认真负责，热情地为各地贡生和落第举子批阅文章，提倡兴办义学，尽力让山野的孩子们上学读书。

不久，葛元哲也来到杭州，行省授为掾史，掌管书簿典册。

第二年，月忽难明德任江浙行省财赋副总管，也来到杭州。

这时候，江浙行省中有一名参政苏天爵，字伯修，人称滋溪先生。他为人耿直，学识渊博，先由国子监授蓟州判官，后升任江南行台监察御史，奉命到湖北查案，平反冤狱多件；顺帝年间，又升任吏部尚书，参议中书省事；后又任京畿宣抚，大事兴革，办了许多弹劾贪官污吏、为民除害的好事。京都人都誉他为包拯再世。这一来反而遭到丞相阿鲁图的忌妒，竟以“坐不称职”，把他遣回老家真定（今河北正定）。又过了一段时间，丞相换人，才起用他为江浙行省参政。

温州瑞安人高明，字则诚，至正五年（1345）进士，授处州录事，行中书省知道他的名声，也把他调到省城，与葛元哲同为掾史。刘伯温与他们二人经常往来，成为知己好友。他们三人都十分敬佩苏天爵，苏天爵也非常器重这三位年轻人。苏参政年近花甲，由于在任上操劳过度，头发全已霜白。他特请葛元哲、高则诚代为编定《苏天爵文集》。

刘伯温在读过国子监博士黄先生写的《苏公断狱记》以后，感慨很多，也写了一篇读后感，题为《书苏伯修御史断狱记后》。他认为，朝廷考虑到一些狱案审判不一定公正，因此派官员前去复审，这给那些衔冤抱恨的人带来希望，有如枯木之盼云霓。然而有人却说，断大狱不过是复审已成定局的案子，如果找不出破绽，是无法更改的。因此，大多数人仍以为刀笔吏能定生死。但苏公断案记记载，苏公在湖北平反的冤案何尝不是成案？他并未拘泥于原来的判决，而是重新查审。结果，仅在湖北一地，苏公就平反了八件冤案，查办了豪右依仗势力犯法的案子好几件。难道其他地方就没有冤案吗？不是，是没有苏公而已。实际上，在许多地方，强梁横行，怨声载道，受害的百姓上告无门，在忍无可忍时，不是采取斗杀的方式，就是变为盗贼。刘伯温希望圣明的天子从苏公断狱记中得到启发。

然而，他只能借着这一番感慨，抒发一下内心的想法。他在儒学副提举的位子上，仍然难以施展安邦定国的才干。有一次，他发现一个监察御史失职，虽然这不属他的职责，仍然大胆揭发。

元朝，在中央有御史台，各地有御史台的分支机构行御史台。江南诸道的行御史台权力很大，分别监督江浙、江西、湖广三行省，管监察、弹劾三行省以下大小官员、军民等。官员犯罪报中书省奏闻天子，有功者也可保举。只有御史才有权监察、弹劾行省百官，而刘伯温以一个七品儒学副提举的身份，竟敢弹劾行台御史，触犯了御史们的尊严，自然受到责问。

刘伯温胳膊扭不过大腿，只有辞职不干，一走了之。苏天爵大人十分同情、赞赏他，但对他的去职也是爱莫能助。

至正九年（1349）秋，刘伯温担任儒学副提举刚刚一年多，就从儒学提举司官署中迁出，搬到钱塘江畔白塔山下居住。

半年前，陈氏平安地生了一个儿子，刘伯温为他取名刘琏，字孟藻。不久前，老夫人、大夫人、弟弟刘升夫妇，全都来杭州探亲。刘伯温辞官回到新迁的家里，正好享受一家团聚的亲情之乐。

一家人在杭州过了一个团圆年，遵照老夫人的吩咐，全家老少一起登万松岭，在寿宁寺烧香祈祷。回来以后休息了几天，老夫人和刘升夫妇决定回南田老家。一年之计在于春，他们要回去准备春耕。陈氏请大夫人留下共同抚育孩子，大夫人处于一种进退两可的矛盾状态，表面上仍坚持要回南田。还是老太太明白她们的心理，便一人做主，硬把大夫人留下，让刘伯温一家四口在一起过日子。

刘伯温不在衙门上班，在家也闲不住。平常，登门拜访，求他指导、批改文章的学子此去彼来；当地一些文人墨客也慕名前来，请教诗文，探讨学术。刘伯温虽不在儒学副提举的位子上了，仍然热情地倡导、兴办义塾，以便使那些上学比较困难的孩子能够读书识字。海宁州的贾希贤办了义塾，刘伯温推荐自己的好友刘显仁去任教；青田县同乡洪应求办了义塾，请刘伯温为他写一篇办学记，刘伯温欣然命笔；杭州有一个叫沙班子中的人想办义学，刘伯温也写诗鼓励。

西湖因湖的位置在杭州城西而得名，又称金牛湖、明圣湖、西子湖。元朝上饶人熊进德曾作《西湖竹枝词》："销金锅边玛瑙坡，争似侬家春最多。蝴蝶满园飞不去，好花红到剪春罗。"因而又称西湖为"销金锅"。偏安一隅的南宋君臣，过着醉生梦死的日子，把杭州当作销金锅，落了个国破家亡的下场。从那以后，西湖渐废，有的地方泥积水枯，只剩下了一些荒滩、污水。刘伯温曾带母亲和全家人来此游逛，大家乘兴而来，失望而归。

其实，刘伯温自己很少游西湖。有一天，几位好友约他同游西湖，他们在湖边租了一只船，泛舟吟诗。老友葛元哲忽然手指西北方向说："诸位请看，好一片绚丽的云霞！"

高则诚说："这是祥云吉兆，不如我们就以此为题，各自赋诗一首。"

刘伯温仰头望了望，自顾饮酒不语。大家知道他上通天文、下知地理，见他沉默不语，知道他似乎心里有什么道道儿。有人过来推他肩膀，笑问："刘兄，依你看，这是何征兆？"

刘伯温一手持酒杯，一边大声说："这是天子气！位在此地的西北，应在金陵。十年后，将有王者兴！"说完，他举杯仰脖，"咕咚咕咚"把一杯酒喝光，哈哈大笑。

同船的鲁道原、宇文公谅见他如此，大吃一惊："刘兄，你是不是醉了？现在正当我朝兴盛时期，你何出此言？不怕传扬出去，连我们也被拐带着抄家杀头吗？"

这二人真的吓得不敢再玩，等船一靠岸便借口溜走了。刘伯温也不与他人解释，只是请自己的学生沈与京，在岸边酒店中重摆宴席，与大家纵酒放歌。

这件事不久在朋友中传开，有人说那是刘伯温书生发狂言，不知天高地厚。而熟知刘伯温的西蜀画家赵天泽，却认真地说："刘伯温不是随便说的。他精通卜术，善观天象，是诸葛孔明一类人物。他既然这样说，自有他的道理。不信，就等着瞧吧。"

此后不久，果然天下大乱。农民领袖、草泽英雄纷纷揭竿而起。

元朝末年，土地高度集中。蒙古贵族统治者已完全成为封建大地主，各自占有大量田产。比如泰定帝也孙铁木儿即位以前，曾献给政府七千顷土地；顺帝时，公主奴伦陪嫁的土地，由政府拨给其夫伯颜的，也有五千顷。元朝皇帝为了拉拢蒙古王公贵族，一登极便分赐土地成千上万顷。以前赐地多在北方，尔后又转向南方的肥沃土地。

汉族地主的兼并之风也日益猖獗，比如福建崇安县有田税人户四百五十家，纳粮六千石，其中五十大户即纳粮五千石，占全县纳税户九分之一的地主大户，竟占有六分之五的土地。

在天灾人祸的无情压力之下，农民不反还待何时？

早在泰定二年（1325），便有河南息州赵丑厮、郭菩萨起义，提出“弥勒佛当有天下”。顺帝至元三年（1337），又有广东朱光卿、聂秀卿起义，自称“定光佛出世”。同年，河南棒胡起义，举弥勒小旗。顺帝至元四年（1338），彭和尚（莹玉）、周子旺在袁州（今江西宜春）起义，起义农民五千余人，背心皆书“佛”字。到至正初期，小规模起义已遍及全国，仅江南一带起义即达三百余起。

民谣说：“贫极江南，富夸塞北。”又说：“塔儿白，北人是主南是客。塔儿红，南人来做主人翁。”这些民谣强烈反映了日益激化的民族矛盾和阶级矛盾。

“石人一只眼，挑动黄河天下反。”这是至正十年（1350）流行于黄河灾区的民谣。至正十一年（1351），黄河在白茅堤和金堤决口，洪水吞没了河南、山东一带几十个州县，接着又是干旱、蝗虫、瘟疫，使得众多百姓家破人亡。黄河水溢入运河，又淹了沿河的盐场。当时，漕运和盐税是朝廷的经济命脉，朝廷不得不在至正十一年四月令贾鲁为工部尚书、总治河防使，征发汴梁、大名等河南、河北十三路十五万民工，及庐州等地两万多兵士到河上服役。河工本来就是饥民，到工地干活，又因修河官吏的贪污克扣，根本吃不饱，监工的军队又不断用棍鞭打罚，河工们的不满情绪一天天在积蓄、高涨。

栾城人韩山童以白莲教教主身份宣称：天下大乱，弥勒佛降生，明主出世。他的徒弟颍州（今安徽阜阳）人刘福通等人，决定利用黄河民工的愤懑情绪，发动起义。他们暗地凿了一个独眼石人，在它的背后刻上“莫道石人一只眼，此物一出天下反”，埋在就要动工的黄陵冈（今河南兰考东，山东曹县西南）河道上。当河工们掘出石人以后，认为这石人背后的话，正应了民谣所说“挑动黄河天下反”的意思，个个雀跃欢呼，奔走相告，大家都说造反是天意。

于是，这年五月初，韩山童登高一呼，便聚众三千余人，在颍州颍上县白鹿庄揭竿而起。大家推举韩山童为明王，但因走漏风声，白鹿庄很快被官兵包围，韩山童被杀，他的妻子、儿子逃匿于武定山中。刘福通冲出包围，转回到家乡颍州，拉起一支队伍攻下颍州城。全国大起义从此爆发。

刘福通的队伍头包红布，所以人们称他们为“红巾军”或“红军”；又因他们信白莲教，烧香拜佛，所以也称“香军”。

元朝派骑兵镇压起义军，但因官军多为蒙古人、色目人的大少爷，只会吃喝嫖赌，一打就溃。刘福通很快占亳州、朱皋、罗山、确山等地。黄陵冈的河工得信，也杀了监工的河官，头包红巾，汇入了刘福通的队伍。不久，这支起义军发展到十万人。

江淮一带，袁州慈化寺和尚彭莹玉、麻城铁匠邹普胜在湖北传教，听到刘福通起事，彭和尚于八月间在蕲州（今湖北蕲春）起义，十月攻克蕲水（今湖北浠水），并推举罗田的布贩子徐寿辉为皇帝、邹普胜为太师。他们同样烧香拜佛，头裹红巾，因此也称红巾军、香军。这支队伍很快占领湖北、湖南、江西一带。没多久，从者如流，全是些穿短衣、草鞋的劳动者，他们削竹为枪，头缠红巾。军队开动时，满山遍野一片赤色。

此外，以“红军”为号的还有萧县芝麻李，南阳布王三，荆、樊孟海马，漳州郭子兴等。两淮、丰、沛、许、汝、荆、汉各地农民都起来响应。

与红巾军起义同时，尚有至正八年（1348）浙东方国珍和至正十二年（1352）泰州张士诚起义。方国珍，台州黄岩人，以浮海贩盐为业，面黑体白，膂力过人。他父亲胆小怕事，事奉地主如听命官府，国珍责备父亲：“他是人，我们也是人，为什么这样自卑自贱？”至正八年十一月，邻居蔡礼头啸聚恶少行劫海上，官府发兵缉捕。方国珍的仇家陈氏趁机诬告他与海盗勾结，国珍怒杀陈氏。陈氏家属告官，官家发兵来捕。国珍一怒之下，与兄国璋，弟国瑛、国珉和一些受牵连的人，一起驾船逃亡海上。他们聚众数千。江浙行省参政朵儿只班率兵追捕时被俘，方国璋要求这位参政上书朝廷，招降方国珍兄弟。朝廷不得不授国珍定海尉。国珍嫌官小，仍然扩张自己势力，遍及庆元（今浙江宁波）、台州、温州广大沿海地带。

刘伯温清楚地看到，元朝廷已陷入风雨飘摇的境地，但他的心情十分矛盾。他既同情农民的苦难，不满元朝官吏的腐败，同时又反对农民造反。他仍然站在忠于元朝的立场上，看待眼前的一切。他在《忧怀》一诗中，仍把农民起义军视为“豺狼”“群盗”。

至正十一年（1351）底，徐寿辉的军队直指饶（今江西潘阳）、信（江西上饶西北），在杭州的江西籍官吏慌张起来，浙东人也怕战乱扩大，回不了家。葛元哲已因本省籍大臣的保举，回家乡金溪任县尹，郑士亨、熊文彦也走了。刘伯温受他们影响，再也不想在杭州住下去，同家人商量以后，赶紧雇船回老家。

如今，刘伯温已是五口之家了。长子刘琏已经四岁，活泼聪敏；刘琏的小弟刘璟也一岁多了，结实好动。再加上从家乡带来的奶妈，全家一共六口人，乘一只小船南下。

到了婺州，已不见官兵，据说早已望红巾军而逃跑。越是沉寂越使人感到恐怖。刘伯温一家舍舟登岸，为两位夫人和孩子雇了竹制小轿，自己跟在后面，沿崎岖山路直奔家乡。回到家，他写诗记述这一路心情：

闻道人家总避军，我亦独穿豺虎群。
莫思身外路多棘，且喜雨晴山出云。
林端石磴鹘自占，涧底风松猿共闻。
他年想象或梦到，两鬓白雪应纷纷。

第六回　投笔从戎辅佐左丞　壮志难酬“羁管”绍兴

快过年了，那些远走安徽、江西、福建的商人、木匠、弹棉花的纷纷回家，各自带来了消息：刘福通、徐寿辉造反；芝麻李开仓济贫，和彭大、赵均用等八人装作河工，四人混入徐州城内，四人埋伏城外，半夜举火呐喊，里应外合，攻占徐州，第二天竖旗招兵，河工与当地百姓纷起响应，一下子发展到十余万人。

大家讲这些新闻的时候，个个眉飞色舞，不像刘伯温，说他们是“盗”，是“狼”。

至正十二年（1352）正月二十三，有人从台州回青田，捎来了台州友人黄天徽给刘伯温的信。信里说，元朝廷招降了方国珍，授给他们兄弟官职；又说，原温州前沿海上副万户石抹宜孙，奉行省之命，平定了入犯处州的“闽寇”，为此被升为浙东宣慰副使，已在台州上任；信中又说，苏天爵大人认为刘伯温很有军事才干，已提请行省给予任用；最后说，友人陶凯也已返回天台家中，他和朋友们都希望刘伯温去台州从军。

刘伯温看完信，心里很不平静。他读过不少军事著作，很想一试身手。他认为，如今国家不安宁，主要是地方官吏贪赃枉法造成的。这些人食君禄而扰民害国，逼民为盗。作为一个堂堂男儿，理应在国家社稷动荡时挺身而出。但他一看到两个活泼可爱的孩子和妻妾的笑脸，又觉得为难了。

刘伯温只知忠于朝廷，可朝廷的腐败已到了不可救药的地步。元顺帝和他的皇后、嫔妃照旧骄奢淫逸，拿着人民的膏脂大肆挥霍。治理黄河本来于民有利，但由于地方官吏和监工的工头层层剥皮，逼得河工起义。至正十二年春天，元顺帝还以河复故道为由大赦天下，派人制“河平碑”，表彰丞相脱脱和工部尚书、总治河使贾鲁，然后又照例举办“游皇城”活动。

游皇城是从元世祖时流传下来的。每年由中书省发文到各官衙，备办关羽神轿，饰以幢幡，命戏班子和仪仗人员万余，从二月十三到二月十六，在皇城内游行。在这同时，都城的大街小巷张灯结彩，万民倾家而出，跟随游行者观看；皇帝与后妃、公主登玉德殿门外临时搭起的彩楼观赏；僧众则在大明殿内做佛事。在这几天中，就连留驻大都的外国客商也来看热闹。看了这种华丽场面，他们无不慨叹元朝的铺排张扬。

尽管元顺帝粉饰太平，以为各地农民起义不过是地方“小贼”捣乱，可是这“乱子”越闹越大，起义军攻占的城池越来越多。没过多久，刘伯温果然接到行省命令，授他浙东元帅府都事。

元帅府设在庆元路，分管庆元、衢州、婺州、温州、台州、处州、绍兴七路。刘伯温不再犹豫，毅然单身离家赴杭。

年初，刘伯温刚到杭州，就听说徐寿辉连下汉阳、武昌、安陆府等地，曾招降方国珍的元将孛罗帖木儿驻守江州（今江西九江），这时闻风而逃。

二月，定远的郭子兴起兵。郭子兴的父亲本是曹州（今山东菏泽）人，在定远算卦为生，因娶了定远富家盲女，逐渐成为富豪，生有三子，子兴为次子，为人豪侠，在江湖上结交了不少朋友。他看到天下大乱，便把家财散尽，与同乡壮士拉起队伍，自称元帅，占领濠州（今安徽凤阳东北）。元将彻里不花领兵镇压，又不敢进攻，只得抓些手无寸铁的村夫作“强盗”，报到上面去邀赏。这一来，反而逼得豪杰义士纷纷投奔郭子兴。

三月间，元朝廷为征讨徐州的芝麻李，命江浙行省募集舟船，训练水军，扼守长江。方国珍以为是对付他的，便重新反叛入海。台州的达鲁花赤泰不华守卫黄岩的澄江，方国珍调二百只小船攻马鞍山，泰不华见形势严峻，对部下说：“我是一介书生，如今位登显要，防守海隅，我决不负朝廷、不负所学，你们都要齐心助我克敌。如能战胜，我当为大家请功；如不能胜，我将以身殉国，你们就各奔前程吧！”

众军受到他的激励，纷纷高呼：“我们愿跟随大人克敌报国！”

方国珍水军扬帆来攻，泰不华挥戈反击，打了没多久，方国珍船队掉头逃跑，泰不华不知是计，紧追不舍，在急驶追杀中，船队冲入沙滩，搁浅难进。方国珍军下船将泰不华包围，展开肉搏战。泰不华毫无惧色，也下船拼命，以一介书生杀敌十余人，终于被杀。

刘伯温对泰不华很熟悉。泰不华的父亲塔不台历任台州录事判官。泰不华十七岁时江浙乡试第一，英宗时进士及第，至正初年参与修宋、辽、金三史，官升礼部尚书兼全国馆事。至正十一年（1351）任浙东宣慰使都元帅，又兼台州达鲁花赤。他只活了四十九岁，在诗、画、书法方面造诣很深。难能可贵的是，当顺帝立婶母为太皇太后时，他敢于上书谏止。他一直反对招安方国珍。刘伯温对泰不华极为敬佩，他就是怀着惋惜和悲愤的心情，到台州上任的。

台州辖临海、仙居、宁海、天台四县及黄岩州，总管府设临海。刘伯温到临海后，先去拜见浙东宣慰副使石抹宜孙。宜孙博览群书，善作诗，是一个汉化的蒙古人，世袭海上副万户。二人见面，意气相投。宜孙不把伯温当下属，而是视为知己。

刘伯温在此任都事，很尽职，主持检查和修葺颓倾的城墙与城门城楼。他还同宜孙商议，在当地招募了一支“乡兵”，攻占龙泉，把红巾军挤出了处州路。

不久，徐寿辉部将项普略引兵自徽州（今安徽歙县）、饶州进至杭州，杭州失陷。刘伯温写诗谴责那些高门大户的纨绔子弟只知淫乐，一旦遇变狼狈出逃。他也看到起义军势头汹汹，立即提醒浙东元帅答里也忒迷失说：“方国珍降而复叛，正在伺机进攻。如今杭州失守，他必会乘机扩大地盘，我们地处沿海，必须加强防卫。”

元帅依计而行，令庆元、台州、温州各处积极构筑工事，训练兵勇。

八月，果不出刘伯温预料，方国珍率兵攻台州，由于事先防备严密，粮草充足，打得方国珍兵败而退。由此，刘伯温神机妙算的名声传遍浙东。答里也忒迷失问伯温：“看来各地造反的势头不会很快平息，依刘大人之见，该如何进一步防范、治理？”

“不管任何时候，除了城防坚固，还必须足食强兵，不然……”说到这儿，他铺纸执笔，将自己近日所想的，写成了

《筑城词》：

…………

寄语筑城人，

城高固自好，

更须足食仍足兵，

不然剑阁潼关且难保。

…………

在徐寿辉攻杭州、方国珍攻台州时，宣慰副使石抹宜孙奉命征讨起于龙泉、庆元的“山寇”。他听到杭州失陷、台州保全的消息，曾寄诗给刘伯温。刘伯温回诗四首，并附上《筑城词》，建议石抹宜孙兴筑处州城。

不久，刘伯温奉命巡视温州，劝说温州军民对方国珍不可麻痹大意，要严加防范。果然，他刚回台州，方国珍就开始袭击温州。

十月，方国珍又率兵袭击瑞安飞云江。十一月，朝廷命江浙行省左丞帖里帖木耳攻打方国珍。

帖里帖木耳听说刘伯温精通军事，对付方国珍有一套办法，便迟迟不出兵，先把刘伯温召到杭州，请他面授机宜。

至正十三年（1353）初，刘伯温接到左丞手谕，立即由临海出发，快马加鞭，星夜赶往杭州。这时的杭州已从徐寿辉手中夺回。经过战乱，杭州已与他当初任职时大不一样了。他骑在马上，越看越难过。他想不到的是，一到行省衙门，对他打击更大的，就是他所熟悉和敬重的苏天爵参政，已于去年十二月领兵攻克饶州、信州时，因积劳成疾逝于军中！

他不由泪流满面。伤感之情无法排遣，他独自来到西湖边上，回忆着同苏大人相处的情景，一边想一边哭，回到寓所写成悼诗一首：

徘徊西湖上，怆恨有所思。
所思不可见，涕泪下沾衣。
死生一瞬息，逝者安可追。
狼瞫信君子，李陵非男儿。

他暗下决心，要效法苏参政的为国捐躯，绝不做李陵之流降敌的败类。

他的情绪稍稍平定以后，便去拜见帖里帖木耳，说："左丞大人，方国珍是祸乱之首，宜捕而斩之；胁从之众宜招而安之。也就是采取捕、招兼用之策。试想，方国珍本已被招安，得了朝廷官职又复背叛朝廷，目的是要挟朝廷，想得到更高的官位。我们只要对他坚决围剿，又区别对待他的下属，分化瓦解他们，他必然会害怕。这样，寻机彻底摧毁他也就不难了。"

帖里帖木耳边听边点头，欣喜地说："刘大人所言极是。"

刘伯温又举例说："去年濒海各县的大姓陈子由、杨恕卿、赵士正、戴甲等人，听了朝廷的话，出钱招募勇士，捕拿方国珍；有些不听朝廷话的投奔了方国珍。后来朝廷招安了方国珍，听朝廷话的人遭到方国珍的报复，既没做成官，又被害得家破人亡；而那些投奔方国珍的人，反而都跟着当了官。像这个样子，谁还能再听朝廷的话！"

“刘大人所说这些情况，如不改变，国家的未来将不堪设想。以后，就请刘大人跟随本帅参谋军机。”

刘伯温当即答应：“愿为朝廷效力。”

很快，帖里帖木耳左丞到庆元、台州、温州一带去征募军勇。三月，江浙行省授刘伯温为行省都事，协助左丞攻打方国珍。

不料，过了没几天，朝廷发来诏书，命江浙行省左丞帖里帖木耳、江南行台御史左答内失里招谕方国珍。刘伯温实在想不通，对帖里帖木耳说：“自去年攻打方国珍，到现在才三个多月，还未真正发动攻势，又要招谕。方国珍会怎么想呢？原来招安封官，不久便叛变，这回招安了，能保他以后不再叛变吗？他手下有那么多的兵马、水勇，一旦得势，野心会越来越大，到时就更不好收拾了。”

“是的，朝廷远隔数千里，并不了解方国珍的为人。他是个反复无常的人，只是招安、许愿，满足不了他的野心，终会成为后患。我看，我们原定方针不变，还是招、捕兼用，对方国珍非用强力攻打不可，对其部属则可视情况招降之。”

“左丞大人的远见卓识，下官赞成。方国珍的势力主要在水上。我们应立即准备船只，训练水军，同他作一殊死决战。”

“对，我们按原计划执行。绍兴名医马复初，外科医术高明，马上派人把他接来，随军行动，以便到战场上救治伤兵。将在外，君命有所不受，来不及再向朝廷报告了。”

“左丞大人说得对。贻误军机，追悔莫及。下官这就去办。”刘伯温由沮丧变得振奋起来。

杭州城里，行省衙中，上上下下都忙于招兵、练兵，准备器材，打造兵器，一片忙碌备战景象。方国珍兄弟听到消息，惊慌万分。

这天，刘伯温正在衙内检查兵勇训练、编制名册，突然进来一个渔人打扮的中年男子。他以为又有人应募当兵来了，便问："你多大年纪？会不会使船游水？"

"禀老爷，小人三十一岁，从小跟家父贩盐为生，使船、游水是看家本领。"他一边说一边招呼随从，"快抬进来！"

刘伯温回头一看，又有两个渔人打扮的汉子，抬着一个黑漆箱子走进来。他正疑惑，那个先进来的汉子满脸堆笑地说："刘大人，小人们是方国珍大人派来的。方大人得知刘大人廉洁奉公，甚是清苦，特备薄礼，以表慰劳之意。我们方大人还说，刘大人一向忠君爱国，维护地方安定，方大人十分敬佩！朝廷招谕方大人为朝效力，他也要像刘大人一样尽忠报国。不久，大家就是一家人了。方大人只是为保护家乡安定，不会与朝廷作对，更不会反叛朝廷，妄动干戈。特请刘大人转达官府，方大人愿就地待命。"

那人说完，见旁边无别人，就打开箱子，露出白花花的银子，说："请刘大人笑纳。"

"我明白了，你们是方国珍派来送礼的。可是你和你们的方大人不明白，银子并不能买下所有的东西。方国珍兴兵作乱，一次、再次地叛变朝廷，现在眼看无法抵挡朝廷的征讨，又想用银子收买朝廷命官，这是打错了算盘！别人可以见钱眼开，我刘伯温看了，不过是和粪土一样的东西。你们还是怎样抬来，就怎样抬回。告诉你们老爷，不带兵来降，送什么也无用！"

刘伯温同帖里帖木耳说了拒贿的经过，左丞对于剿捕方国珍更加坚决。他说：“看来方国珍还会用同样手段去贿赂收买朝廷的文武大官。我们要赶紧派人去大都，向朝廷奏明招、捕并行的作战方针。”

左丞找来他的哥哥、行省都镇抚，带上左丞密报，亲赴大都上奏。

方国珍那边，自从派人行贿受拒，更加惶恐，果然又派人带了比上次送刘伯温还要多得多的金银财宝，乘船从海上转陆路，飞速赶往大都，通过各种渠道，收买省、院、台的当权大官。

方国珍的财宝敲开了权贵的大门。十月间，朝廷传诏，授方国珍为徽州路治中、国璋为广德路治中、国祯为信州路治中。

直到这时候，帖里帖木耳的哥哥才赶到京城。朝廷见了刘伯温的建议，不仅不从，反而斥责他“目无朝廷，擅作威福，有伤朝廷之仁德”，立即将他免职，然后送往绍兴“羁管”。

左丞帖里帖木耳也同时被罢官。

刘伯温一筹莫展。冤屈、悲愤、痛苦，一起涌上心头。几十年的抱负、希望又一次破灭了。他亲眼看到了兵荒马乱中百姓们流离失所，也看到了有些歹徒结帮拉伙、打劫寡弱，弄得民怨沸腾。他虽然十分同情百姓的苦难遭遇，却又对朝廷抱有幻想，始终怀着“食君之禄，为君分忧”的忠君思想。

朝廷并不体察他的用心，不久，将他羁管于绍兴的处分正式下达。

这“羁管”实际是撤职以后让他到指定的地方闲居，日常并无人监押。刘伯温先请假回青田老家，他打算接了妻儿一起去绍兴。

在赴青田的路上，他看到了兵乱造成的空村荒野，内心里更是无限悲凉。

回到家，刘伯温同家里人讲了去杭州做官遭贬的经过，母亲和两位妻子以及弟弟刘升夫妇，都善言相慰，并为他和妻儿远行做准备。

正在这时，老师郑原善先生来了。郑先生虽已华发满头，皱纹满脸，但精神依旧，两眼仍放射着睿智的光芒。他风趣地说："伯温，你没想到你刚到家，我就来拜访了。其实，这该感谢徐寿辉。徐寿辉的兵马已打到我的家乡玉山县，我本想到处州躲避兵祸，谁知这次离家是多余的。如今是兵盗难分啊！一路上，我所看到的是官兵到处流窜，打家劫舍，诬良为盗，冒功请赏。而徐寿辉的部下并不杀人放火、奸淫掠夺。人们所称的'匪盗'不比官兵坏……我听说你从杭州回家了，特地赶来一聚。以后，我哪里也不去了，还是回家乡。"

"谢谢先生来舍下看我。方才先生所说，与学生路上所见略同，兵不见得好，盗也未必坏。别的地方大致也是如此。正是那句老话所说：'官逼民反，民不得不反。'"

"是呀，到处都一样。听说泰州人张士诚也是被逼造反的。张士诚同他的弟弟士义、士德、士信，本来都是操舟贩盐的商人，因为豪绅们常常买盐不给钱，任意欺压，他们才忍无可忍，联络一伙人，杀掉仇家，放火烧了仇家房屋而招兵起事的。大户刘子仁射杀了士义，士诚更是怒不可遏，领兵打败刘子仁，一直打下泰州，建国大周，自立为诚王。接着，他又攻克兴化、高邮，击毙了知府李齐……"

"是吗？李齐是学生的同年，元统元年进士及第，想不到正值盛年遭此不幸！"

“李齐遭害，据说是因他被俘后不肯下跪，意在保持文士名节。其实，那些皇亲国戚、王公贵族才不管什么国体和名节呢！顺帝终日淫乐，寡廉鲜耻。中书省右丞哈麻，为了同丞相脱脱争权，故意向顺帝推荐了一个西番僧人，给顺帝传授房中术，什么‘演揲儿’‘双修法’一类，哄得皇帝神魂颠倒。顺帝喜极发昏，竟封这个西番僧人伽璘真为‘大元国师’，赐良家美女供其淫乐。反过来，国师教唆皇帝、御弟及宠幸十人，结为淫乐团伙，整日男女裸处，无所顾忌，什么国事、政事、百姓疾苦，早已抛到了九霄云外……”

“唉，真没想到朝廷会腐败到这一步，令人痛心！”

郑先生无可奈何地劝刘伯温：“我还是那句老话：岂能尽如人意，但求无愧我心。既然朝廷下诏，将你发到绍兴羁管，你也就少操那份闲心吧！还是要多加珍重，好自为之！”

“多谢先生教诲！还请先生善自珍摄，日后有机会，我定去看望先生。”

刘伯温陪郑先生游览了南田山水风光，互相说了一些宽慰的话，心情不由得好了许多。

郑先生终于回家去了。

没过几天就要过年了，真是几家欢乐几家愁。刘伯温本想初五动身，老夫人图个三、六、九吉日，又留他多住一天。初六，一家人洒泪相别。刘伯温扶着老母亲，边哭边说：“孩儿羁管期满，一定回家孝敬母亲，再不远游……”

郑原善劝勉刘伯温

第七回 赋诗遣忧静待时机 著《郁离子》洞明形势

至正十三年（1353）春天，刘伯温携二妻二子，来到绍兴，住在山阴县士绅王原实家的南园。

绍兴以一水分为两县：西为山阴，东为会稽。绍兴路治设在山阴。王家的南园面积很大，有许多荒地。刘伯温来后，凭着年轻时在家乡学得的农家本领，垦荒整畦，种下不少蔬菜瓜果。两位夫人也帮着干活，孩子们在田间捉蝈蝈，追蝴蝶，奔跑嬉戏，一家人倒也其乐融融。

刘伯温曾任江浙行省儒学副提举，才学过人，名声在外。来绍兴后，房东王原实又特意为他张扬，不多时，王家南园便成了文人名士聚会的胜地。大家谈诗论画，说天道地，互相切磋，使得刘伯温获益匪浅。

自然的灵气激发了刘伯温的诗情，在此，他写下了许多传世的诗文。

早在杭州，刘伯温对大诗人、大画家王冕就非常景仰。王冕是诸暨人，小时候家贫无依，放牛拾柴，生活很苦。他羡慕人家的孩子能入学读书，就把牛赶到草地上吃草，自己悄悄溜入学舍，听先生讲书，听学生朗读；到夜晚，还来到寺庙里，坐在佛膝上挑灯夜读。青灯孤影，磨砺了他的志气；书上学问，造就了他的才能。他望着秀丽的远山近水、花鸟虫鱼，创作的欲望油然而生。他开始自学绘画，而且画什么像什么。会稽有一位韩老夫子，听人们说有这么一个奇特的孩子，心里非常高兴，便主动收他为徒，教他绘画技法。王冕进步很快，他所画的竹、石、墨梅，冠绝古今。当别人纷纷到南园来访刘伯温时，刘伯温要出门拜访的，却只有王冕一人。

刘伯温一个人步行，来到诸暨九里山水南村，登门拜访王冕。王冕年近古稀，清瘦，很精神。他也久闻刘伯温大名，二人一见如故。他从书箱内翻出过去写的诗稿，向刘伯温请教。刘伯温细细阅读、欣赏，高兴地为他的诗集写序，认为他的诗“直而不绞，质而不俚，豪而不诞，奇而不怪，博而不滥，有忠君爱民之情、去恶拔邪之志”。

王冕还研究过兵法，会击剑，自比三国时的诸葛亮，但因几次考进士不第，理想难以实现，才变得放浪不羁起来。刘伯温曾听人们说，有一次王冕送母亲自绍兴回九里山，打扮成屈原的样子，戴峨冠，穿长袖大袍，驾牛车，唱山歌，引得孩子们嘻嘻哈哈看热闹。但他在艺术上的成就很大，首创“以胭脂作没骨体”的画梅技法，对后人影响很大。

刘伯温为鼓励他，在他画的一幅梅花图上题诗道：

会稽老王拙且痴，
能画梅花称绝奇。
春窗走笔生古怪，
中有窈窕倾城姿。
人生得闲真是好，

得闲不闲惟此老。

…… ……

九里山水南村的风光可与刘伯温家乡南田福地媲美，刘伯温有时也携二夫人与孩子们到此小住几天，孩子们爬山上树，快乐非常。

刘伯温一家过着安闲的田园生活，又同文友们来往切磋，两年以来心情很是愉快，几乎忘了是在被羁管。可是，行省没有忘记他，至正十六年（1356），撤销了对他的处分，恢复了他行省都事的职务。

至正十四年（1354），丞相脱脱在高邮打败张士诚。眼看高邮城就要拿下时，皇帝却下诏撤了脱脱的职。这事是左丞哈麻捣的鬼。哈麻先在太子、太后面前说脱脱的坏话，接着又唆使御史上奏章，弹劾脱脱出师无功，空耗财力。脱脱被撤职，标志着元朝气数已尽，他所统帅的大军百万，一时四散，有的甚至投入红巾军。

至正十六年二月，刘福通领导的红巾军在战斗中壮大，在亳州迎立韩山童的儿子韩林儿为帝，改元龙凤，国号大宋，中原各地红巾军全接受大宋号令。

十二月，昏愦的元顺帝被逼无奈，下“罪己”诏，大赦天下。

刘伯温就是在这种背景下复职的。其时，石抹宜孙正在处州任浙东元帅府的元帅，他向行省指名要刘伯温去和他一起“剿寇”。刘伯温与石抹宜孙是老友，处州又是家乡，他当然愿意回去。

在雅士王原实的南园住了两年多，不仅同王原实结下了手足之谊，而且同绍兴的诗友们也都情深谊厚，一旦要走了，真是难舍难离啊！

临走这天，东廊门外送行的人们排列两旁，就像在欢送德政昭著的地方官员。王冕老先生也从诸暨赶来送他，令他不由得热泪盈眶，激动不已。

刘伯温来到处州府治括城，先派人将两位夫人和孩子们送回青田武阳村。然后，他奉江浙行省左丞达识帖睦迩之命，起草《谕瓯括父老文》。文中，先说皇帝、朝廷是好的，坏在下面官吏，有些父老不察其故，跟随作乱，殃及百姓。他劝谕人们体察朝廷，约束子弟，否则追悔莫及。他这是完全站在元朝廷的立场说话。

接着，他协助石抹宜孙组织、整顿地主武装“义兵”，来镇压“山寇”。约两个月内，处州的丽水、青田等县的人民反抗相继被平息。

刘伯温请假回家，去探望老母和妻儿。

母亲看见刘伯温黑了、瘦了，一副疲惫不堪的样子。家里的人也是愁容满面，心事重重。刘升在向哥哥述说这几年家境窘苦时，母亲打断他，说：“别说这些了，兵荒马乱的年月，一家人能够团聚，就是福气了。”

刘伯温问刘升：“山寇是不是闹得很凶？”

“凶什么？外面人把山寇说得可怕，其实哪里有那么多盗匪？大多是老实的农民，被逼得没办法，除了打死几个贪官劣绅，并不祸害百姓；有的还劫富济贫呢。大家怕的是方国珍这些流寇，他们抢劫完了就走。‘山寇’都是本地人，谁不认识谁？”

刘伯温在家住了不到一个月，石抹宜孙又把他召回括城。

针对风起云涌的起义大军，石抹宜孙让他改任行枢密院经历。他和照磨苏友龙，军咨胡深、叶琛、章溢共同协助石抹宜孙对付各地义军。

至正十八年（1358），刘伯温因平“乱”有功，被升为行省郎中，从七品升到五品。石抹宜孙和同僚们向他祝贺，他自己也振奋起来。

年底，经略使李国凤巡视江南后，奏请朝廷升迁石抹宜孙、刘伯温等人，但因行省和朝廷中收受方国珍贿赂的大臣们偏袒方国珍，指责刘伯温的策略是逼反方国珍，所以朝廷只将石抹宜孙升为江浙行省参知政事，而刘伯温反被降回原级，仍以儒学副提举的七品官资格任处州总管府判官，并被夺去军权，不得再参与戎事。对这种处理，不但刘伯温心灰意冷，就连同僚们也为他愤愤不平。但诏书已下，不满又有什么用呢。刘伯温想起泰不华、苏天爵、李齐等忠臣为朝廷捐躯，也无法挽救岌岌可危的社稷，再为它卖命又有何益！

一片愚忠换来的是不信任和打击，他不再说什么，便弃官而去，在除夕之前卷起铺盖回家。

家庭到底是一个最终的温暖的避风港。刘伯温一回到家，全家老小欢天喜地。两位夫人嘘寒问暖，关怀备至；老母执手注视，慈爱入心；两个儿子牵衣抱腿，同父亲亲热不够；弟弟与弟媳端茶盛饭，热情可掬。刘伯温感到一阵轻松，真想躺下来睡上几天。

但他睡不着，甚至夜里也合不上眼。他在想天下大势。他渐渐认识到，元朝已病入膏肓。顺帝妥懽帖睦尔荒淫昏愦到了无以复加的程度。高丽人朴不花依靠顺帝的第二皇后奇氏当了太监。朴不花与奇氏在高丽时本是情人，为了二人能日夜相守，竟入宫当了太监，成了奇氏心腹，与右丞搠思盖勾结成党，推出太子作旗号，笼络握有重兵的扩廓帖木儿（汉名王保保），打击反对派孛罗帖木儿与朝廷大臣，挑起内讧。各地方官兵上行下效，使得元朝廷犹如一座破屋，彻底倾圮已不可避免。

刘伯温愈加同情遭难的百姓，也同那些从外地还乡的乡亲们一样，认为官逼民反是有道理的。这些事想通以后，他和家人痛痛快快地过了一个团圆年。

过年后，他见两个儿子都已认识了不少字，开始读四书五经了。每天一早，他就把孩子们叫起来，给孩子们上课讲书。为了引起孩子们的兴趣，他还编了一些故事讲给孩子们听，收效甚佳。渐渐地，他想到，既然自己的理想和主张，在现实中难以实现，何不把它写出来，传之后世，警策后人呢？于是，他写下了散文故事集《郁离子》。

《郁离子》共十八篇，一百九十五章，每章由一篇寓言和评论文字组成，字数从百余字到千余字。这些长长短短的故事反映了刘伯温治国、治军的观点、主张。

书中，刘伯温首先拐弯抹角地揭露了元朝的民族歧视政策，统治者的昏愦、腐败，以及对老百姓搜刮掠夺等弊政，发挥了孟子“民为邦本”的思想。

过去理学家宣扬“存天理，灭人欲”，把人的物质欲望看作万恶之源，刘伯温则从人民的苦难中，看到了要求衣食的满足是天经地义的。比如鸟兽本来以山林为家、以山林为乐，硬把它关在笼子里，便是不合情理的。人非鸟兽，彼此的思想感情可以沟通，如夺其所好，禁其所欲，也只是压服而不能使其心服。如以虚情假意去对付老百姓，老百姓也会用同样办法对付你。

治国犹如治病，先看准证候，再对症下药，用药不当不但治不好病反会害死人。治国治民，首先在爱民，关心百姓疾苦，善于团结他们。他又主张以德、政、财为基础，团结万民。他讲了灵丘丈人善养蜂，取蜜只限盈余，以保障蜂群休养生息，因而致富。而他的儿子继承父业后，不修园庐，不除污秽，只知割蜜，不久蜂群飞往他处或死亡，这个家庭也随之崩塌。这不能不使治国治民者以此为戒。

为了治理国家，刘伯温主张用贤才、去小人，用与养并重，既不能视种族地域，也不可讲亲疏贵贱。

所有这些思想，都通过一个个寓言故事表达了出来，既生动活泼，又富有哲理，是他后来投奔朱元璋的思想基础。

他除了著书立说，还常找那些从外地回家的村民聊天，打听外边的消息。后来，处州各县的一些“义兵”头领，也来请他出主意。因此，他对时局了如指掌。

顺帝和太子、察汗帖木儿和孛罗帖木儿、李思齐同扩廓帖木儿之间互相征讨，内讧愈演愈烈。刘伯温认为，元朝灭亡已指日可待了！

在诸多起义军中，谁将得天下？

刘伯温认为，北方红巾军声势浩大、长江流域各路起义军在其掩护下迅速发展壮大。但红巾军目标不明，军纪又差，刘福通无力控制局面，甚至内讧迭起，相互吞并，为敌兵造成可乘之机，这就决定了它难成气候。

在江南，方国珍起事最早，雄踞数州，但他反复降叛，贪财扰民，实际上只是流寇而已。

徐寿辉部将明玉珍，据守川滇一隅，保境安民，无意与群雄争高低。

据有浙西、淮、吴各郡的张士诚，不事开拓，日渐骄奢，且已请降朝廷，成为元朝走狗，处境日艰。

刘伯温以为在东南群雄中，只有挟持徐寿辉的陈友谅与仍用龙凤年号的朱元璋，势力最为强大。

陈友谅占有湖广、江西，地广兵勇，雄心勃勃。但他好施权术，对部下只知发威，不懂施恩，因此不得人心。不得人心者，难以长久。

经过一番仔细调查、分析，刘伯温认为，朱元璋是群雄中唯一可成大事的人物。

第八回 攻城略地元璋崛起 智勇双全羽翼渐丰

朱元璋小名重八，后起名元璋，字国瑞，先世是江苏沛县人，祖父时迁泗州盱眙，父亲时又迁河南濠州钟离县太平乡。父五四（后称世珍）有四子，元璋是老四。元璋十七岁时，淮北大旱，又接连发生瘟疫，父母和三个哥哥都相继死去。元璋孤苦无依，跑到皇觉寺当了和尚。当和尚也无饭吃，只得四处云游，化缘求食于江、淮之间。此时，农民起义此伏彼起，濠州城已被郭子兴的军队占领。元将彻里不花率兵赶来镇压，又怕不敌起义军，只得去濠州城南扎营，派兵到村里抓壮丁，然后给他们包上红头巾，押到上司那里求赏。有的官兵跑到皇觉寺来，见和尚与百姓早已闻风而逃，便气急败坏地烧了寺庙。朱元璋在外云游三年，二十一岁这年年底，历经合肥、信阳、汝宁（今河南汝南）、陈州（今河南淮阳）、亳州等地，又回到了皇觉寺。

他走了这一圈，了解了不少人情世故，也亲历了淮西地区的山川沟壑，锻炼了体魄。回来后，看看被烧成断垣残壁的皇觉寺已无处藏身。恰巧前不久，朱元璋小时候放牛的伙伴汤和投了红巾军，曾托人捎信，要重八也来投军。当时，他还不愿背个“造反”的名，现在看，已没有别的出路。他想起那种化缘的生活，无异于乞丐。何况兵荒马乱中，讨饭也讨不来。于是，他决定投奔红巾军。

走了一夜，他来到濠州西城门口，包红头巾的士兵拦住他盘问，朱元璋照实回答了，守军不信，二人口角起来。

正吵嚷着，城里出来一位骑马的中年将官。他见这个年轻和尚虽然衣衫褴褛、满面污垢，但长得人高马大，威武而剽悍，便勒马问道：

“小和尚，你要来干什么？”

“小僧在皇觉寺出家，进城来投奔郭元帅。”

“你投奔郭元帅，又是干什么？”

“杀鞑子，打天下！”

“好！”这位骑马的将军正是郭子兴，他回头对部下说：“你们把他带回去，让他吃饱饭，换换衣裳再来见我。”

朱元璋当了郭子兴的亲兵，常随郭子兴出去巡查。有一次，在离城二十里的地方，与一股打家劫舍的元军遭遇，朱元璋不等命令，拔出腰刀便向元军冲去，其余亲兵也跟着他冲杀。朱元璋当和尚时练过武功，这时一马当先，一阵砍杀，杀死两个元军，其余的逃走了。被杀的二人中有一军官，身上还带着抢来的珍宝，朱元璋把这些东西献给了郭子兴。郭子兴很高兴，回城后便任命他为九夫长。

朱元璋小时候上过两年私塾，在皇觉寺又念过佛经，粗通文墨。他得了郭子兴的赏钱，全分给他的士兵。士兵多是农民出身，有时要写家信也请他代笔。这样，上上下下对他都有好感。

有一回，郭子兴和夫人张氏谈起，要做成大事必要有几个可靠的心腹，张氏见朱元璋文武双全，就同丈夫商量，把养女马氏嫁给他。

马氏是郭子兴老友的独生女儿，她母亲早丧，父为避仇远逃，临走将她托子兴夫妇抚养。子兴教她识字，张氏教她针黹。马氏聪慧，一学就会。子兴夫妇将她许配给朱元璋，她也高兴。但子兴的两个儿子天叙、天爵生性偏狭，以为元璋出身微贱，招赘后便得和他称兄道弟，不由得心生妒忌，不时地到子兴面前诽谤元璋，说他有异心。一来二去，子兴不能不受影响，而元璋却一无所知，遇有军机大事，仍然直言不讳。一次，为了争议一件军事，子兴动怒，把元璋关到一间屋内。子兴二子以为这下可以除掉元璋，便密令厨师不给送饭。这事为马氏得知，私到厨房拿了蒸饼，正要给元璋送去，谁知一出门，恰同张氏撞个满怀，她忙把蒸饼揣入怀中，张夫人见她紧张，故意同她搭讪，马氏支吾其词，怀中蒸饼烫得肌肤疼痛，又想起丈夫忠心耿耿，不知何故却遭禁闭，不由得流下泪来。张夫人见她胸前冒着热气，急忙扒开衣襟一看，大吃一惊，慌忙取出热饼。马氏这才把元璋被禁的事说了出来。

张夫人一面叫厨子给元璋送饭，一面为马氏的烫伤敷药。

到了晚上，张夫人劝谏子兴不该疑忌元璋，子兴只好说是误听了二子的谗言。张夫人又把两个儿子召入，狠狠训斥了一番。二子心虚，只得俯首听训，朱元璋这才被释放。

过了几天，彭大、赵均用来投奔，子兴以礼相待。正在这时，元统帅贾鲁率兵追赶败兵来到濠州城下，朱元璋主张坚壁清野，固守不战，待元军粮绝，再出奇制胜。彭大却说：“不妨出城迎战，杀他个下马威。某等虽是败军之将，也可助一臂之力。”

子兴依他所说出城迎战，结果败回。元军乘势抢城，多亏朱元璋率军抵挡，才把元军打退。

这时，彭大又把败退的责任推到赵均用身上。子兴信以为真，从此厚彭薄赵。不久，与郭子兴同时起义的孙德崖从外地回濠州，因与子兴议战时意见不合，赵均用便乘机挑拨，拟奉德崖为帅，除掉子兴。他趁郭子兴没有防备，把他绑架到孙德崖家囚禁。

朱元璋得信，率兵前往孙家，将锁住郭子兴的铁链砸断，让亲兵背负而出。元璋对孙、赵二人说："你们两位与主帅同时起事，素称莫逆，为什么偏听流言，自相残杀？"又对赵均用说："天下大乱，群雄角逐，你投奔到这里，应与主帅同心协力，共图大业，为什么做出这等事来？"

朱元璋救出子兴，仍然坚守濠州。元军统帅贾鲁生病，无力进攻。又过数月，元军退走，守军也受了不少损失。元璋对子兴说："目前队伍需要补充，小婿愿回乡募集壮丁。"

子兴照准。元璋回到定远募集士兵七百名，回到濠州。子兴升元璋为镇抚，命所募七百人归他统帅。

元璋小时候的伙伴徐达字天德，悄悄对他说："大哥，你难道不想做一番大事业吗？何必长久屈居在此！"

"是呀，我也想过这事。可是羽翼未丰，怎能高飞？天德有何高见？"

"郭公仁厚，德崖专横，彭、赵二人相持不下，你处在这个是非之地，一不小心岂不害了自己？"

"可要离开，必有个好的脱身之计呀。"

"郭公家乡是定远，如今定远未平，大哥正好借此出兵。"

“我刚招募了七百士兵，又新升镇抚，如统兵南行，无论是众人，还是郭公自己，都会生疑的。”

“我看这七百余人，可用者不过二十余人，你只要挑选这二十多个精壮的带上，其余的留在濠州，他还疑什么！”

元璋不住点头：“天德这番肺腑之言，正合我意。”

元璋与徐达从七百多人中，挑选了汤和、花云等二十四人，然后进禀子兴，说明远征定远的意思，子兴果然应允。

元璋带上这二十多个亲信南去定远，一路上招募壮士三百，智取驴牌寨，得“民兵”三千；义召秦把头，又获众八百；夜袭横涧山，收编定远“义兵”元帅缪大亨二万人马。在很短时间内，收编了近三万人的队伍。

定远人冯国用、冯国胜兄弟都是书生，也带领众人来投奔，元璋恭敬地问国用道：“先生读书甚多，如今烽火四起，各据一方，怎样使天下平定？”

国用答：“大江以南，金陵龙盘虎踞，许多朝代都定都在此，如今，镇抚率军南来，当先拔金陵以定鼎，然后调兵遣将，救民于水火，倡行仁义。这样，天下归心，何愁天下不定！”

元璋大喜，留他兄弟二人参谋军机。

在进军滁州途中，又有一位文士拜见元璋。此人名李善长，字百室，也是定远人。他四十二岁，博览群书，老谋深算。见了元璋，他深深一揖，一言不发，只是对着元璋的相貌，认真审视，过了一会儿，才以兴奋的语调说：“总算天有日、民有主了！”

一句话打动了元璋的心。元璋留住他，考问他的才识，你问我答，整整谈了一天，晚饭后又秉烛对坐，谈兴益浓，蜡烛换了一支又一支，直到熹微晨光抹白了窗棂。善长最后提醒说：“从前暴秦无道，海内纷争，汉高祖以布衣身份崛起于沛县。他豁达大度，知人善任，五载即成帝业。现今元朝纲纪紊乱，天下分崩离析，与秦末大体相似。镇抚来自濠州，距沛县不远，山川王气凝聚公身，若镇抚能效仿汉高祖，则定能平定中原……”

元璋把他留在幕下掌任书记，筹备粮运。

元璋命花云为先锋，飞速前行，一举攻下滁州。

李善长帮助元璋整饬军纪，征兵筹饷，安抚群众，事事办得井井有条。

到大军进入滁州城，安民已毕，没想到从大街上跑来两个少年，一个拉着元璋叫“叔叔”，一个喊“舅舅”。

原来，一个是元璋的侄儿朱文正，已失散八九年；一个是姐姐的儿子李文忠，其母已死，随父逃难至此，又与父亲失散，流落到滁州。元璋见了他们，既高兴，又酸楚。这时候，又有一个少年也走上前来，与朱文正、李文忠拉手亲热。这孩子叫沐英，幼时父母双亡，讨饭到濠州时，元璋巡城，见他可怜，收为义子。这时，三个孩子一起来到面前，元璋悲喜交集。

元璋攻下滁州后，又派将取铁佛岗、三汊河等处。这时，突然从泗州来了一位差官，说是奉郭元帅命令，请镇抚转移到盱眙。元璋惊疑，厉声问道：“郭元帅何时到了泗州？”

差官心虚，忙说实话：“禀上将军，其实这不是郭元帅的命令，而是彭大、赵均用的计谋。”

“那么，濠州现由何人把守？”

“孙德崖。”

“我明白了。彭、赵两人挟持郭元帅到泗州，又令我去盱眙，这样便于他们就近控制，瞅准机会好一网打尽。你回去告诉他们，我朱元璋只听郭元帅的，不知有什么彭、赵的命令，叫他们少耍刁计，我朱元璋不是好惹的。”

差官唯唯诺诺转身离去，元璋也派人到泗州探信。大约过了两旬，侦探回报：彭、赵内讧，彭大中箭身亡，部下全为赵均用吞并，气焰更加嚣张。元璋叹道：“郭公更危险了！”

他请善长给赵均用写信说：当初你在彭城受围，才到濠州投奔郭公，如郭公闭门不纳，你早就没命了，如今得濠州反而恩将仇报，要加害郭公。即使郭公为你所取代，他的部下也饶不了你。希望你自重，免得后悔。

赵均用见信，气得咬牙切齿，却也不敢动手。

元璋担心赵均用真的叛变，往救也来不及，立刻派人带了金帛，去贿赂赵均用的左右，让他们放了郭子兴。这一计果然成功，不久，郭子兴带着妻子和义女马氏到了滁州。

郭子兴见朱元璋一下子拉起这么庞大的队伍，而且号令严明，军容整齐，固然惊喜；但反观自己手下这一万多人，散漫疲沓，不免自惭形秽，心生嫉妒。他的一些老部下怀着同样心理，不断在子兴面前煽风点火，要求吃掉朱元璋。元璋手下有些能干的将领被子兴威胁利诱拉了过去，元璋也是敢怒不敢言。

没过多久，子兴就找碴儿与元璋翻了脸。马氏悄悄告诉元璋：“并非义父与你有仇，定是因为你打胜仗以后，没有向他贡献金帛。”

“我出兵时秋毫无犯，哪里来的金帛？就是从敌兵那里夺了些也都分给了部下，怎会有金帛献与主帅？”

马氏为了化解子兴与元璋的隔膜，忙把自己的一点私蓄拿出，让元璋送给了子兴，子兴果然又高兴起来，说：“元璋还是有孝心的，是我以前错怪了他。”

然而，子兴的两个儿子又生奸计，邀元璋出城饮宴，马氏得知，密告元璋：“这哥俩恐怕不怀好意，你还是能辞就辞。”

“你放心，我会想办法的。”

元璋出屋，骑上马，同天叙、天爵去赴宴。走到半途，元璋突然跳下马，仰天而拜，口中念念有词，似有什么发现，不一会儿又飞身上马，拨转马头。郭家兄弟大叫：“你不是去赴宴吗？怎么又往回走？”

元璋在马上回头说：“我不曾做过对不起你们的事，为什么又要害我？幸好天神指示我，说你们在酒里下了毒，让我赶紧回去！”

郭家兄弟以为真有神灵识破了他们的诡计，吓出一身冷汗，再不敢起歹心。

郭子兴也有他的打算。他指令李善长到自己帐下工作，私下许了愿。善长经过冷静分析，认为按子兴的个性和能力难成大事，他虽想削弱元璋，壮大自己，一时又不能直接动手。我只要顶住，就可稳住部队；否则，元璋就危险了。善长悄悄找到元璋，把子兴同他的谈话和盘托出，元璋为难地说：“既然主帅有令，怎好违抗？”

善长掉下泪来，诚恳地说：“镇抚的行动关涉以后大业的成败，善长决不离开。我以为消除主帅猜疑的办法有三：一是镇抚尽可能对主帅表示恭顺；二是请夫人多送些金银财宝给尊岳母张夫人；三是联络疏通主帅的旧部，这事由善长去做。”

“那就按你的主意行事。”

气量小、耳朵软的郭子兴见元璋对他忠诚，果然转怒为喜。子兴旧将多为粗人，经李善长称兄道弟一阵劝说，也觉得和元璋闹下去无趣，一场风波终于平息。

这时，六合被元军包围，六合守将遣使求援。郭子兴因与六合守将不睦，不想支援，元璋说：“六合与滁州唇齿相依，如丢失六合，滁州难以独存。元璋虽不才，愿当此任。”

郭子兴想想也对，就让元璋前去。

元璋未回，元军又分兵来攻滁州，子兴正着急，元璋得胜回滁，滁州围解。

这时候，有一位大高个子、脸面如铁的英雄胡大海，投奔到元璋麾下，元璋命他为先锋官。

至正十五年（1355），滁州粮缺，子兴采纳元璋之计，派张天祐（子兴妻弟）率青衣兵先行，佯装是庐州兵护送北使到和州（今安徽和县），犒赏和州的元军。后面，耿再成率绛衣兵紧紧跟上。等青衣兵骗开和州城门，便举火为号，里应外合，共取和州。到那时，不愁没有粮食。

张天祐等来到陡阳关，和州父老听说是北使过境，便提了牛酒迎接。天祐接受下来，找了个背静地方大吃大喝，竟忘了早晚。耿再成的绛衣兵来到和州城下，不见动静，以为自己来迟，便举火为号，想同天祐联络。元将也孙铁木儿令元兵放箭，并追出城来。耿再成左肩中箭，拨马返回。元兵又退回城里，不料这时张天祐的青衣兵出现，一阵激战，元兵被冲散。张天祐跑到城下，见城头立着一位大将。那大将叫道：“张将军来迟了！我原是奉朱元帅之密令，从小道来接应你们的，可到了城下，只见有飞桥架在城头，我便登城，想捉拿也孙铁木儿，没想到此人刁猾，竟悄悄溜了。我看夜色昏暗，不便穷追，就在这里等候诸公。”说完，哈哈大笑。大家这才认出来，他是元璋部下大将汤和。

朱元璋得不到张天祐、汤和的消息，只好禀明子兴，亲率镇抚徐达、参谋李善长等赶赴和州。还未走到，就接到了捷报。大家快马加鞭，欢欢喜喜进入和州城内。

在清查战利品时，元璋得知张天祐的部下横行杀掠，十分生气，本想严办，又碍着张天祐是子兴妻弟，怕节外生枝惹出麻烦，只得忍了。

此时，郭子兴派人来下达命令，命元璋总领和州军事。

元璋心想，以张天祐为首的一伙将领不会服气，便同李善长商议，善长说：“诸将不服，所依仗的是资格，而他们缺乏的却是能力，不如这样……”

他同元璋耳语一番，元璋点头答应。

元璋并不宣布子兴对他的任命，而是每逢议事，总是坐在下手末座，先请诸将发言。但这些将领有勇无谋，说不出个子丑寅卯。最后，元璋根据众人发言，将自己的观点说得头头是道，入情入理，使众人听了不得不服。

一天，元璋又召集众将议论修筑城墙的事，元璋提出，自己承担一半，其他各将共同分担一半，限期完成。众人无异议。届时，元璋的一半竣工，诸将的那一半却未完成。这时，元璋不再谦虚，立即召集诸将开会，宣读子兴对他的任命，然后正色道：“元璋奉命统帅诸公兵将，并非我一人专权，现在只是筑城这样一件小事，你们都未能完成，试问以后还能做成什么大事？从今以后，违令者立斩！诸公莫怪！”

诸将惶恐，都表示“愿听总领约束”。

趁着这火候，元璋传令各将士：进城后所得财帛、妇女，一律放还。于是，和州城内，人民欢悦。

接着，李善长又奔走于各将领之间，陈明利害，疏导安抚，终使各股军队渐渐融洽。

和州是紧临长江的军事要地，和州一失，元朝廷大为震惊，忙派太子秃坚和枢密副使伴住马，以及民军元帅陈野先，分别屯驻新塘、青山、鸡笼山等处，阻绝和州粮道，作长久围困的打算。元璋为了打破敌人封锁，亲率主力偷袭鸡笼山寨，让善长留守城中。

元军得知城内空虚，采取围魏救赵的战法，对和州发动猛烈攻击。元璋得报，连呼失策，急忙掉头回城，但到城根还是一片沉寂，元璋更加担心，忽见前面一士卒跑上来禀报："元军已被李参谋打退了。元兵来了几万人，李参谋亲自指挥作战，还组织城里百姓登城助守，几次打败敌人进攻，元军只好退走。这时，李参谋突然打开城门，向元军追击，杀死敌人无数……"

元璋放下心来，对于善长不仅会出主意，而且还能指挥打仗，非常佩服。

这天，留守濠州的孙德崖来到和州，要求朱元璋支援粮食。元璋一面禀告子兴，一面为德崖筹备粮食，没料到，子兴因与德崖有仇，竟亲领大军从滁州来到和州，想生擒德崖。元璋不赞成这样，悄悄告诉了德崖，让他快走。为此，子兴来后大为恼怒，质问元璋："你为何将他放走？"

"德崖虽然得罪过我帅，但毕竟是患难之交，而且，以前的事多因赵均用挑拨，现在留守濠州，保我桑梓，并无大过，还望元帅原谅！"

子兴无奈，只得又领兵回滁州，但在盛怒之下，肝火郁结，水米不进，没过几天竟一命呜呼。其子天叙忙派人通知元璋，元璋星夜赶往滁州，发丧送终。子兴旧部佩服元璋的忠义，公推元璋为王，元璋推辞，勉强做了统帅。他一面给各地送去文书，一面带领家属返回和州。

孙德崖接到通知，愤愤地骂道："朱元璋这小子太可恨！上次我去借粮，他表面答应，暗中却通知子兴与我寻仇，幸亏我先走一步，才免于被害。这次子兴去世，他不曾与我函商，擅自为帅，全不把我放在眼里。我要领兵前去，与他赌个输赢！"

部将吴通献计说："元璋现在控制了滁州、和州，气焰正盛，若是出兵相争，未必获胜，不如以开会庆贺为名，诱他来濠州，宴席间杀了他。"

德崖连称好计，立刻派人送信。元璋得信与众将商议，徐达以为德崖有诈，不宜前去。元璋说："鸿门赴宴，汉高祖并未罹难，但要有防备。"

吴桢上前说："末将不才，愿随元帅同往。"

元璋笑道："看，现有樊哙重生，还怕什么！"

胡大海也大声说："我也同去！"

元璋对胡大海说："你与天德率军后随，如有变故，立即杀出。"

元璋一行来到濠州，孙德崖即令开宴，他将元璋所带将士安排到帐外，只准吴桢一人紧随元璋。酒过数巡，孙德崖站起来说："现在郭统帅已亡，兵无统帅，按辈分论，应由不才掌管，但见日前来文，你自为统帅，难道你也不分个长幼吗？"

"这事本是郭帅旧部的共同推戴，我不过临时统辖，以后可以另议。”

“用不着以后，今天就该让给我！”

“这却不能！”

德崖大叫：“众将何在？”

一时众兵拥入，刀枪并举。元璋身旁只有吴桢一人，力气再大，双手怎敌十拳？吴桢情急智生，跳过去一把抓住孙德崖，将刀横在他脖子上。德崖不是吴桢对手，顿时吓得魂飞天外。吴桢道：“你从前到和州，我家主帅如何待你？你今日定计陷害，实在是不仁不义。现在你必须送我主帅出城，否则，你也别想活过今天！”

孙德崖满口答应，吴桢仍扭住他不放。走出大厅，吴桢招呼徐达、胡大海保护元帅先行，自己扭着德崖在后。吴通等不敢动手，只能任他出去。待到出了城门，吴桢把德崖一推：“滚你的吧！”

孙德崖一阵头晕目眩，还没站稳，这边胡大海奔过去，手起斧落，把他劈作两半。吴通等见状，号令守兵倾城出战。吴桢一看胡大海闯了祸，恐怕寡不敌众，传令且战且退。

还未走出半里，就见先走的朱元璋已带大队人马回来接应。原来，李善长担心元璋有失，命郭兴、郭英兄弟率兵万人前来接应。将近濠城，正好碰到元璋，遂由元璋亲自统兵，返回来救吴桢等人。

吴通见势不好，转马就跑。吴桢从一小卒手里牵过马来，挥鞭急追，一剑将吴通砍于马下。这时，守城的军士还来不及关城门，元璋兵马已经闯入。元璋下令道：“降者免死！”

于是，濠州兵大部投诚。

元璋入城后，勾起一番乡情，命人摆宴，慰问父老。又将郭兴、郭英的父亲山甫老人请来，倍加优待。山甫老人会相面，认为元璋相貌必能大贵，愿让女儿入侍元帅。元璋欣然应允。

第二天，郭兴、郭英兄弟带着妹子来见元璋。元璋见这位女子浅妆淡抹，清雅端庄，心中甚是高兴，当晚便设宴摆酒，完成婚事。

过了几天，元璋留兵戍守濠州，自率郭兴兄妹及徐达、胡大海、吴桢等，返回和州。

刚入城，元璋接到亳州檄文，上书龙凤元年。原来，刘福通占亳州后，迎立韩林儿为君，称小明王，国号宋。韩林儿自称是宋朝后裔。他以宋皇名义，封郭天叙为都元帅、张天祐为右副元帅、朱元璋为左副元帅。

朱元璋想，林儿姓韩不姓赵，怎么能是宋朝后裔？而且宋亡已久，如今豪杰蜂起，何必凭借宋朝旗号？因此，他不愿接受封号。张天祐劝说道："元帅不愿受职确是高见，但刘福通势力很大，不妨暂时顺着他，以免与我们作对。这也是个权宜之计。"

元璋沉吟半晌，说："你说得也有道理。"一面命人招待来使，一面号令军中，称这一年为龙凤元年。

第九回 调集大军攻占集庆 出奇制胜扩大地盘

一天，胡大海领着一位年轻人来见朱元璋。元璋一看，此人魁梧英俊，威武逼人，便问他姓名，胡大海介绍说："他姓邓名友德，他和大海为虹县同乡，现从盱眙过来投靠元帅。"

"以前在哪里打过仗？"

"他父亲顺兴，在临濠起义，同元兵作战时阵亡，哥哥友隆病死。他带军有方，每战必胜。"

"据你这么说，他的勇略超过了父兄，我看替他改个名，就叫邓愈吧。"

"多谢元帅改名。"邓愈立刻拜谢。

元璋即命邓愈为带军的总管。

没过几天，怀远人常遇春也来投靠。常遇春年方二十三岁，禀性刚毅，膂力过人，曾为强盗刘聚所赏识、重用。过了一段时间，遇春觉得刘聚并非起义侠士，只知四出抄掠，毫无长远抱负，想想跟着他没有出路，便来投靠元璋。元璋听了他的来历，甚喜，问道："你愿随我过江吗？"

"元帅如有命令，我愿做先锋。"

"先锋？好吧，等到拿下太平（今安徽当涂），就授你为先锋。”

元璋想渡江，不可没有舟楫。

这天，他带领李善长、徐达、冯国用、汤和等到长江边察看，只见江水滚滚，江面辽阔，不见一叶帆影。那是因为红巾军占领和州以后，大江南岸的元军害怕红巾军过江，竟把这一段的大船、小船统统掠走或者凿沉。元璋为此犯愁，不知到哪里去弄船。

正在这时，忽有亲兵来报：巢湖中的红巾军派人来联络。来人名俞通海，是他父亲俞廷玉和廖永安、廖永忠兄弟派他来的，表示愿同朱元璋联合作战。朱元璋喜出望外，请俞通海入帐细谈。

原来，巢湖中有些渔民不堪元朝重压，也以“红巾军”为号起义造反。他们聚集大小船只上千艘、水军万余人。但因庐州大盗左君弼想要招降他们，廖、俞不从，左君弼便派兵扼住巢湖出口，不许他们出入，所以他们才想到归附朱元璋，互为支援。

朱元璋随俞通海来到巢湖，俞廷玉和儿子通渊、通源，廖永安与弟永忠，以及水军将领桑世杰、张德胜等都上前迎接。元璋对他们慰劳一番，就调集各船，扬帆出湖，直到铜城涧，出了湖口也没见敌船阻拦，廖永安高兴地说：“元帅到此，敌人不战自溃，看来渡江……”

他的话没说完，忽听水手报告：“前面有大船！”

元璋与永安出舱远望，见有数艘楼船，迎风逐浪而来，上有持刀士兵无数，船上树一杆大旗，写着“元中丞”。永安吃惊道：“莫非是元将蛮子海牙？他现为中丞，屯兵百里以外，为何今日来得这么快？”

元璋说："如果不是左君弼勾结，那就是贵部有人泄露了军机。现在我们不如暂时避避敌人锋芒，寻一汊道出去。"

永安说："这里只有两条路，除了我们这里的一条，还有一条是马肠河。"

元璋即命驶向马肠河，元军倒也没有追赶。回到马肠河，往远处瞭望，隐隐约约见南岸有重兵驻扎。元璋令永安检查各船，发现少了一小舟，驾舟人叫赵普胜。元璋说："看来，马肠河也会有元兵埋伏，我等不要轻易冒险，还是找个地方停泊下来，再作打算。"

永安令各船退泊黄墩。元璋则从陆路回和州，派人调集商船，然后载着精兵强将，再次来到黄墩与廖永安会合，进攻元兵。

这时正是仲夏季节，江上忽然刮起一阵大风，黑云如奔马而来，霎时间遮天盖日，雨随风至，河水陡涨，元璋抓住时机，命各舟奋勇前进，从小港中如箭射出，杀出峪溪口，直奔元军的大船。蛮子海牙急忙跳上船头，举刀迎敌。但巢湖各舟多由原来的渔民驾驶，熟悉水路，驾技灵活，忽东忽西，一会儿聚拢在一起，一会儿又分散开去，任你蛮子海牙蛮力多大，无奈船大周转不灵，顾了这边顾不了那边，相持半天，元军不得不回船而去。

元璋督兵追击，夺下了不少器械。直到元兵去远，才回到江中。这时，大雨初霁，红日当空，青山欲滴。元璋正在江上远眺，廖永安上前问道："元帅，我们下一步要到哪里？"

"前边有个采石镇，地势险要，元兵必然固守。但牛渚矶前临大江，不易扼守，我看我们先攻牛渚矶，再打采石矶。"

于是，永安传令，舳舻齐发，不多时前军就开到了牛渚矶。矶上元兵数百，被常遇春等一阵击射，逃得一个不留。

元璋接着传令，乘胜攻打采石矶。

这采石矶高出江面丈许，元兵守备甚严。统领就是蛮子海牙。他在峪溪失败而回，预料元璋必然乘胜过江，因此据矶坚守。眼看元璋兵船近岸，一声鼓号，矶上矢石如骤雨一般向船上射来。元璋对众将发话说："先登上采石矶者受重赏，当为正先锋！"

郭英应声而出，对部下说："跟我来！"一队长枪手冒箭急进。快要上矶时，前面兵士多中箭倒下，郭英也差点儿被射中。

胡大海怒吼一声，领兵再次冲上去，但矶上炮箭越射越密，竟是无缝可钻。

元璋正在发愁，忽见常遇春领着藤牌军，飞舟疾进，便高呼道："常将军要立头功，正在此时，迅速前进！"

"遵命！"常遇春还记得自己要争当先锋的话。他左手执藤牌，右手挺戈，奋勇向前，后面士兵紧紧跟着，到了矶前，不管什么死活，一鼓作气硬是往上冲。遇春纵身一跃，跳上矶头。元将用矛来刺，被遇春用戈盾夹住矛头，用力一拽，把元将拉下矶去，后面的郭英、胡大海也领兵一拥而上。元兵阵势大乱，被红巾军刀劈枪刺，死伤无数。蛮子海牙见无法控制局面，只得收拾残兵，溜之大吉。

至正十五年（1355）六月，朱元璋的军队攻下采石矶，数万饥饿的士兵拥进去，抢掠烧杀，所有财物被大包小包地拖向战船，一时无法阻止。元璋与善长商议，只能顺应将士心理，继续向前进攻才能使部队在江南扎下脚根；要利用战士们饥饿求食的这股锐气，乘胜拿下太平。他们把徐达召来，令他派人偷偷砍断缆绳，让战船随急流而下。船上战士惊愕不止，元璋在岸上大声说："兄弟们，太平路就在前面，那里才是个富庶的地方，到那里不仅可以吃饱饭，还可以大开眼界！"

战士们听了他的鼓动，心情振奋，以为是个发财的大好时机。他们不知道，李善长正奉命起草《戒戢将士榜》哩！

太平路的元军抵敌不过，弃城而逃。元璋率军入城，士兵们雀跃欢呼，刚刚腾出手打算发财的时候，却见大街小巷贴满榜文，上面说，如有敢抢掠民间财物、杀害百姓者，杀无赦！一个个顿时吓得缩颈咋舌，再也不敢胡来。

这是朱元璋起事以来，第一次为他统帅的队伍建立了严厉的军纪。

太平的儒生陶安、李习等率父老来见元璋，元璋问陶安对时局有何见解，陶安说："现今四方豪杰并起，争夺城邑，各有所长。但依我看，多数人的目的是占有女子玉帛，毫无拨乱安民的思想。元帅此次率军渡江，神武不杀，这是顺天应人，何患不成大业！"

元璋说："我想下一步夺取金陵，先生以为如何？"

"金陵本是帝王龙盘虎踞之地，如能乘胜占领作为基地，然后分兵四出，所向必克。古语说：'天与不取，反受其咎。'元帅宜快速进军！"

元璋大喜，改太平路为太平府，授李习为知府，李善长为帅府都事，汪广洋为帅府全吏，陶安参赞幕府。安排已定，各司其职，为攻打集庆即金陵做准备。

元中丞蛮子海牙并未远走。他一面调集巨舰，截住采石姑孰口，一面令地主武装元帅陈野先、裨将康茂才率水陆大军两万人，进攻太平。

元璋得知敌军已快到太平城下，便命徐达、邓愈绕道到陈野先的后方，潜伏在襄城桥，自率大军出城迎战。没打几个回合，陈野先后退，退到襄城桥，忽听号炮齐响，徐达、邓愈埋伏的兵马一起杀出。陈野先被邓愈活捉，康茂才逃走。

朱元璋对陈野先晓以大义，令他招降旧部。陈野先犹疑半晌，勉强答应。

等到陈野先出帐，冯国用对元璋说："元帅，此人獐头鼠目、心地狡诈，不可轻信！"

元璋认真听着，但没说话。过了一夜，陈野先入帐禀报，他的旧部多已归降，元璋仍命他统辖。

元璋又命徐达、常遇春分头去攻溧水、溧阳、句容、芜湖等地。这些地方接连攻下以后，他召集军事会议，认为集庆周围的障碍已除，接下来就该直取集庆了。陈野先说："末将蒙主帅不杀之恩，愿率旧部攻取集庆。"

元璋应允。等陈野先出帐，冯国用又暗中劝阻。元璋说："人各有志，他愿跟我还是随元，听他自便吧。"

过了几天，陈野先派人送信给朱元璋，大意是：集庆城三面环水，地势险阻，不利于步战，昔日晋、隋诸将，皆以水战取胜，今若攻城，莫如南据溧阳，东捣镇江，占据险要，绝其粮道，集庆便可不战而下。

元璋看毕，只是轻轻一笑，又把信扔给李善长。李善长阅后，说："陈野先未免太狡诈，他是想把我军拖垮！"

"不必多说啦，你就代我写封回信吧。"

善长琢磨了一阵，提笔写道："历代攻克江南的军事家都以为长江是天堑，分隔南北，所以多集结舟师。可今日我已占据了长江上游，扼住了咽喉要塞，舍舟陆战，足以攻克，与晋、隋时代地理虽同，形势却各异，足下何以放弃全胜之策而采取这迂回之计？”

元璋阅后称好，将信交给陈野先的信使带回；同时，命张天祐到滁州，会同郭天叙所部，联合进攻集庆。

没想到，这张天祐却与郭天叙舅甥二人商议说：“我们攻下集庆，便可南面称帝，北图中原。”

“舅舅所言，正合我意！”

郭天叙竟和张天祐串通一气，挥军南下。快到秦淮河，元朝南台御史大夫福寿挥刀迎战，不仅郭天叙打不过，而且张天祐战了数回也拨马逃走。

正在逃跑的路上，张天祐忽然遇着一员大将挺枪而来。天祐还以为是来接应他的，二马相交，那马上将军陈野先一枪刺中他咽喉，天祐死于马下。天叙见了，急忙从旁边逃走，不料福寿赶到，也将天叙一刀砍死。

陈野先继续追赶败兵，经过葛仙乡时大肆掠夺，该乡民兵头领卢德茂十分气愤，密令壮士五十人，各着青衣，抬着牛酒迎接。陈野先不知是计，带了十余骑跟着这些壮士进村。走出没多远，青衣人突然举杖挥刀，把陈野先等杀得片甲不留。然后，卢德茂带上乡亲们一走了之。

这时，元璋得报，蛮子海牙又带舟师数万重新袭击、夺回了采石矶，并进一步窥视太平。元璋想要亲自出征，常遇春说：“不劳元帅亲征，只叫末将前去，就可把他杀退。”

“将军这次对敌务必小心，如有差池，太平即使可以保住，和州也会陷入险境，大家的家眷就要遭殃了。”

遇春领命，率廖永安、耿炳文等驾船而去。将到采石矶，蛮子海牙的船队正开过来。他的船队用缆绳连在一起，像一堵城墙。遇春命各将率领自己的船队散开，对敌船形成包围，奋力攻打。他自己则选精壮水手，驾轻舟直奔蛮子海牙。这时正是春天，江上风向变幻不定。初战时，蛮子海牙占上风头，利于击射。可是打了半日，风向转了，遇春一方的将士占了上风头。遇春抓紧时机，一声令下，各船将士顺风纵火，一时间把海牙船队的缆绳烧断，分成了好几段，有的船也被烧着了，风助火烈，火仗风威，“噼噼啪啪”，大火连片。元兵连救火都来不及，哪有心思恋战？遇春指挥各船将士跳上敌船，乱砍乱剁，元兵被杀和落水者无数。蛮子海牙从小卒手中夺了一只小船抱头鼠窜。

这一仗打完，江上再不见元兵了。元璋遂下令进攻集庆路。

陈野先的侄子陈兆先还想为他叔父报仇，率兵拦路。经过一场厮杀，元璋生擒、招降了陈兆先，收编三万六千人。从此，元璋亲督大军水陆并行，浩浩荡荡向集庆进军。

元璋命冯国用带五百降卒，作为先锋。这五百人感激朱元璋收留之恩，个个奋勇当先，抢登钟山，击退元兵，直逼金陵城下。元将福寿在城边筑了砦栅，屯兵固守。冯国用率兵破栅，前仆后继，一往无前。

不久，徐达、常遇春陆续赶到，士兵们如潮水般涌来，你推我拉，将砦栅拉倒、踏扁，从上面奔跑过去。元兵如溃堤之水，四散奔逃。元将福寿虽极力阻止，终因寡不敌众，而被杀退。

一连几天，徐达、常遇春围攻不止，一旦突破一个缺口，众兵便“呼啦”登上城垛，将元兵打退。福寿十分顽强，带兵巷战，一直肉搏了一夜，终因筋疲力尽，后继无援，只得举剑自刎。

至正十六年（1356）三月，元璋攻下江南重镇集庆路，实现了他第一个战略目标。

众将士护卫着朱元璋进城。元璋张榜安民，同时召集当地旧官吏和各界父老，好言慰谕说："元朝腐败，生民涂炭，我率兵来到金陵，无非是为百姓除害。你们原来干什么的还去干什么，不必怀疑、害怕。各位仁人贤士愿帮我出力立功的，我定当重用。对于元朝的苛政，你们可以一一提出，我会立刻废除。留下的官吏不可贪暴，害我良民！"

众人听了，心里宽慰，欢天喜地地拜谢而出。

这消息传播开去，流散到各地的元军和地主武装"义军""民兵"，他们纷纷前来归附。陈野先的裨将康茂才，原来守在城南牛首山，这时也率部来投。朱元璋前后共得军民五十万人。当下改集庆路为应天府，并向小明王发出捷报。

小明王韩林儿封朱元璋为枢密院同佥，不久又升他为江南等处行中书省平章，李善长为左右司郎中，把元璋手下的大将全封为元帅。

朱元璋手下诸将，因集庆地处旧日吴国地区，都拥戴元璋为吴国公。

朱元璋在应天站住脚，立刻派徐达攻占应天以东的镇江。正当将士们整装待发的时候，元璋出帐训话："我自出兵，不曾妄杀无辜。你们应当体察我的用心，要告诫士卒，攻下城池以后，千万不要随意焚掠杀戮。有违令者必处以军法；如果谁敢放纵，也必须加以处罚！"接着，又历数众将纵兵乱杀的罪过，忽然把脸一沉，厉声说，"全都给我拉出去砍了！"

众将士吓得面无人色，连徐达也战战兢兢。

这时候，李善长出面求情说：“按军法理当重处，但念这些将士随主公出生入死多年，眼下又是用兵之时，还请主公息怒，给他们一个戴罪立功的机会。”

原来，在占领集庆以后，元璋同善长密议，为进一步整顿军纪，使得各路单独作战的将领能够有效地警戒士卒，导演了这一出戏。目的在杀鸡给猴看。所以，元璋听善长说完，也就顺水推舟，转缓口气说：“看在李都事面上，罪过且放下。我这样严格约束你们，还不是为了大家都有一个好的前程吗？你们这次前往一定要体谅我的苦心！”

徐达领队出发，当天就把镇江拿下。破城之时，号令严明，秩序井然，甚至百姓不知有大军入城。

善长投奔朱元璋后，第一件大事就是帮助元璋协调诸将之间的关系，建立良好的军纪，为扫平群雄、推翻元政权奠定了基础。

这时候，张士诚接连攻下平江（今江苏苏州）、松江、湖州、常州等地，还要攻镇江。元璋派杨宪送信，要与张士诚各自保境安民，互通友好。张士诚不买账，把信扔在地上，拘押了信使杨宪。元璋立即命徐达防卫镇江，把张士诚打退。

张士诚不但不服，又移兵偷袭宜兴，守将耿某防备不及，城陷身亡。元璋急派人驰谕徐达：“张士诚本为盐枭，诡计多端，今来犯我镇江，说明他决心与我为敌；现又袭击宜兴，更是野心大发，将军宜速出毗陵，先机进取，万勿陷入他的圈套。”

徐达得令，火速向常州进发。张士诚部将吕珍守城，多次出常州城与徐达对阵，都被徐达打退。常遇春分兵四出，截断吕珍粮道。不久城中粮尽，吕珍只得夤夜突围，徐达引兵入城。

邓愈虽年仅十七，但作战的才能却渐渐为元璋所赏识，元璋任命他为进攻广德路的主帅。他一路所向披靡，不久即攻下广德。接着，元璋又派诸将攻克江阴、常熟、宁国、扬州、池州、徽州。至此，连同以前占领的江北滁州、和州，恰好形成了以应天为中心的圆形根据地。

常熟一战，张士诚的弟弟士德被俘，士德绝食而死。士诚得信，又痛又恨，一咬牙便请降于元江浙行省左丞达识帖睦迩。

徐达攻宜兴数月未下，急得朱元璋坐卧不宁，后来他终于想出一计，立即派人送信到徐达营中。徐达展信一看，读道："宜兴城小而坚，不易拿下，但闻该城西通太湖，是张士诚供应给养的必经之地，你可先断其粮道，使他军粮匮乏，这样，破城也就不难了。"

徐达遵命执行，分兵去把住湖口，截住张士诚的给养来源；同时，自己同平章邵荣合力攻城，守兵果然粮绝溃败。廖永安乘胜率兵进入太湖，船行半途与张士诚部下的吕珍遭遇。吕珍以轻舟诱敌，把廖永安的大船引到浅滩上搁浅，又从芦苇丛中划出小船把永安砍伤，绑押到张士诚处。张士诚要把永安收为己用，永安宁死不屈。

元璋又调徐达率俞通海、赵德胜进军池州。这时，陈友谅的部将赵普胜守城，他提着双刀来到阵前，俞通海说："你是我的旧部，为什么不讲信义，叛归陈友谅？"

"人各有志，休要管我！"

当时两军杀了个平手。回营后，通海对徐达说："赵普胜骁勇异常，明日再战必须智取。"

徐达想了一会儿，说："俞将军可带水师袭击他的后面，我与赵将军领陆军攻他前面，明攻暗袭，不愁不胜。"

第二天，赵德胜领陆军先杀到赵普胜营前，赵普胜迎战。战了数十回合，赵德胜勒马就走，赵普胜赶来，追了四五里，被徐达领兵截住。正在这时，忽听后面炮声隆隆，赵普胜赶紧驰回原营，岂知俞通海已夺了巨舰数艘，赵普胜的兵营也已被踏平。无营可归，赵普胜只得向西逃遁。

徐达、赵德胜攻下池州，又进军安庆。赵普胜败逃到安庆后，早在港中埋伏了水兵，见俞廷玉站在船头，便吹响胡哨，各船一起发箭，廷玉中箭阵亡。俞通海抱着父尸大哭。徐达即令通海扶柩回乡。

胡大海攻婺州也不顺利，元璋又接廷玉阵亡噩耗，心中悲伤。众将都以为赵普胜武艺高强，怕他再出池州，成为长江上的祸患。元璋见大家无言，便说道："赵普胜虽勇，但无谋，陈友谅也是个骄横贪功的人。我们可按他们的个性特点，施用离间计。这只需一个人就行了！"

经过一番调查，元璋命一名牙将化装成百姓，悄悄潜入安庆。他找到赵普胜的门客赵盟，叙起了同乡之谊，二人很是投机。这位牙将回来后给赵盟写了一封信，故意寄给赵普胜。赵普胜拆信一看，里面的话含含糊糊，似有隐情，心下生疑，便渐渐疏远赵盟。赵盟见赵普胜态度冷峻，不由提心吊胆。等到牙将再去同他见面，在牙将劝说下，二人一起来到应天，投附元璋。元璋对他格外优待，赏他重金，并派他仍回陈友谅军中，散布赵普胜居功自傲，要背叛陈友谅等消息。

陈友谅听到风声，果然冒火，暗中派人监视赵普胜。赵普胜不知其中原委，还在陈友谅派来的人面前吹嘘自己的战功。

这位暗探到陈友谅那里一说，陈友谅怒不可遏，便以与赵普胜会师，一起进攻池州为名亲率兵马到了安庆。这时，赵普胜还蒙在鼓里，急忙带人到雁汊口迎接。赵普胜才登舟，就被众兵拿下，陈友谅二话没说，举刀把他砍了。

元璋调回徐达，命他和善长共守应天，自己则率兵十万，用常遇春为先锋，由宁国出徽州，转向婺州。

大军过兰溪时，读书人王宗显自称和州人氏，拿着胡大海的介绍信，求见朱元璋。元璋向他了解婺州情况，他答不出。离去后三日，他回来说："那里守将对元朝廷离心离德，为保自身，无心固守，不难攻入。"

元璋大喜："攻下婺州，就令你作知府。"

为了增援婺州，元江浙行省参政石抹宜孙亲率万人北上缙云，又派元帅胡深驱战车数百辆，沿松溪策应。住在家里的刘伯温一直注视着战局，对好友石抹宜孙的行动，大呼"失策"。松溪沿途山路狭窄，战车载兵岂不是置自己于死地?

这一点果然被刘伯温说中。朱元璋听了胡大海关于石抹宜孙的部署，说："松溪山多路狭，车不好走，我们可在险峻的山路上设兵，堵住要道，他必无法通过。没有援兵，婺州也就容易攻下了。"

大海高兴地说："是。"

元璋又说："听说你义子德济很是骁勇，这次你可给他调几千健卒，让他去截胡深。"

大海派德济率数千健卒赶往松溪。德济刚到梅花门，就遇上胡深的车队，德济一声令下，士兵鼓噪向前，胡深大吃一惊，手足无措，只得弃车逃跑。

婺州守将帖木烈思和石抹宜孙的弟弟石抹厚孙都无心死

守，裨将宁安庆一看守也守不住，干脆命都事李相趁夜缒城请降。

李相下降书后返城开了城门，常遇春、胡大海等率兵一拥而入。帖木烈思和石抹厚孙均被活捉。

十二月二十日，朱元璋的队伍开入婺州城。婺州是富庶之乡，也是士人集中之地。入城后，元璋立即召开军事会议，说："攻城要用武力，安民要施仁德。我军入集庆后秋毫无犯，所以很快安定下来。现在拿下婺州，需要很快地抚恤民众，使他们乐于归附。这样，那些还没攻下的城池必闻风而归。我每次听到你们每攻下一个城池后，都未妄杀一人，实在令人高兴。凡是作将领的，时刻都要想到不乱杀，这不仅对国家有利，你们个人也将得福。你们照我这些话去做，保证大功可成。"

广大战士都守纪律，只有一个掌印官黄某，竟敢私闯民宅、抢掠财物，结果被砍了头示众。元璋又下令开仓赈济，严禁造酒，以便节粮为民食。

元璋实践他的诺言，改婺州路为宁越府，授士人王宗显为知府；开郡学，聘叶仪、宋濂为五经师，戴良为学正，吴沉、徐厚为训导，使战乱中荒废的学校又书声琅琅。就连刘伯温的好友王冕，也成了元璋的座上客。

这些消息，不能不在刘伯温心里激起涟漪。

不久，又有乐平儒士许瑗谒见元璋，说："今日元朝气数已尽，四方起义军风起云涌。我曾闻，只有有雄才大略的人才能驾驭雄才，只有有卓见奇识的人才能知奇才。明公要想扫除前途上的种种障碍，不收揽天下英雄难以成事。"

"确如先生所言，我今求贤若渴，所以广揽贤才，以便共图大业。”

“明公果然如此去做，天下不难平定！”

元璋大喜，授许瑗为博士，作为参谋，留居帷幄。

元璋要回应天了，嘱咐胡大海说：“宁越是浙东重地，因你有才有勇，我想让你在此据守。现在衢州的元将宋伯颜不花老奸巨猾，处州的石抹宜孙善用儒士，绍兴又为张士诚部将吕珍占据。这三郡都和宁越邻近，我把常遇春也留在这里，你们要同心协力，抓紧时机攻取这三郡。这三郡守将皆为劲敌，切切不可掉以轻心！”

然后，他又嘱咐常遇春要和胡大海协同行事。

元璋去后，常遇春先攻衢州，用吕公车、长木梯攻城，同时在西门外城下挖地道，上下并举。将宋伯颜不花用芦苇浇油烧吕公车，用长把斧砍木梯，用筑夹城防地下穴道，针锋相对，井然有序。遇春只得用声东击西的办法巧与周旋。他率军明攻北门，实际派主力袭击南门，果然突破南门，进入瓮城。守城的院判张斌自料支持不了多久，便遣使约降，趁夜打开西门，迎遇春入城。宋伯颜不花被活捉。

常遇春得胜回宁越，胡大海请遇春留守，自己带了耿再成去攻处州。石抹宜孙早已布防，但守城诸将听说朱元璋厉害，各地都守不住，所以均无斗志。胡深守龙泉，探知胡大海、耿再成联合来攻，想起那次在松溪的遭遇，竟不战自降。大海问他处州情况，他告知：兵弱易攻。

于是，胡大海出师樊岭，同耿再成夹击桃花岭、葛渡等处，得手后又直驱处州城下，石抹宜孙败走闽中。大海进处州安民，再成又出兵西进，连下建宁等七县。

石抹宜孙招集败兵，还想打回处州，刚到庆元，便被耿再成击毙。

捷报送到应天，元璋命耿再成守处州，胡大海还镇宁越。元璋又把宁越府改为金华府。

朱元璋除了征战，还注重农事。至正十八年（1358）二月，任命康茂才为营田使，让他主持修堤防，管水利，务使蓄泄得宜，不误农时。他又设立管理民兵的万户府，仿效古代寓兵于农，有事则战，无战则耕。

朱元璋又派使者带了信去诏谕方国珍。方国珍同部下商议说："现在看来元朝运道将终，天下豪杰并起，只有江左[1]号令严明，所向无敌。现在他已拿下婺州，我们兵力难以与他抗衡，何况与我们为敌的，西有张士诚，南有陈友定，不如姑示顺从，以观其变。"

众将同意。方国珍便派人带了书信和礼物，随同应天来使去见元璋。为表诚意，方国珍除了愿将温、庆、台三州献出，还让次子方关随同前去，留在应天作人质。

元璋接读来信后，回信说："古时人们怕对方不服从自己要求盟誓，后又变盟誓为交人质，这全是因为信不过。如今你既诚实地表示来归，便应坦诚相待，就如青天白日一般，何必还抱怀疑，以子为质呢？"

元璋命人以厚礼赏赐方关，并送他回去。

① 江左：此处指朱元璋。

第十回　知遇明君应聘出山　纵论时势制定大计

刘伯温对朱元璋的起兵、发展和现状都一一看在眼里、记在心里。在朱元璋建立了以应天为中心的根据地以后，一方面是朱元璋为安邦定国求贤若渴；另一方面是刘伯温对元朝早已心灰意冷，想要彻底决裂，“以待王者兴”。这时候，处州驻军统帅胡大海和处州总制孙炎，想起了朱元璋与李善长的一次谈话。元璋问善长：“汉高祖刘邦何以能平天下？”

善长说：“汉高祖刘邦虽出身布衣，但能知人善任，重用三位杰出的人才：谋士萧何、大将韩信、军师张良……”

元璋沉吟良久，对善长说：“先生就是我的萧何，徐达就是我的韩信，而子房谁来当呢？”

善长说：“金华宋濂可当此任。”

“我听说过此人博学多才，可是不如青田的刘伯温。刘伯温是个文武全才。”

青田正归处州管辖，于是胡大海向应天府呈递了一份礼聘刘伯温的推荐书。

此时，朱元璋周围的谋士们也都保荐刘伯温。李善长、陶安还推颂刘伯温的兵法谋略举世无双。元璋听了大喜，立刻派樊观带上礼品从应天赶往青田。

没想到，处州总制孙炎更性急，还没等到朱元璋的答复就派人提着贵重礼物，先期来到了武阳村。

这是至正十九年（1359）腊月的一个黄昏，刘伯温正在屋里伏案写作，弟弟刘升带了一位陌生人进来，同时进屋的还有两位村民，他们对刘伯温说："这人一大早就闯上山来，也不找人问路，一下子闯进了先生布下的八卦阵，直在里面绕圈子，我们看太阳快要落山了，才把他带了回来。"

刘伯温认真打量这位陌生人，见他身材魁伟，眉宇间英气勃发，赶忙请他坐下，问道："阁下在何处公干，到这里做什么？"

那人答非所问地说："这里可是南田村？"

"不错，是南田。"

"可有位刘伯温先生？"

"在下正是。"

陌生人拱拱手，忙从怀内掏出一封书信，说："先生看过书信便知分晓。"

刘伯温接过书信看了，那是处州总制孙炎写的，邀请他出山辅佐朱元璋。此事本在预料之中，但因从未和朱元璋使者接触，又感到有些突然。

他赶紧吩咐家人设宴款待。席间，使者一直称赞刘伯温摆的八卦阵，使人钻进去就走不出来。

刘伯温笑笑说："这算什么八卦阵！我只是在原来的山路上设了点障碍，另外开了九条盘旋上山的路，这样，会使你一不小心就走上岔道，不是走向悬崖绝壁，就是在里边绕来绕去兜圈子。"

“这次孙将军派我来请先生出山，也是吴国公的意思。先生名震遐迩，胡大海将军和孙炎将军特向吴国公推荐，说先生怀伊尹之志、子房之才。今日一见果然名不虚传。务请先生随我出山，辅佐我主公，拯民于水火，早定天下。”

刘伯温又为难起来。尽管他也认定，元朝已如一只漏水破船，处于各地起义军的汹涌浪涛之中，难逃覆灭的厄运。但作为元朝臣子，投奔新主就意味着失节；他对朱元璋对自己到底是否信任，投过去能否施展自己的抱负，还没有把握。倘若这次去了，再闹个徒劳往返，岂不是终生遗憾？所以，他迟疑了好长时间才对使者说：“请转告孙、胡两位将军和吴国公，在下不才，既见弃于胡元，也难再事身于明主。吴国公为旷世英才，帐下人才济济，在下不足以忝列其中。”

他把来使送走，又专心地赶写《天说》《雷说》两篇文章；然后，结合目前时势，继续撰写《时务十八策》。他想，如果朱元璋真的求贤若渴，他就带上这《时务十八策》，作为对朱元璋的进见礼；如果他这一次辞谢后，朱元璋不再派人来，证明他并无多少诚意，那就仍然隐居山野，再等时机。

使者回到金华后，孙炎不仅不恼，接着又连派使者，带了很多珠宝礼品前来拜见，反复劝说刘伯温出山。

刘伯温感到盛情难却，只好收下礼品，把先祖刘光世时留传下来的龙泉宝剑赠予孙炎。这剑鞘看上去有些古旧，但抽出剑后，那剑仍然寒光逼人。据说这是宋钦宗所赠，传至伯温一代，已是价值连城。他诚恳地对使者说：“老母在堂，已是八十高龄，为儿的再不忍远离，请孙将军转呈吴国公，成全在下的孝顺之道。”

这次辞谢的理由，显然有些勉强，孙炎聪明过人，一听便知。因此，他又派使者第三次来到南田山，并将宝剑奉还。同时，还附了一封长信，反复陈说元朝气数已尽，以及朱元璋“神武不杀”、礼重士人的种种事实。孙炎的真诚和他的一番言词使刘伯温很受感动。

不久，孙炎又亲自登门拜访。

孙炎，字伯融，句容人。这位总制其貌不扬，面色黧黑如铁，还跛着一只脚，一拐一拐的，年纪不过三十左右，但他两眼有神，机智干练，能言善辩。刘伯温扫地相迎，二人执手畅谈，十分投契。

正在这时，宣使樊观也从应天赶到。他转达了朱元璋对刘伯温的敬重、敦请之意，同时呈上了现任朱元璋行省郎中的陶安的劝驾诗，表达了对刘伯温的殷切期望。

刘伯温再也坐不住了。如果再不出山，岂不辜负了朱元璋“三请诸葛”式的诚意吗？

老母亲懂得儿子的心事，对他说：“自古以来，兵荒马乱的时代如不去辅佐一位真正的明主，岂能保全国家和百姓。当今方国珍在东，朱元璋在西，我们南田处于他们两者之间，既然同方国珍宿怨难解，那就应当投靠朱元璋，这样才能保得家乡的平安。”

这些话更坚定了刘伯温的决心。他对两位夫人说了些孝敬母亲、教育孩子的话以后，就准备启程。他手下的兵勇也要随同前往，伯温说：“天下事就让我和我要辅佐的人去办吧，你们何必都跟去。你们在家要听我弟刘升和家人叶性的吩咐，保境安土……”

这时，浙东名儒宋濂、章溢、叶琛都已应聘，先到了金华。宋濂早有书信给刘伯温，专等他到金华聚齐，同赴应天。

三请刘伯温出山

三天后，刘伯温到了金华，与宋、章、叶三友聚齐，由胡大海陪同，北上应天。

十天以后，刘伯温等到达桐庐，他特地来到瑶琳村，重访好友徐舫。

小溪流水淙淙作响，桃花红，竹叶翠。徐舫仍然出没在渺茫烟雨中。他见故人来，仍以鲜鱼美酒相待，但等刘伯温说邀他同去应天时，他笑答："老夫虽愚，但已看出天下非吴国公莫属，仁人志士理应从龙立功。老夫已经懒散惯了，更有老母在堂，母子相依为命，难以离开啊……"

刘伯温不再勉强。离开瑶琳村，他们沿长江而上。

刘伯温坐在船上，看沿途风光，心情却像船下江水波浪翻滚。他离开了老母和妻儿是为了施展自己的才能，但朱元璋果真能重用自己吗？他仍觉前途迷茫，心中所想逐渐凝为诗句，在一渡口下船后，写下了《渡江遣怀》，最后四句是：

……
道途正艰阻，
进退维窊臼。
向风一陈情，
何由达南斗？

到了金陵，刘伯温见江山虽改，繁华如昔，街上车水马龙，江中桅杆如林。乌衣巷陌，秦淮河畔，依然笙歌阵阵。刘伯温不由赞叹朱元璋军纪严明，秋毫无犯，真可谓王者师！

朱元璋的行省公署就是元朝江南行御史台公署。孔庙暂时作为孔贤馆接待了四方会聚的才子儒生。刘伯温等四大名儒先在孔庙内住下。

第二天吃早饭时，四人正商议去拜谒朱元璋，不想元璋已经先走到孔庙来了。

朱元璋朝他们走来。他是一位血气方刚的三十多岁的壮汉，高颧骨，翘下巴，目光深邃明亮，龙行虎步，确非凡人。胡大海向元璋介绍刘伯温等四人，元璋恭敬地让座。

元璋也细细打量这位久负盛名的刘伯温，见他身躯修长，面孔白皙而清癯，显得凝重而刚毅，不由得从心里高兴。元璋问伯温："先生可会作诗？"

"这属儒生小技。"

元璋指着饭桌上的筷子，说："就以此为题，请先生作一首。"

伯温略加思索，吟道："一对湘江玉并看，二妃曾洒泪痕斑。"

元璋笑说："秀才气味。"

伯温说："且听下面：汉家四百年天下，尽在张良一借间。"

这后一句道出留侯张良借箸代筹、辅汉灭秦的故事，既表达了刘伯温的宏大抱负，又激发了元璋的雄图大略。元璋大喜，觉得与他相见恨晚。元璋说："我为天下事屈驾四位先生，也希望诸位先生为天下万民不吝赐教。请诸位说说，今天下纷争，结局将会怎样？"

章溢说："天道无常，唯德是辅，不嗜杀人者得天助、得民心，得天助、民心者方能定天下。"

宋濂、叶琛也都从施仁政、顺民心方面，陈述了自己的见解。

元璋一边听一边点头。他手下已有了不少读书人，如冯国用、冯国胜（后改为冯胜）、李善长、陶安、李习、汪广洋、夏煜、孙炎、杨宪等，他们刚来投时，也都提出不妄杀人、施仁政等主张，可见英雄所见略同。朱元璋为表示对几位先生的重视，对他们的言论未露声色。这一切，刘伯温都看在眼里，所以当元璋征求他的看法时，他说："三位先生所说均为治国之本，任何时刻都不能动摇和更改。只要抓住这个根本，大功可成。在下已没什么可说的了，只想把在山中居家时偶然想到的《时务十八策》呈上，请吴国公指教。"

刘伯温的《时务十八策》，也就是他在《郁离子》中所阐述的正己、慎微、修纪、运利、尚诚、量敌、审势、用贤、治民等理论，在当前形势下如何具体运用的意见。朱元璋接过来翻阅了几章，不住地赞叹。他兴奋地说："某等候先生这样的人才已久，今得先生屈尊助我，太好了！"

刘伯温在《时务十八策》中特别提到，用贤不能单从表面上以礼相待，重要的是让他们学有所用，用他们自己的本领去干一番事业，这对朱元璋震动很大。事后，元璋问陶安："刘伯温四人之才如何？"

"臣谋略不及伯温，学问不及宋濂，治民之才不及章溢、叶琛。"

没过多久，朱元璋令宋濂为江西等处儒学提举司提举，迁世子听宋先生授经，以章溢、叶琛为营田司佥事，唯独将刘伯温留在中枢，参谋机密要事。从此，刘伯温成了朱元璋的高级谋士、第一军师。

刘伯温等四先生到应天不久，儒士王祎、许元、王天锡等也受聘来到。这时候，朱元璋帐下文士武将，人才济济。元璋既以刘邦自诩，又称李善长为萧何，徐达可抵韩信，那么，刘伯温正是张良这一角色。张良字子房，所以朱元璋常把刘伯温说成是“吾子房也”。

元璋下令建礼贤馆，专门让这些文人谋士办公和居住。

朱元璋为尽快结束群雄称王的局面，向刘伯温询问征讨大计，刘伯温早已胸有成竹，他说：“明公因天下大乱，崛起于草莽之间，尺土一民，无听凭借，名号甚光明，行事也顺应，这是王者之师啊。现今我有两敌，陈友谅居西，张士诚居东。友谅包有饶、信，地跨荆、襄，几乎是天下之半；而士诚仅有边海之地，南不过会稽，北不过淮扬，他犹如窜伏之鼠，暗地里背叛元朝，明面上又归附于它，是一个守财奴式的人物，没有什么作为。陈友谅则不然，挟持其君而又威胁其下属，下属全都怪怨；他本人剽悍，动辄以其国力去试人家之锋镝。然而，数战以后，劳民伤财，民怨很大，人心涣散，所以，陈汉易取。猎兽就要猎猛兽，擒贼就要擒强贼，今日之计，莫若先出兵伐汉。汉地广大，得汉，取天下之势便自然形成了。”

刘伯温的这段议论，犹如诸葛亮未出茅庐先定天下三分的隆中对策，对时局分析、把握得十分准确，讲得又如此透彻，使朱元璋一下子看准了战略方向。

这时候，在朱元璋周围有三大农民军主力：北有韩林儿的宋政权，东有张士诚的周政权，西有陈友谅的汉政权。韩林儿名义上是朱元璋的君主，不仅不会威胁元璋，还做了他抵御元朝进攻的屏障。张士诚自至正十三年（1353）起事以后，迅速占领了苏南、苏北广大地区，至正十六年（1356）定都平江，十七年（1357）接受元朝封号，并以军粮接济元兵。他与元璋虽也争城夺地，小战不断，但却满足于安富尊荣，不会有所作为。陈友谅跟随徐寿辉起兵以来，野心勃勃，先后杀了赵普胜、倪文俊等战将，掌握了实权，势力扩展到江西、湖北、安徽、湖南、浙江等省，成为起义诸部中最强悍的一支。至正十九年（1359）十二月，他将徐寿辉劫持，囚禁在江州，自称汉王，随时准备沿江东下，吞并朱元璋，因而成了朱元璋的最大威胁。

当时的形势是：如攻陈友谅，张士诚很可能按兵不动；如攻张士诚，陈友谅必会乘虚而入。所以，战局的关键在于是否能击败陈友谅。刘伯温主张先灭陈友谅，后取张士诚，接着打败方国珍、陈友定，然后北向中原，统一中国。

这一重大战略方针，同朱元璋以前定的方针不同。以前，朱元璋帐下的文武将官，多以为张士诚虽然仅占有长江下游一带，但那一地区富庶、殷实，如能先取，可保无缺粮之虞。因此，朱元璋东征西讨，常处于两面作战的境地，这就犯了兵家大忌。现在听了刘伯温的分析，元璋才豁然开朗，连说：“好，好。先生今后有什么计谋，还望及时赐教！”

第十一回 诈降诱敌悍将上钩 以弱击强龙湾大捷

至正二十年（1360）四月，朱元璋命徐达、常遇春进攻安庆。此时，陈友谅已把他的骁将赵普胜杀死，赵普胜经营多年的水军基地枞阳水寨群龙无首，徐达、常遇春一鼓作气，拔掉了这颗威胁江南根据地安全的钉子，随后率军进驻池州。

五月，陈友谅亲自率师东下，声称去增援安庆。

常遇春对陈友谅的进军意图进行了分析，认为陈友谅是假借增援安庆，实际上想用主力攻打池州，断他的归路，然后将他的军队包围在安庆、池州之间，加以全歼。徐达同意遇春的分析。他们决定将计就计，诱敌上钩。

陈军开到池州城下，见城门紧闭，城上旌旗招展，却不见动静。他们正在徘徊观望，忽听鼓号齐鸣，只见在城外东南九华山丛林中的伏兵齐声呐喊着冲下山来；此时城内守兵也开城出战，形成了前后夹击的钳形攻势。陈友谅腹背受敌，阵脚大乱，人马自相践踏，伤亡惨重。

徐达、常遇春率军奋勇冲杀，杀死一万多人，生擒三千人。此仗一举粉碎了陈友谅对池州的进攻，挫折了他的锐气。

但在处理俘虏时，常遇春却与徐达发生了分歧，他说：

“这三千俘虏都是我们的劲敌，不杀会成为后患，如请示主公，他不会同意，不如先斩后奏。”

徐达虽不同意，但因官职差不多，他无权阻止，只得一面劝说，一边派人请示朱元璋。

朱元璋得信大惊，对使者说：“你赶快回去告诉诸将，现在战争刚开始，不可滥杀俘虏，这样会使敌人断绝投降的念头，对我军不利。马上释放这三千俘虏！”

等使者返回池州，常遇春已杀了大部分俘虏，只剩下三百人了，朱元璋知道后大怒，下令把这三百人立即释放，并对常遇春严加斥责。朱元璋悔恨自己没有任命大将统帅军队，为此，他下令由徐达节制诸将。

陈友谅不甘心失败，一心想进行报复。在池州之战以后一个月，即至正二十年闰五月，陈友谅又调动“混江龙”“塞断江”“撞倒山”“江海鳌”等巨舰百余艘、战舸数百条，猛攻太平。

元璋正拟遣将救援，忽有从太平逃来的溃兵，向元璋禀报：“太平已经失陷，花云将军阖家遇难，知府许瑗、院判王鼎都已殉节！”

元璋大惊失色：“我义子文逊怎样了？”

“想也尽忠了。”

痛失几位勇将，元璋不由大恸。经诸将劝解，仍流泪不止。

原来，黑将军花云与元璋养子朱文逊同守太平，陈友谅来攻，花、朱两人率兵三千，与他鏖战三日，友谅攻不下。可没想到这时下起了大雨，河水猛涨，友谅指挥战船来到城西南埋伏下来，趁黑夜命士卒登舟尾，缘梯登上城堞，攻入城内。花云、文逊毫不惧怯，领兵巷战一夜，最后力竭被俘。后见文逊被杀，花云怒火万丈，振臂一呼“杀”，挣断绳索，夺下守兵的短刀，左右乱砍，杀了五六人。众兵一齐杀来，伤了他的右臂，又把他捆住。花云仍大骂：“贼奴敢伤害我，等我主公兵到，必把你们砍为肉泥！”

众兵闻言，竟把他绑到桅樯上，一阵乱箭射死。花云的妻子郜氏听到花将军殉难的消息，也跳水殉节。只有侍女孙氏，抱起花云三岁幼子花祎逃命。

陈友谅取得太平，又继续进占采石矶。趁着船行江上，他潜入船舱，杀了徐寿辉，对外则称徐寿辉暴病身亡。接着，他又以采石矶上的五通庙为皇宫，自称皇帝，国号汉，改年号为大义，封邹普胜为太师，张必先为丞相，张定边为太尉。

陈友谅兵力强大，舟师十倍于朱元璋军。他一面积极备战，一面派人送信给张士诚，约他出兵，东西夹攻应天，共同瓜分朱元璋领地。张士诚生怕惹祸，没有答应。使者回来一说，陈友谅火了，骂道：“这个贪利的盐商，前怕狼后怕虎，难道没有你，我就不能拿下应天吗？”

于是，陈友谅调动舟师顺流而下，直扑应天。舳舻蔽空，旌旗遮日，船队从头到尾长十余里。

警报传到应天，朱元璋的谋士们议论纷纷，战守不一。有的说钟山有王气，应当撤到那里据守；有的主张先打一仗，战败了再走不迟；有的干脆主张开城投降。在敌强我弱的情况下，朱元璋帐下竟笼罩着一种悲观失败的气氛。朱元璋心里很焦急，把刘伯温召入内室，问道：“先生有何高见？”

“先把主张投降和退守钟山的人斩了……”刘伯温气愤地说。

“依先生之见……”

“陈友谅杀了他的主子，僭号称帝，又匆匆挥师东下，说明他已得意忘形、急于求成，这就犯了兵书所说的‘骄兵必败’之忌。况且，他上劫其主，下胁其从，名不正言不顺，必然导致将士离心，矛盾激化。倘若主公敞开心扉，与众将士开诚布公，激励将士同心同德，个个奋勇，这又是所谓‘天道后举者胜’。在战法上诱敌深入，设伏兵邀击之，必可得胜。主公取威制敌，以成王业，正在此举！”

朱元璋一边听一边点头：“先生说得有理。”

伯温又进一步解释：“大凡敌人设计攻我，我可将计就计反过来攻他，等到敌人失败而屈服。这就是兵法上所说：‘上兵伐谋。贼骄矣，待其深入，伏兵邀击之，易耳。’而今，我们不患友谅来攻，而患其姗姗来迟。”

“这话怎讲？”

“主公试想，若友谅等士诚做好参战准备，两军对我夹攻那就危险了；若友谅急于单独攻我，我以全力相抗，等友谅军败回，士诚军就可不战而胆寒。”

接着，刘伯温又同朱元璋细细商讨了退敌之计和实施步骤，朱元璋信心大增。

再回到议事厅时，元璋已是胜券在握了。他一一驳斥了各种错误言论，对作战做了全面的安排。他令胡大海从金华出兵信州，牵制敌人的后方；调徐达、常遇春回应天听令。

接着，元璋又把康茂才召入密室，说：“听说你过去同友谅关系不错，你能否给他送一封诈降书去，引诱他快速发兵，以便我们钓鱼上钩？”

康茂才原是陈野先部下，投顺以后勤勤恳恳，很得元璋信任。至正十八年（1358）被任命为营田使，掌管全军的给养供给。他是蕲州人，与徐寿辉同乡，也与陈友谅共事过。朱元璋和他这么一说，他一来感念朱元璋知遇之恩，二来自陈友谅害死他同乡徐寿辉后，心中气愤，所以他想了想说："我家看门老人，曾在陈友谅身边待过多年，派他去传书信，陈友谅必信无疑。"

元璋说："既是这样，那就快写信出发。"

茂才应命，立即写好诈降书，细细叮咛看门老人，让他打扮成渔夫，驾一小舟，直投友谅军前。

身穿龙袍的陈友谅，野心日益膨胀。他写信给张士诚，约张东西夹攻朱元璋，而张士诚狡猾如狐，借口兵员调集不齐，迟迟不动，实际上是为保全自己，想坐山观虎斗。陈友谅并非真想依靠张士诚的力量，而是有更深一步打算，即等到张士诚参与打败朱元璋以后，趁他人困马乏，一举把张士诚吞掉，这样，江浙就全归他所有了。张士诚不肯就范，陈友谅正坐在太平府的大堂上焦躁不安，忽听说康茂才的老仆前来投书，便马上传进。

他见这人果然是康茂才蕲州家里的看门人，便接过茂才的信观看。茂才的信中除了重叙旧谊、对陈友谅称帝表示祝贺外，又说："弟自陈野先败后投奔朱某实属无奈。而朱某薄情寡恩，对投降者并不信任。弟在此终日惶恐，盼兄到来如望云霓。现弟奉命据守应天城外之江东桥，兄如来攻，弟愿做内应……"

看到这里，陈友谅急问老仆："康公现在哪里？"

"现正把守江东桥。"

"那桥是什么桥？"

“木桥。”

友谅以酒饭招待老仆，然后说：“你现在就回去告诉康公：三天后的半夜，我带兵到江东桥，呼‘老康’三次，康公就倒戈作为内应。千万不要误事！”

老仆唯唯称“是”，急忙返回，报告康茂才。

茂才又去转告朱元璋，元璋说：“友谅已开始钻入我圈套了。”

元璋急令李善长带领工役，趁月夜把江东木桥改建成铁石桥，工役们拼命苦干，一夜完成，上面大书“江东桥”三字，让人一望便知。

等到徐达、常遇春的兵马来到，元璋命常遇春、冯国胜等率军埋伏在石灰山之侧，徐达率兵隐蔽在南门外，杨璟驻兵大胜港，张德胜等领舟师出龙江关，元璋自己在卢龙山（今狮子山）上督军。他同各将约定，发现敌人举红旗再举黄旗时，伏兵就一起出击。

没过几天，陈友谅果然挥舟东下，来到大胜港。港口狭窄，只容二舟驶入，岸边又有杨璟的重兵驻扎，他恐怕被发现狙击，不敢停留，退出大江来觅江东桥。距大桥还有老远，“江东桥”三字已映入眼帘，但是驶近大桥时，忽发现大桥是铁质，桥墩用大石砌成，无法过船，不免心中生疑。等船驶近桥边，友谅连呼：“老康，老康，老康！”

叫了半天，并无人应，只有空中回声传来也是：“老康，老康，老康！”友谅猛然想道：中计了！

友谅和他弟弟友仁率兵千余，又向龙江进发。

到龙江后，友谅令登岸立栅。

这时正是江南烈日炎炎的酷暑。元璋在卢龙山上张盖督兵，见士卒们挥汗如雨，立即命令去盖，与将士们一同晒在太阳之下。将士们士气高涨，要求立刻下山夺栅，元璋说："天就要下雨了，你们现在抓紧时间吃饭，吃饱了饭，趁着大雨凉快时，再去攻击。"

将士们抬头四顾，烈日当头，没有一丝云彩，所以都有点莫名其妙，只得遵命吃饭。刚刚吃完，骤然间西北风刮来，黑云聚拢，大雨倾盆而下。元璋当即下令："下山拔栅！"

一面红旗在前引导，诸将士如猛虎一般直冲下去，竞相拔栅。友谅那边也指挥将士们奋力抵御，枪来刀往，好一场厮杀！这时，忽然雨停，元璋又改竖黄旗，并下令擂鼓。于是，常遇春从左面杀来，徐达则从右边杀到，内外合击，把登岸的敌兵统统赶到水中。

陈友谅忙指挥船只渡军，船刚离岸，张德胜、朱虎也领舟师杀来，弄得友谅晕头转向，偏偏在这紧急关头，潮水回落，数百艘兵船搁浅在岸边，无法移动。

友谅无法，改乘小舟，飞桨逃出，其余军卒也都跳水逃生，而那些不会水的，自然都被江心的急流卷走。

元璋命将士们乘胜追击，他自己则率亲兵夺取敌巨舰百余艘和小舟数百，就连友谅所乘大船，也全都截获。有趣的是，在友谅的卧床下发现了康茂才的诈降书，元璋不禁笑道："陈友谅真是一只呆鸟！"

此战，陈友谅军被杀死、淹死的不计其数，光被生擒的就有两万多人。投降的将领中有个叫张志雄的，本来是赵普胜的部下，很能打仗。由于他内心怨恨陈友谅杀死赵普胜，所以在龙湾之战中毫无斗志。投降以后，他对元璋说："这次陈友谅东下，所带兵卒全是从安庆调拨来的。所以这些降卒也都是安庆之兵，友谅既败走，安庆也没人防守了。”

元璋听了他的话，一面派徐达、冯国胜、赵德胜等将领去追击陈友谅，一面又命余元帅去取安庆。

在龙湾大捷的同时，胡大海已拿下了信州。

在龙湾战役中，出面指挥的是朱元璋，但在背后分析军情、出谋划策的却是刘伯温。刘伯温利用康茂才同陈友谅的旧关系，投书诈降，引陈友谅发兵速来，钻进伏兵的口袋里。最初，李善长不以为然，元璋曾对他解释："如友谅、士诚二寇合击，我将首尾受敌。只有让友谅速来而将其攻破，士诚自然会因害怕而却步。”

友谅中计败回，士诚果然没有出兵，说明刘伯温的计谋高于善长。

陈友谅攻应天失败，是因为在主观上他有两大弱点：一是骄。康茂才来送降书，友谅自恃有大军三十万，因骄傲而不防有诈，终于上钩。二是疑。刘伯温的诈降计中，故意将木桥于一夜之间改为铁石桥，是为引起友谅疑惧而张皇失措，如友谅到江东桥后保持镇静，或越过江东桥攻清德门，应天仍然是危险的。即使他按兵不动，大军也不至于垮得这样快。

这一仗，刘伯温表现了他的卓越的军事才能。首先证明了他对陈友谅、张士诚二人的秉性了解、把握得准确，因而从战略思想到征讨大计都是符合实际的；其次，调兵遣将都请朱元璋出面，不仅树立了元璋的统帅形象，也不致使自己受到猜疑。朱元璋在烈日当空时说天将大雨，友谅登舟时恰逢潮落，使舰艇搁浅等，都是刘伯温多年学习天文、地理，熟知风雨潮汐等现象，因而推算准确的结果。

朱元璋以弱击强，大获全胜，对刘伯温更加信任，刘伯温在军中的威望也一天天高起来。

陈友谅虽换乘小舟逃到慈湖，但距后面追兵不过数丈。此时，追兵船上射来火箭，烈焰飞腾，小舟震荡，他只得乘硝烟遮挡，将小舟靠岸，一跃跳上岸去，鼠窜而逃。

这边的张德胜、朱虎、廖永忠、华云龙等哪能放过他？他们将友谅的小舟捣毁，也跟着上岸穷追，直追到采石。没提防，友谅在此得了援兵，回马迎战。张德胜只身陷入敌阵，被刺受重伤，死于阵前。廖永忠、华云龙等见张德胜被杀，不由得怒火中烧，怀着复仇义愤，舍命冲杀，将友谅杀败。

陈友谅带上残兵败将，逃回江州去了。

第十二回 声东击西巧取江州 审时度势诚献洪都

按照刘伯温的“征讨大计”，首先要集中兵力消灭陈友谅。此举，除了震慑处于东方的张士诚外，还要稳住在东南沿海的方国珍。

那一次，朱元璋攻下婺州，方国珍看到朱元璋锐盛的气势无法抵挡，曾愿将温、台、庆三州献出。朱元璋根据刘伯温的建议，回绝了方国珍的礼物，送回了人质。至正十九年（1359），元璋又派博士夏煜到方国珍处，授国珍福建行省平章事、国瑛参知政事、国珉枢密分院佥事。方国珍不买账，诈称有病，只收下了平章印，却不任职。至正二十年（1360）夏煜返应天，对元璋说：“此人奸诈多疑，表面上说些好话来应付，内心却另有所图，不用兵威不能制服他。”

元璋再次写信，派都事杨宪、傅仲章劝谕方国珍。元璋在信里说：“你如能洗心革面、痛改前非，不负当初你所提的愿望，则温、台、庆三州可以保存，不然，我恐怕你们兄弟终会遭到败亡，妻儿也要受牵累，到时徒为天下人耻笑！”

方国珍自恃有实力，对元璋的信根本不理。

冬天，元璋又派夏煜给方国珍送信。信中说：“当初我以为你是一个识时务的豪杰，才让你统治一方，谁知你心怀叵测：想窥探我虚实，就派你儿子为质；要拒我官职，就称病告老。你要好好想想，智者是可以因祸得福的。”

不论朱元璋怎样警告他，他仍是骑墙观望，悄悄地打制海船，并为张士诚漕运米粮十余万石到大都，给垂死的元朝廷输血。元朝则以升官晋爵报答他，授他为江浙行省左丞相衢国公，管辖庆元。

朱元璋对他这些表现十分生气，再次斥责他：“你要明白，福基于至诚，祸生于反复。前车可鉴。你如果再虚与委蛇，我大军一出，你后悔也来不及了！”

方国珍这才表现出惶恐之状，赶紧派人给朱元璋送来金玉马鞍。元璋严词拒绝：“现在处理天下大事，急需的是人才，所用的是粟帛，我哪有闲情逸致去鉴赏这些珍宝玩器！”

但因时局变化，元璋没有认真去对付他。

这时候，刘福通的红巾军接连失败，元朝大将察罕帖木儿攻克兰、陇。山东的红巾军内，赵均用杀了毛贵，毛贵部下续继祖又杀赵均用。红巾军原来招降的“义兵”花马王田丰和扫地王王士诚，也为争权夺地自相火并。察罕帖木儿乘乱攻下汴梁，小明王韩林儿退保安丰（今安徽寿县南、安丰塘北）。察罕帖木儿招降了田丰和王士诚，平定了山东。如果元军再打下安丰，朱元璋必将与察罕帖木儿接战。察罕的军势强大，同他正面作战，不仅打乱了“征讨大计”，陈友谅也会坐收渔利。出于策略上的考虑，朱元璋两次派人给察罕送信、送礼，要求通好。

自至正十六年（1356）以来，朱元璋同张士诚不断打些小仗，互有胜负。朱元璋曾将张士诚占据的长兴、常州、江阴、常熟等地攻克，张士诚被逼降元。不久，士诚又失诸暨、嵊县。朱元璋还攻打过湖州、杭州、绍兴，虽未占领，却都打了胜仗。也是为实现“征讨大计”，元璋并不穷追猛打。

在至正二十年（1360）秋到二十一年（1361）夏近一年时间里，朱元璋对张士诚基本上采取守势，对陈友谅也只是打些小仗。刘伯温除了同那些文人谋士们讨论军事外，也常对朱元璋讲述孔子思想及儒家治世之道。

龙湾大捷之后，刘伯温鉴于太平城位于姑溪边上，就向元璋建议重修太平城，使太平城远离姑溪三十步。这样做不光是为防陈友谅再来进攻，也是为防备元军的袭击。

但这时，元大将察罕帖木儿正依靠皇后奇氏和太子的势力与另一大将索罗帖木儿争权夺地。索罗帖木儿则以皇帝的舅舅老的沙为靠山，与察罕帖木儿抗衡。另一大将李思齐野心勃勃，也在不断扩张势力。正因为元朝的内部斗争，元军才未迅速南进。

朱元璋为防止张士诚进攻，加强了诸全州（诸暨的防卫），修筑了严州城（今浙江建德东北），积极准备向陈友谅进攻。

陈友谅认为龙湾之战之所以失利，主要是中了康茂才的诈降计。到了至正二十一年（1361）七月，他认为已经准备好了，便先派元帅张定边去攻打安庆。安庆位于江州与太平之间，是大江沿岸的一个重镇。陈友谅想以这里为前沿阵地，再寻机往北发展。张定边的队伍以水师为主，扬帆摇桨，直达安庆城下。经过一场酣战，很快将安庆占领。

与此同时，陈友谅又派大将李明道攻信州。胡大海奉命驰援信州，与当地守将胡德济内外夹击，将李明道擒获送到应天。元璋招降了李明道，并问他："陈友谅这人怎样？"

"友谅弑主，将士离心，而且政令不一，擅权者多。他士卒虽多，也没多大用处。"

元璋听到安庆失守，怒斩守将吴某，决定亲自率兵出征。徐达、刘伯温都支持他这一行动。刘伯温以天象来坚定朱元璋的信念，他说："昨观天象，金星在前，火星在后，这是出师得胜的兆头！"

八月，朱元璋带刘伯温登上新造的龙骧巨舰，率舟师溯流而上。陈友谅在江上的守兵，望风而逃入安庆城内。张定边得报，拼命固守。

元璋令步兵佯攻，同时令廖永忠、张志雄率水师袭击水寨，破敌舟八十余艘。然后，元璋又命猛攻安庆城，从黄昏一直打到第二天清晨也没拿下来。刘伯温对朱元璋说："孙子曰：'我欲战，敌虽深沟高垒，不得不与我战者，攻其所必救。'安庆不过是弹丸之地，何必打这种疲劳之战？不如移师江州，破他巢穴。"

元璋一下子明白了过来，便令仇成继续攻打安庆，造成仍在围攻的假象，自己则率领主力直取陈友谅的巢穴江州。

大军开到小孤山，陈友谅的守将傅友德、丁普郎驾舟来降。这二将英武善战，但在友谅那里并不受重视。他们弃暗投明，元璋自然欣喜，即命二人仍驾原舟做前导，沿江前行，遇到友谅巡江的水兵，一概深明大义，招降他们；如有不服的，立刻扫平。

朱元璋的主力大军到了江州城下，陈友谅听了小卒的报告还以为是误传，直到听见城外鼓角喧天才知是真的。慌乱中不知所措，忙派亲信缒城，急召张定边前来救援，自己则督兵死守。

相持了两天，江州城仍未攻下。刘伯温想起去年陈友谅攻陷太平时，曾利用巨舰舱楼登城，便向元璋建议，派人密测城墙高度，然后命工兵在各舰尾搭造天桥，乘暗夜将舟船倒行，使船尾靠近城堞。将士们一鼓作气登城，友谅急忙携妻出城，乘舟西逃武昌。

安庆方面则因张定边仓皇驰援江州，元璋部将仇成乘虚而入。

正如刘伯温所预料，张士诚得知朱元璋率兵西上，便决心与陈友谅配合，在长江下游发起进攻。他命部将李伯升统兵十万，水陆并进，直扑太湖西岸的长兴州。长兴城内兵不过数千，情况十分危急。刘伯温料事如神，决策果断。他派常遇春星夜赶往长兴，比李伯升先到一步，等李伯升赶来，一看长兴已有准备，只得无功而退。

江西几十个路府已经投降，省会龙兴一带仍控制在陈汉行省丞相胡廷瑞等人手中，给在江西的全面推进造成障碍。朱元璋和刘伯温商量，对胡廷瑞进行说降。

此时的龙兴城内，主战和主降两派各执一端。祝宗、康泰两名战将疑惧很深，不想投降，丞相胡廷瑞自虑难保，决定派遣使者郑仁杰晋见朱元璋，表示愿意献出龙兴投降，条件是不要拆散他的旧部，还要让他统帅原有的军马。元璋看完信，勃然变色，刚想发作，站在旁边的刘伯温急忙用脚踢元璋坐的胡床。元璋会意，马上一一答应来使。

他请刘伯温代写书信，对胡廷瑞说："郑仁杰至，言足下有效顺之诚，此足下明达也；又恐分散所属他将，此足下过虑也。吾起兵十年，奇士、英才，得之四方多矣，有能审天时，料事机，不待交兵，挺然委身来者。尝推赤心以待，随其才任使之，兵少则益之以兵，位卑则隆之以爵，财乏则厚之以赏，安肯散其部伍，使人自疑，负来归之心哉！且以陈氏诸将观之，如赵普胜骁勇善战，以疑见戮，猜忌若此，竟何所成！近建康龙湾之役，予所获长张、梁铉诸人，用之如故，视吾诸将，恩均义一。长张破安庆水寨，梁铉等攻江北，并膺厚赏。此数人者，自视无复生理，尚待之如此，况如足下以完城来归者也！得失之机，间不容发，足下当早为计！”

胡廷瑞见信，疑虑消除，即刻派外甥康泰携书信请降。此后，余干、建昌（今江西南城）、吉安、南康诸郡县，也相继投诚。元璋又命赵德胜、廖永忠、邓愈、冯国胜等，分兵出击，攻下瑞州、临江、浮梁、乐平……江西、安徽十之八九的郡县均为元璋所得。

第二年春天，刘伯温随朱元璋军东还，过龙兴时，胡廷瑞率甥康泰、部将祝宗等出城迎接。朱元璋对他们热情慰勉，令他们各任旧职。入城以后，朱元璋带领文武官员拜谒孔庙，又出城到著名的滕王阁欢饮。

这天，天气晴朗，朱元璋、刘伯温与随军而来的文武官员、江西及龙兴各界名流，乘坐马车从四面八方来到滕王阁，欢聚畅饮，庆祝胜利。文士们乘兴赋诗，武将们舞剑豪饮。大家注目的中心人物是朱元璋和刘伯温，纷纷上前向他们敬酒，喜气洋洋。然而，在刘伯温心里，望着鄱阳湖中的浩渺烟波，思母怀乡之情却油然而生。原来，八月初从应天出征之际，刘伯温就收到了慈母逝世的噩耗，家里人等他回去发丧，可这次出征是“征讨大计”中的一次重要行动，如中途走了，万一军事失利，怎能对得起朱元璋和数十万将士？自古忠孝难两全，刘伯温抑制了丧母的悲痛，毅然投入军事参谋工作之中。几个月来戎马倥偬，战斗激烈，他一心一意为朱元璋出谋划策，悲伤之情难以排遣。如今，在这万众欢腾的时刻，他怎能不忆起老母的教养之恩呢？

他情急心切，就在宴会之后向朱元璋说明原委，要求回南田奔丧。朱元璋答应了他。

刘伯温临行前告诉朱元璋：张士诚和陈友谅一时都不会有大的军事动作，令人担心的，一是浙东投诚的苗兵，二是龙兴新附的降将。因为他们各有自己的旧部属，比较抱团，一旦有风吹草动，很可能酿成祸乱。元璋听了这些话，决定让徐达西征，趁陈友谅在武昌立足未稳，打他个措手不及。同时，他也令祝宗、康泰同行，使他们离开龙兴。

数日后，朱元璋改龙兴路为洪都府，任命叶琛为知府，留邓愈守洪都，自领大军回应天。胡廷瑞也跟他一起回应天。

临走之前，朱元璋令胡廷瑞在城北龙沙之上临时搭了一个高台，召集全城父老乡亲立于台下。朱元璋登台讲话："自古攻城略地，百姓难免枪刀之祸。现在幸得生命、财产安全，没有损伤，全靠丞相胡廷瑞深明大义，先期来归，这是百姓之福。陈友谅占据这里，勒索军饷供给，实在害苦了你们。我今天就要消除这些弊端，军需供应全不劳累你们。你们可以各事本业，不要游手好闲，不要为非作歹违反刑律，也不要结交权贵扰害良民，你们要好好保护自己的父母妻儿，做一个好的百姓。"

人们亲自聆听了朱元璋这些体恤的话，很受感动，一些老士绅夸赞："这真是仁义之师！"

在万众欢呼声中，朱元璋带兵走了。刘伯温也辞别朱元璋和众将士，带着朱元璋为他委派的送葬礼官，一起回南田奔丧。

第十三回　返归故里尽孝葬母　途经建德设计退敌

刘伯温快马加鞭，回乡奔丧。可是，刘伯温一行刚到衢州，他离开朱元璋时所担心的事就发生了。

朱元璋平定浙东以后，令胡大海驻守金华，耿再成留守处州，互为犄角。但金华、处州两地驻军，多是原来苗军的降兵降将，是曾以人肉为食的杨完者的部下。杨完者是苗族部队的统帅，受元朝调遣，在江浙一带镇压农民起义，是一条忠实鹰犬。他的队伍剽悍、野蛮，奸淫烧杀无所不为，连元朝的地方官也不放在眼里。因此，杨完者被江浙行省一参政出卖，死于张士诚手中。他的部将蒋英、刘震一怒之下投降了胡大海。大海仍命他们驻守金华、处州、衢州等地。

胡大海、耿再成虽然诚意相待，可他们的狼子野心始终不改，投降只不过是权宜之计。至正二十二年（1362）二月初，驻金华的苗军元帅蒋英、刘震、李福等人密谋叛变，他们暗地联络驻处州的苗帅李祐之等，于二月七日同时举兵闹事。刘震原不忍叛变，李福激他说："要想成大事，还管什么私人恩德！"

初七这天，蒋英等禀请大海，到八咏楼下观看射箭。大海不知有诈，欣然应允。大海准备停当正要上马，忽有苗将钟矮子跑到马前，跪下来拉住马缰，对大海大叫道："老爷快救我，蒋英他们要杀我！"

大海回头看蒋英时，蒋英抽出铁锤，对准大海的脑袋一锤击下，大海顿时脑浆迸裂。蒋英眼也不眨，上前割下大海首级，胁迫大海的部下降服。

大海的儿子关注和郎中王恺，也都在毫无防备中被蒋英等杀死。只有典史李斌得到消息，怀揣省印，悄悄从后门溜出，缒城逃走。

李斌逃到严州告急。驻严州江浙行省右丞李文忠急派何世明、郭彦红等带兵征讨。大海的养子胡德济听闻义父遇难，悲愤交集，也引兵奔去。

蒋英、刘震等见征讨大军来到，自料难以抵敌，便露出原来的匪盗面目，在城内大肆掠夺，带着大包小包的财物，投奔张士诚而去。

朱元璋得报，即命左司郎中杨元杲到金华总管军事。

处州的苗将元帅李祐之、贺仁德等接到蒋英密信，没敢轻易动手。后看到胡大海被杀，就壮起胆来造反。当时耿再成正与客人饮酒，得悉苗将叛变后，便立即组织起二十来人仓促应战。

李祐之等将耿再成围住，用槊环刺，再成悲愤填膺，催马扬蹄，奋力挥剑，连断数槊，但因贼众槊多，防不胜防，身上受伤多处，鲜血涌流，终因力气不支，坠落马下流血过多而死。

都事孙炎和元璋义子朱文刚等，也被叛贼捉住。贼将认为孙炎是个人才，起初把他单独幽禁在一空屋中，包围得严严的，逼他投降，孙炎怒斥叛贼，不为所动。贺仁德又端来烤雁、佳酿招待他，劝他归附。孙炎一脚把酒肉踢翻，大骂道："瞎了你的狗眼！今日我被你等鼠辈囚困，就没想活着出去。我死而为主，光明正大；你们反叛，重为贼寇，就是死了连狗也不吃！"

守卒大怒，要孙炎把衣服脱了，孙炎怒斥道："休想！我身上紫绮，是主公所赐，我死也要穿在身上！"

他说完，即被杀害。

不久，张士诚得知蒋英等叛变，乘机派他弟弟张士信率兵万余，包围了诸全州。元璋所派守将谢再兴日夜与他鏖战，不分胜负。再兴便派一得力将军趁暗夜带兵出城，埋伏在大道两旁的隐蔽处。

天亮以后，再兴率兵出战。起初，他让敌兵得势，自己佯作欲逃的样子后撤，敌兵果然追来，这时伏兵突然杀出，再兴又杀个回马枪，将张兵打得大败，擒获其兵将千余人。

再兴得胜回城，张士信企图报复，又增加了许多兵马。再兴考虑到自己的兵力难以支撑，便派人告急于李文忠。

没过几天，洪都降将祝宗、康泰听到蒋英等叛乱，也蠢蠢欲动。祝宗、康泰归降朱元璋是碍于胡廷瑞的面子，并无诚意。在朱元璋离开洪都后，胡廷瑞曾密告元璋，祝宗是陈友谅的老部下，不甚可靠。当时，刘伯温也提醒过他。没想到祝、康二人这么快就叛变了。

徐达的远征军正在行军途中，祝宗、康泰听到了金华、处州两地叛乱，乘夜间宿营时偷偷离开，率部属返回洪都。他们早已安排内应混入城内，所以大军一到城下那些内应就打开了城门。等叶琛和邓愈得信，祝、康的军队已经入城。

知府叶琛是位儒士，被捉后坚定不屈，大骂叛贼，终于被杀。邓愈来不及披挂，带数十骑冲破叛军的重重包围，边杀边走，战士多被杀死，只得单人独骑杀开一条血路，直奔应天求救。

徐达发现祝、康失踪大吃一惊，急忙回师洪都。可是晚了一步，康、祝已把洪都占领。徐达大怒，下令攻城。只打了半日，城就被攻破。康、祝骑马逃走，被徐达兵捉住。

康泰把一切责任推在祝宗身上。徐达怒杀祝宗。因康泰是胡廷瑞的外甥，徐达便派人把他押往应天，请朱元璋发落。

朱元璋听到洪都重新收复，转忧为喜。他想，洪都地处荆越中心，是西南的屏障，如今重归我有，就是断了陈友谅的一个臂膀。从祝、康叛变看，此地非有亲信重臣驻守不可。于是，他命侄儿朱文正为大都督，统帅赵德胜、薛显等驻守洪都。邓愈虽失城有责，但罪不在他，是自己没有重视伯温先生的提醒，没有按先生的提醒采取措施，才让叛将的阴谋得逞。所以，他仍命邓愈为副将，协助侄儿朱文正。

这时候，衢州苗兵见别处叛乱，也在奔走相告，暗地磨枪，守将夏毅发现了一些叛逆迹象，惶然不知所措，正好此时听说刘伯温到了衢州，便赶紧请他来到行署衙门授计，拯救衢州军民。

刘伯温也没想到时局的变化会如此之快！他知道，出乱子的这几个州，对于朱元璋的攻守战略十分重要。三处叛乱，不仅使朱元璋失去好几位心腹大将，也使刘伯温失去几位好友。胡大海虽然读书不多，但为人勇武，用兵得法，每到一处不妄杀人，不掠财帛和妇女，而是为了事业的发展求贤若渴，宋濂等“四先生”就是他热心寻找、推荐的，刘伯温对他一向很敬重。孙炎素负经世之才，能言善辩，诗才也让刘伯温佩服。叶琛也是多年共事的老友。刘伯温对他们的遇难既惋惜又悲痛。在这时局剧变的时刻，他义不容辞地留了下来。

他对衢州的文武官员分析了形势，认为蒋英已投奔张士诚，朱元璋正派大将邵荣征讨处州的叛匪；严州的李文忠虽兵力不多，但接近诸全州，使张士诚进攻诸全州时受到牵制。所以，几个叛变的苗兵成不了气候，不必惊恐。他要求夏毅稳定军心，安抚百姓。

刘伯温又以自己的名义，发信给各地属县，要求地方官员镇定，不要慌乱。他又派人四处张贴告示，告诉人们徐达、邵荣大军即来征伐，叛军指日可平，百姓要各安生计，不要轻信谣言。

只用了一天时间，刘伯温就以自己的高识卓见，把军心、民心安定了下来。

事情的发展正如伯温先生预料，围攻诸全州的张士信，看到“徐达、邵荣大军将至”的告示，果然吓得连夜撤走。朱军方面，从信州来援的胡大海义子胡德济，与诸全州守将谢再兴连夜出击，大败张士信，解了诸全州之围。

刘伯温亲随邵荣大军，与王祐、胡深军配合作战，很快收复了处州。李祐之自杀。贺仁德逃奔缙云，被农民押赴应天斩首。朱元璋命王祐驻守处州。刘伯温这才从处州回家。

来到武阳村，他还像游子归来探望慈母那样急匆匆奔回家里。但他看到的已不是慈母的嘘寒问暖，而是母亲的灵柩停在大堂。他扑上前去，号啕大哭，边哭边说：“母亲，儿来迟了！”

全家人也忍不住，同他一起大哭一场。

第二天，朱元璋派来的礼官在老夫人灵前摆了三牲祭礼，宣读祭文，叩拜祭奠。

全家人向礼官回拜，并向北遥拜，答谢朱元璋的恩情。

出殡这天，武阳村吹吹打打，非常热闹。由于刘家在当地的名望和老夫人生前受人敬仰，除了亲友宾客外，全村人几乎都来送葬。走在送葬队伍前面的，除朱元璋的礼官外，还有金华、处州、衢州及青田县官府派来的代表。就连方国珍也遣使前来送葬。

至正二十二年（1362）夏到至正二十三年（1363）春，刘伯温按传统礼教在家守丧。但他身在南田，心在应天。这时处州的原“义兵”首领，除了已死的外，大都归降了朱元璋，但又随时伺机叛离。由于刘伯温曾是他们的领头人，刘伯温在家这一段时间常常有人到武阳村来拜访他，他就诚恳地帮他们分析形势，讲朱元璋的为人和才能，劝他们认清形势，不再做分裂、叛离的事。

大家都很信服刘伯温，所以，处州及附近各地都渐渐平定了下来。

方国珍知道刘伯温是朱元璋的谋士，不但派人参加刘老夫人的葬礼，还时常写信、送礼，对刘伯温表示敬意。刘伯温深知他反复无常的本性，不敢与他私下来往。在请示朱元璋以后，朱元璋让伯温告诫方国珍，要做识时务的俊杰。

自刘伯温离开应天，朱元璋觉得心头空落落的，很多事因没有伯温先生参与决策，心里很不踏实。于是，他不断写信给刘伯温，向他请教军国大事。刘伯温也总是认真地帮他分析形势，提出对策。徐达带兵攻打武昌时，刘伯温曾对朱元璋说，趁陈友谅立足未稳，争取在两个月内把它拿下，否则就难攻了。后因徐达回洪都平叛耽延了时日，使陈友谅得到了喘息机会，加固了防卫，武昌就攻不下了，朱元璋不得不下令让徐达回师应天。

许多事情的发展证明了刘伯温预想是正确的，朱元璋就更盼望刘伯温早早返回应天。

至正二十三年（1363）春天，刘伯温又一次离别亲人，轻装起程。

在朱元璋以主力对付陈友谅的时候，背后的张士诚虽然没跟陈友谅配合，却也一直同元朝勾结，依靠元朝官兵向南北方向扩张。南边攻下了杭州、绍兴；北边一直打到徐州、济宁，把朱元璋的家乡濠州也攻下来了。刘伯温路经建德时，张士诚所部正向那里入侵。守将李文忠想出城奋击，伯温说："不急。三月后他必走，在他走时再领兵追击必可全歼！"

三月以后，伯温登城远望敌营，对李文忠说："贼走了！"

守城将士们顺着刘伯温手指的方向看去，只见壁垒、旗帜依旧，而且听到咚咚的鼓声一阵响过一阵。将士们看这情景，都没敢动。刘伯温笑着说："你们怎么会看不到呢？快准备追击吧！"

于是，李文忠发兵出击。到了敌兵营垒一看，只见营内所留老弱人员正在使劲敲鼓虚张声势。李文忠心里着急，大叫一声："追！"

他率兵追到东阳，把溃兵全部俘获。

在返城路上，将士们问刘伯温："先生，你是怎么知道敌人已经逃走的？"

伯温说："凡是敌人从远处来攻，一般来说，行军较快，他的粮食给养一时间是供应不上的。敌饥我饱，我可以坚壁不战，持久地同他对峙，并想办法断绝他的粮道，他必然无法坚持。待他要退走的时候，再密遣奇兵埋伏下来，截住他的退路，到这时，我方纵兵追杀，他必被攻破。兵法上叫作‘以饱待饥’。你们不是听到敌人的鼓声吗？这鼓声异常地响，却又不见他进兵，这不就露出了马脚吗？”

说得大家心情振奋，不由得欢呼雀跃起来。

第十四回 兴师动众驰援安丰 破釜沉舟决战鄱阳

刘伯温回到应天，与朱元璋畅叙阔别之情。

朱元璋一再地催促刘伯温回应天，就是为了按照原定的“征讨大计”，最终消灭陈友谅这一支主要敌人。陈友谅也称得上是胆气豪壮的英雄，他也始终在伺机报复，想和朱元璋决一雌雄。

在主攻方向上，刘伯温同朱元璋产生了分歧。朱元璋手下的将领谋士们，对于东张西陈两个主攻方向，一直有不同的看法。很多将领主张先弱后强、先近后远，因为张士诚强占苏、杭一带繁华地区，对他们有很强的吸引力。这种思想情绪，不能不对朱元璋产生很大影响。

恰在这时，也就是至正二十三年（1363）二月，张士诚以吕珍为先锋，率军十万，向安丰的小明王韩林儿发动进攻。自从元军攻下山东以后，安丰城内早已粮尽援绝，发生了人吃人的惨剧。张士诚进攻安丰，实属趁火打劫。刘福通再也支撑不住，只得向朱元璋求救。

出兵还是不出兵，这关系到战略全局。朱元璋说：“理应出兵！安丰一旦失守，淮河南北难保，张士诚的力量会日益壮大。况且，我们在名义上还属宋国呢。”

刘伯温不以为然。因为他对张士诚这个人的为人、个性琢磨透了。他极力劝谏朱元璋不要发兵。他说：“张士诚懦弱成性，只求割地自保，绝无大的作为。眼下骄横的劲敌，仍然是陈友谅。他无时不在寻求机会沿江东下，复仇雪耻，建立霸业。倘若对张士诚出兵，陈友谅很可能乘虚而入。如果集中力量消灭陈友谅，再去收拾张士诚，那就不过是探囊取物。何况，救出小明王又安置在何处，岂不是自套枷锁？”

朱元璋称吴国公以后，设置了江南行中书省，在过新年时，由朱元璋主持，在中书省内设御座，行礼时，唯有刘伯温不拜，而且说：“韩林儿不过是一个放牛小子，拜他做什么？”

刘伯温的意思，就是想让朱元璋认识自己的使命所在，树立雄心壮志，担负起改朝换代的大任。随着形势的发展，朱元璋的实力不断增长，他已完全接受了刘伯温关于摆脱小明王的方针。但在名义上，他还想利用小明王的旗号，所以，在这次争论中，他并未反驳刘伯温的劝阻，只是固执地说：“陈友谅不会来得这么快！”

三月，朱元璋仍按自己的想法，亲自率徐达、常遇春两位最得力的大将和主力部队，向安丰进发。

到达安丰时，安丰城已经失守，刘福通被吕珍杀死，韩林儿不知去向。张士诚命吕珍据城设栅，水陆连营。

徐达率军猛攻，拔掉了他的中心营垒，乘胜进击。没想到，前面是一条大壕，一时不能越过，身后有吕珍杀来，分左右两翼将他包围。徐达正在左冲右突时，常遇春从斜刺里杀出，将吕珍击败。

吕珍逃了一程，遇到了驻守庐州的左君弼前来支援。两军会合，返身再战，但终被徐达、常遇春杀退。吕珍带领残部逃回濠州，转返江东。

元璋又命徐达、常遇春攻打庐州。庐州三面环水，易守难攻。左君弼领兵退回庐州后，在城上暗修一座吊桥，夜间派敢死队从吊桥出城劫营。徐达沉着应战，挫败了左君弼的偷袭。左君弼只得龟缩城内，坚守不出。徐达、常遇春围城三个月未能攻下。

这期间，朱元璋自率亲兵，去寻小明王。

在途中，元璋的士卒发现一群兵正护拥着韩林儿，深一脚浅一脚地狼狈逃命。元璋打听清楚了，忙上前拜见。他与韩林儿商议，安丰虽已夺回，但它地处中原，北边失去了屏障，离应天又远，如敌人再来，从应天来援也需要时日，不如迁都滁州。

韩林儿想，他所依靠的大将刘福通已经不在，自己身边兵少将寡，如回安丰，一怕元军，二怕张士诚，倒不如就按元璋所说，迁到滁州。

元璋把小明王送到滁州，命人重新起造新宫，让小明王居住，又派文官武将，听小明王调遣。就是内侍宫女，也换了他派去的人，实际上小明王已在自己掌握之中。朱元璋知道，这时北方仍然分散着一批红巾军，他能稳住小明王，也就是羁縻住这些零散部队，日后好收为己用。

陈友谅与朱元璋两次作战失败，并不气馁，正如伯温所料，他无时不在图谋报复。他已造好了巨舰，舰高数丈，上下三层，每层均有马棚。他想到要出奇制胜，除了要有强大的水师外，还必须要有反应迅捷的骑兵。所以，这上下三层的马棚可以装载战马多匹。大舰可容三千人，小的也载两千。最下一层是橹舱，每侧有几十根大橹，摇起来行驶如飞。

战舰载着六十万大军，逶迤十余里，可说是倾国出动，孤注一掷。他准备一举将朱元璋扫平，定都应天。

如果陈友谅真像刘伯温所想的那样，主力大军沿江顺流而下，直攻应天，趁应天守兵薄弱，很可能一举就可攻占。待占了应天，再分兵四出，扫荡外围，那天下属谁将不可逆料。可是，陈友谅不是刘伯温，他一直不改刚愎自用的老毛病，虽然两次吃了败仗，仍骄横自大，全不把朱元璋放在眼里。他的战略方针是由近及远，想把朱元璋所占城池，一座一座攻下，一口一口吃掉，将这些地方与他原占地盘连成一片，然后才去攻取应天。

四月间，陈友谅率军从武昌出发，沿江东下，直奔洪都。

洪都位于赣江之滨，并不在东进的主航道上。他令船队驶离大江，进入鄱阳湖，再沿赣江上溯，去攻洪都。

他先派两支部队去攻打洪都以南的吉安、临江两城，借以封锁洪都在陆上的通道，使洪都成为一座孤城。

在陈友谅看来，洪都主将朱文正不过是个乳臭未干的小孩子。然而，二十二岁的朱文正从十四岁起就跟叔父朱元璋南征北战，不仅勇敢，而且多谋。何况，与他共守洪都的，还有老成持重的老将赵德胜、勇武善战的副将邓愈呢！骄兵必败，陈友谅犯了兵家大忌。

陈友谅督率大军昼夜兼程，来到洪都城下。舰队驶近一看，友谅不由傻了眼：原先洪都沿赣江一面的城墙已经往里缩进，远离了江岸。

以前曾有过两次攻打江城时，趁潮水上涨时将大船靠上城墙，兵士们借船尾的高度，缘梯爬上城去。一次是陈友谅攻太平时，一次是朱元璋攻江州时。朱元璋还记得，在龙湾大捷不久，刘伯温就建议重筑太平城，将太平城远离姑溪三十步。当时每步等于五尺，三十步就是一百五十尺。在朱元璋改派朱文正来洪都时，便命朱文正把沿江城墙拆掉，再后撤三十步重建。所以，这次陈友谅的巨舰尽管比以前高大许多，望着那离岸一百五十尺的城墙，却一点儿也用不上劲儿。

友谅军沿江停泊，蜿蜒十几里。将士们下船把洪都围住，六十万兵力施展不开，有的攻，有的看。对着江的那个城门叫抚州门，门前战斗最为激烈。朱文正、邓愈、赵德胜率领众战士，用炮石、礌木、火箭如雨般向敌军头上倾泻，使敌军抬不起头来。他们日夜守在城头，只有战斗间隙才轮流吃、睡。

陈友谅凭着兵多，轮番进攻，猛扑抚州门。许多士兵手持笠帽大的盾牌，由另一部分人用射箭来掩护着，在下面城垣上凿洞，然后在洞中填上火药，不多时用火将药捻点着，只听一声巨响，城墙就被炸塌二十余丈，陈兵纷纷拥入。

邓愈、赵德胜、薛显等立刻带兵顶住，从里面用火铳射出火药，陈军被打得焦头烂额。他们手持的盾牌是竹、藤制的，沾火就着，所以烧得陈军步步后退。

邓愈忙令士兵立栅，栅未立好，敌兵又进，双方不得不以肉相搏。正在危急之时，朱文正督军来援，一边打一边抢修城墙。陈友谅以多攻少，前仆后继，守军拼死抵抗，寸土不让。直打得尸积如山，鲜血流入河中，把河水都染红了。

陈友谅休战数日，又攻新城门。他没想到，忽然城门大开，一支人马从里面飞驰而出，如龙似虎，锐不可当。原来是薛显将军带头冲出，陈友谅收留的几个处州叛将不知好歹，上前迎战，被薛显一刀一个，劈作两段。敌兵见势不好，纷纷退走。薛显又大杀一阵，方退回城内。

陈友谅多日攻城不下，又增修战具，改攻水关。水关有栅，文正派壮士防守，见陈军来攻，便从栅缝中伸出长槊，迎头击刺。友谅兵也不示弱，数人合力夺槊，不防里面又换用铁戟刺出，陈兵又用手去夺，都一声声惨叫着倒了下去。原来，这些铁戟都用火烧过，用手一碰，立即灼烂。

友谅又派兵攻打官步门、士步门。守城老将赵德胜日夜巡城，已是精疲力竭，不防一支流矢射中腰眼，深五六寸，一时忍不住疼痛，豆大汗珠从脸上滚落，他自觉不好，对身边随从叹道："我自壮年从军，屡受创伤，从没像这次这么厉害。看来是命该当绝，只可惜我再不能随主公扫清中原了……"说罢，他自己用力拔箭，猝然晕倒，再也没能站起来。

德胜牺牲，军士们越发奋勇。陈友谅只得整天整天地把城围住。

朱文正一面防守，一面派千户张子明去应天求援。

张子明化装成渔夫，趁黑夜驾小船偷出水关，仗着路熟，钻入芦苇丛中，悄悄溜出石头城。

他夜行昼歇，跋山涉水走了半月才到达应天。

这时，朱元璋安排好小明王，也正回到应天。他和刘伯温一起接见了张子明，听张子明讲了陈友谅的凶猛攻势和两个月来的守战详情。元璋这时想起了当初刘伯温曾反对他去安丰，不禁有些后悔地说："当初先生劝我不去安丰，那些考虑是周到的。陈友谅的六十万大军，如趁我不在来袭应天，结局将不堪设想。所幸，他没想到这步棋，却去攻打僻城洪都，舍本逐末。他就是把洪都攻下来，又奈我何？"

伯温说："这是天助明公，人力不可挽回！"

元璋又问子明："目前友谅兵势如何？"

"敌军虽然多于我军数十倍，我军也有重大伤亡，但我军士气仍然高涨。目前，雨期即将过去，赣江水位日渐浅涸，陈友谅的巨舰行动不便，因而他的优势会渐渐失去。但我军人数终究太少，且又人困粮乏，如援军很快到达，必能破敌。"

元璋说："你先回去告诉文正和守城诸将士，我这里正在调集兵力，这次一定要和陈友谅决一死战。不过，各处军兵聚齐，再加打造船舰，筹备给养，尚需一些时日，你们如能坚守一个月，我定能率兵解救。"

送走张子明，元璋即命围困庐州的徐达、常遇春率领的主力军返回应天。

同时，又命李善长督促数以千计的工匠，夜以继日地打造船舰。预计需巨舰五十艘、普通战舰上百条。

过了几天，徐达，常遇春的大军尚未返回，元璋心情烦躁，李善长建议说："主公，是否可先发一支兵马驰援洪都，待应天府把大军集结好了再发主力？"

元璋怕洪都会生不测，听了善长的话心中犹豫，伯温说："不可。陈友谅军号称六十万，乃是倾国之力，我军兵马总共不过三十万，还需留十万驻守应天，可发兵充其量也就是二十万，若再分兵而行，其势过弱，对于洪都的援助也属杯水车薪，反而会影响大局。"

这一说，元璋心里豁亮了许多，决定暂不动兵。但又忧虑如何以二十万大军去战胜陈友谅的六十万大军。他要刘伯温提出胜敌之计，刘伯温心里焦虑的也是同一个问题。他想来想去，忽然想起一个人来。他命两名可靠军士速去安徽休宁，请朱升前来相助。

军士还未动身，朱升自己来了。刘伯温带他一起去见朱元璋。朱升虽久居山林，实际上一直注视着世事变化。他劝朱元璋收回要徐达去攻诸全州的命令，改令胡深率军去援东阳，而让徐达担任远征陈友谅的先锋。朱元璋很高兴地接受了他的建议。

不久，李善长进行策划、督造的船舰已经完工，徐达、常遇春也返回应天。元璋便命徐达负责组织、扩建水师，昼夜演练。

朱升与刘伯温同观天象，议定了出征吉日，报与元璋。然后朱升似乎完成了一件大事，仍回休宁老家。元璋对他的离去很不满意，但他深知朱升我行我素的脾气，而且这次来应天并非应召而来，只得由他去了。不过，这使朱元璋下了令大将们携带妻室同行的决心，以此保证万众一心，一往无前。

元璋决定李善长留守应天，主持军政事务，并给他留下十万人马，出征大军二十万，由自己统帅，伯温为军师，徐达、常遇春、冯国胜、廖永忠、俞通海等大将全部随征。

至正二十三年（1363）七月，原定出发这天，应天突降大雨，电闪雷鸣，江波汹涌。元璋有意要推迟几天，伯温却说："明公不必担心，过一刻雨必住，风必停。风息云散，大军正好上路。"

元璋半信半疑。过了一刻，果如伯温所说，云开雨住。元璋令各将士集合，训谕说："陈友谅是一扰民作乱的逆贼，屡次兴兵构衅。这一回又围攻洪都，虽败不悟，意在同我决战。我此次亲往征战，各路将士务必整好舟楫，全力以赴！"

不多时，云开处红日跃出，满天云霞映红江面。元璋同伯温、夏煜等军师同乘一条大船，率领舰队出发。朱元璋穿一身紫袍金甲，戴红缨金盔，腰佩宝剑，神采奕奕。刘伯温虽仍穿半旧长袍，头戴便冠，却显得无比从容、睿智。

这时候的洪都城里，草尽粮绝。

朱文正与邓愈商量，用重金从民间征购存粮，可是所购粮食只够几天食用，因为多数百姓也到了山穷水尽的地步。于是，文正召集军中勇士出城夺粮。

千户徐明武艺高强，自愿出城。文正给他派兵五百，命他趁夜出城劫营。经一场激战，夺得敌人马匹入城，自己损失战士二十多人，杀死敌兵无数。

隔夜，徐明仍率五百兵出城，中了敌人埋伏，敌兵纷纷大叫："窃马贼来了！"徐明身陷重围，被乱刀砍死，其余战士各自苦战，不是被俘就是牺牲。

陈友谅见城中守军拼死出城劫营，料定粮草匮乏，因而更加强了攻势。

恰在这时，张子明赶到，潜入鄱阳湖口，正待设法入城时，被陈友谅巡湖的水军捉住。有人知道他是朱军的千户，便把他押到陈友谅的大船上。陈友谅审问："你作为千户，不在城内守城，干什么去了？"

"到应天求救兵去了。"

"见到朱元璋没有？"

"见了。我家主公把兵马调齐，立刻就会来杀你！"

"好一个忠实走卒！拿下去斩了！"

大元帅张定边劝陈友谅息怒，转向张子明说："洪都城危如累卵，破在旦夕。你若有志富贵，便去城下告诉朱文正，说应天没有兵力来援，劝他早日投降，保他性命。"

张子明想了一会儿，问陈友谅："你们说的可是真话？封我什么官职？"

"孤是大汉皇帝，金口玉言，岂能骗你！"

"既然这样，我就去对朱文正讲。"

张子明下了大船，被陈军押着来到城下。他对城上守军大声说："我是千户张子明，快请主帅听我说话！"

城上守兵认出他确是上应天求援的张子明，便马上报告了朱文正。朱文正、邓愈立刻走上城头。张子明看见了，喊道："朱统帅、邓副帅听着：我去应天见了主公，他正调集大军，不日就可来到。主公要你们再坚守几日，洪都就可解围了。一定要坚持，要守住！"

陈友谅在船上看得清楚，听得清楚，顿时气得暴跳如雷，大叫："给我杀了他，杀了张子明！"

陈兵一起跑过来，乱刀砍死了张子明。陈友谅还不解气，又命人将在吉安、临江俘虏的朱军将领刘齐、朱叔华等人也押到城下斩首，还要小卒们朝城上喊："再不开城投降，你们就和他们一个下场！"

朱文正、邓愈等亲见敌人的残暴和自己将领的壮烈捐躯，不仅没有被吓倒，反而激起了复仇的怒火，守城意志更坚，斗志更强。左副元帅赵国旺，带领一小部分守军，趁夜缒城，潜入敌营，烧毁陈军大船八艘。陈军发觉后追来，他拼力死战，最后终因寡不敌众，投江而死。左翼元帅牛海龙，带兵袭击陈友谅的大船，与十倍于他的敌人展开肉搏，英勇捐躯。

从四月到七月，洪都被围困八十五天，朱文正这边光是大将就有赵德胜、赵国旺、牛海龙等十四人战死。到了第八十六天时，陈友谅的军队开始撤走。那些停泊在江中的大船，纷纷扯帆拔锚，向下游驶去。

朱文正望着那些渐渐消失的帆影，心中如江潮翻滚。几十天来的昼夜苦战，多少将士倒在血泊中，有的连尸体也被陈军抛入江中。正是由于他们的牺牲和众将士的拼死血战才保住了这座孤城。一种难言的悲痛，使他泪如泉涌，好多将士也都泪流满面。

邓愈要求朱文正下令，出城追击敌人，为阵亡的兄弟报仇。将士们也都纷纷响应。朱文正却冷静地说："我们现在还没弄清这是不是陈友谅的诱兵之计。再说我们没有船队，要追也追不上。我们万万不可轻敌，还是探听清楚再说。"

陈友谅从洪都撤围，确是因为听到了朱元璋大军来到的消息。

七月七日，朱元璋的二十万大军沿江而上，到了湖口。

为了扼住鄱阳湖通向大江的咽喉，元璋派指挥戴德带兵埋伏在泾江口；同时，又派兵驻在鄱阳湖口距信州以东四十里的南湖嘴。这样，便可堵住陈友谅的归路。接着，又命信州兵守住武阳渡。然后，元璋亲自率兵进入鄱阳湖。

刘伯温向朱元璋建议，先派出五队人马巡湖，每队战船五十条。陈友谅也派有船队在湖中巡查。这一天，双方在湖上遭遇，水战一场，都没有多大伤亡。

陈友谅得报，猜测必是朱元璋发兵来援洪都府。于是，加派战船到湖中侦探，得知对方舟师甚大。他认定，同朱元璋决一死战的时刻到来了，自己有六十万大军，要消灭朱元璋的二十万大军是有把握的。

刘伯温令俞通海率一队舟师绕路来到洪都城下，与守将朱文正联系，嘱咐文正，虽大军已到，但仍要固守洪都，不可妄动，并要四出派兵搜集粮草，以备久战。

然后，刘伯温带领几个亲随登上快船，亲临阵前，观察敌军阵容。船距敌阵两箭之地，刘伯温看清了陈友谅用的是连舟布阵。陈军一百多条大船，船高十余丈，连接在一起宛如楼群矗立湖面，气势逼人，大有无畏无敌之概。他仔细观察以后回到帅船，向朱元璋禀报，然后说："敌军以数十条大船为一组，船船相连，它的长处在于阵势稳定，短处是转动不灵。今欲破敌阵，必以我之长，攻敌之短，也就是多发小船，以运转灵活的优势去战胜敌军船体庞大的优势。"

元璋问："依先生看，何时能结束战争？"

"如今日一战决胜负，可谓速战速决；若今日不能决胜负，必为久战。"

元璋求胜心切，总想很快地打胜，他在战前训谕将领们说："两军相斗勇者胜。陈友谅久围洪都，今见我大军来到，特从洪都到此迎战。气势汹汹，必要死战。诸将要尽力杀敌，只进不退，速战速决，剪灭陈友谅就在今日！"

陈友谅决定放弃攻城，率六十万大军沿赣江而下，也进入鄱阳湖。

七月二十一日，两军在康郎山遭遇。元璋已经看清，陈军以数十大舰为一阵，计十余阵，高樯如林，阵势严整，旌旗猎猎，号角响亮。元璋对于能否赢得这场大战的胜利，并无把握，他有些疑惧地问刘伯温："先生看，气色如何？"

"昨观天象，我军必胜，但求努力痛击！"

自从元末天下大乱以来，刘伯温一直在注视各军统帅的行踪，对他们的出身、为人、性格特点，深入地调查了解，务求随时掌握他们的行军动向，揣摩他们每个动作的长远意图，并结合天文、地理等进行综合分析，得出尽可能符合客观实际的推断。特别是这次对陈友谅的决战，他早已下了很大功夫，把双方的优势、劣势、力量对比与开战后的消长都琢磨透了。他所说“观天象”如何如何，就是在这个知己知彼的基础上提出的判断。

刘伯温满怀信心地望着朱元璋，再次向他解释说：“兵法上说，‘知己知彼，百战不殆’。从敌我双方看，各具优势。敌方号称六十万大军，我军只有二十万。水军舰船，敌方高大坚固，俯攻便利，且连舟布阵长达十余里；我方船小数少，仰攻困难。所以在装备上，敌占优势，我占劣势。我方士气高涨，千里救孤城，同仇敌忾；敌方包围洪都近三个月，伤亡惨重，寸土未进，已如强弩之末。敌方巨舰相连虽不惧风浪，但行动不便；我舟小体轻，但进退自如。再说，友谅性格刚愎，独断多疑，上下离心，我谋臣将士却上下同心。目前我们已切断他的后路，一旦他粮尽兵疲，后援断绝，势必被困，我方则有洪都和后方各地源源供应粮草、补充兵力。这样，我方的劣势与敌方优势就会逐渐转换。所以，此战必胜！”

“先生所言极是，此战必胜！”

第二天清晨，刘伯温立于船头，见浓雾笼罩湖面，突然想到，敌人很可能趁大雾偷袭，便急忙与徐达商议，令三队战船出动警戒。

徐达刚刚发令，忽听“咚”“咚”“咚”三声炮响，陈友谅舟师已经临近。

徐达仓促应战，诸将各自布置战船，四面冲突，只因雾大看不清楚，船只时有碰撞。陈军的连舟阵法这时发挥了效用，火铳轰鸣，万炮齐发。

刘伯温后悔自己疏忽，昨晚与朱元璋议事，忘了观察水情气候。按目前情况，必须将敌人阵势冲乱。正这样想时，常遇春率一队小船，从侧翼杀了过去。刹那间，与敌船短兵相接，杀成一团。常遇春凭借小船的灵巧，穿梭游弋于敌船之间，不多时，果然把敌军的阵势冲乱。

杀了一阵，东方日出，雾气将散，朱元璋恐徐达有失，自己率船队来援。陈友谅令张定边避开与侧翼的冲突，全力攻击朱元璋的主力军。

朱元璋依伯温所说，根据船小灵活的特点分成十一个支队，各船均载满火器弓弩。他叮嘱各队，先发火器，再发弓弩，等到两船靠近，再用长枪藤牌。

各队领命，前后交错，纵横运动，以主动姿态向陈军进攻。

徐达作为前锋站在最前边的船上，向敌人杀去，后面船上站着水军大将俞通海，为前锋作掩护。波浪汹涌的鄱阳湖上，霎时间喊声震天，火铳轰鸣。徐达身先士卒，对敌人乱砍乱劈，杀伤无数。

陈军中一只大船火起，船楼上烟火冲天。船上将领手疾眼快，举刀斩断与左右船只相连的绳索，孤船奔出。船上士卒纷纷跳入江中逃命。

徐达急令十几只小船，将大船围住，甩出绳钩，搭住大船，拖起就走。待离开战阵后，徐达率诸将一跃而上，抵抗者一律杀死。

俞通海指挥小船驶近敌船，先发火器，将敌船烧着，趁敌人慌乱，再一起放箭。众将士依计而行，炮声轰鸣，火光烛天。许多敌船被烧着，烟火飞腾，遮天蔽日。

其余宋贵、陈兆先等也都率兵死战。

这一仗，杀敌约一千五百人，夺得大舰一艘，击毁敌船数十条。

到了晚上，刘伯温、夏煜等来到元璋船上，一起总结战事。刘伯温认为，双方各有得失，可说是不分胜负。但以士气论，徐达部下经过实战，士气高涨，不再恐惧陈友谅的六十万大军。

朱元璋显得忧心忡忡，他对伯温说："先生曾说，若今日一战不决胜负，则变为久战。今日果然不分胜负，看来久战之势已成，令人不安。"

"陈友谅兵围洪都日久，已是师老人疲，都盼速战速胜。他的兵马数倍于我，若是速战，我军势不能敌。"

"那么，久战反而对我有利？"

"是的。陈友谅生性急躁，不耐久战，打久了他会烦躁不安。我军以少胜多，慢慢消耗他的力量，待他心情烦躁自乱阵脚时，我再奋力攻打，必能得胜！"

"可如此旷日持久地打下去，粮草何以为继？"

"主公不必过虑，我军固然需要粮草，陈友谅那六十万人岂能不吃不喝？"

"陈友谅的粮草还能维持多久？"

"不出一个月。"伯温笑笑说，"伯温已令洪都趁解围之机广集粮草。另外，此处去应天府水路畅通，粮草也可源源运来。依伯温看，此战胜负，在一定程度上取决于粮草供应。"

朱元璋点头，愁烦情绪消解了好多。

第二仗仍在康郎山下展开，元璋怕徐达有困难，自己率船来援。

徐达军见主帅来到，越杀越勇。但此时陈友谅的骁将张定边发现那白色小船周围有许多小船环绕，料定上面坐的是朱元璋。他悄悄调来几艘快船，避开徐达，绕着圈前去偷袭。不多时，形成一个包围圈。元璋指挥小船赶快离开，不想，因为划得太急，一下子冲到浅水处，船底被湖泥胶住，动弹不得。张定边站在快船船头，手执鬼头刀，大声狂叫："朱元璋快快受死！"

四方的陈军摇船云集，把元璋团团围住。

指挥陈国胜和宋贵、陈兆先等，赶忙率兵冲上去抵住，一当十，十当百，与敌人拼个你死我活，直杀得天昏地暗、日色无光。

张定边以为立功的时候到了，只顾指挥所有船只将元璋船只层层围裹。宋贵、陈兆先拼命抗击，最终都因伤重而倒毙船上。到这时，元璋也不觉失色。这时，指挥韩成挺身而出，对元璋说："杀身成仁是作为人臣的大义之举，末将愿代主公赴死退敌，就请主公快把袍服换与我穿，以求主公脱险。只要能打败陈友谅，我就是死了也没有遗憾！"

韩成声调悲壮，语词恳切，元璋深为感动，但他于心不忍，因而沉吟未答。韩成还想再说什么，忽依稀听到敌船上传来"速杀""速降"一类的呼叫，于是，主意已决，大声说道："主公快听我的话，否则同归于尽，大业难成！"说完，动手去脱元璋衣袍，又把自己的衣袍脱下与元璋换了，然后戴上元璋的冠帽，依依不舍地说："主公保重，韩成去了！"

元璋心头一热，泪流满面，伸出双手想要拉住他，不料韩成已经"咚咚"地跨到船头，高声喊道："陈友谅听着！为了你我二人，兴师动众，已牺牲了许多生命，这又何苦？我今天且让你威风，休要再行杀戮了！你看……”说到“看”字，“扑通”一声，当着敌众投水身亡。

一时间，两军将士惊得呆了，都以为朱元璋为避免更大伤亡跳水自尽了。陈军的攻击顿时缓了一些。只有张定边认为朱元璋不可能自甘失败，因此，他不仅不肯退，还往前冲。这时，忽听“嗖”的一声，一支雕翎箭，直向张定边的额头射来……

第十五回 败退湖口友谅中箭 攻占武昌汉国覆灭

常遇春这一箭，本是瞄准张定边额头，张定边听到箭响，身子本能地一偏，箭中左肩。因为距离较远，箭中肩上力量已弱，刚刚射进一个箭头。张定边把钢牙一咬，伸出右手抓住箭杆，猛一下子拔了出来，顿时血流如注。

张定边的随从急忙帮他敷药、包扎。

不一会儿，常遇春追兵来到，俞通海也奋勇杀来。张定边不顾伤痛，指挥战船掉头，迎战常、俞二将。

这时，江水猛然涨潮，把朱元璋乘坐的船涌起水面，十几个士兵下水推船，船上水手也趁势把船划向深水。朱元璋终于安全转移。

张定边还想追击，常遇春等弓弩齐发，又使他身中十数箭，只好且战且退。

这一仗，双方又是伤亡差不多。眼看天色将黑，各自鸣金收兵，后退二十里扎营休息。

第二天早晨，有一渔夫驾船来到朱军大营，要求面见元璋。原来，这渔夫是李善长的使者所扮。他报告说，张士诚已在杭州自称吴王，正在集结大军，准备趁应天府空虚来攻应天。

朱元璋同刘伯温、徐达商议，提出要亲率大军回应天府，刘伯温说："进军容易退军难。若我大军一撤，陈友谅舟师必会乘胜追击，应天府反而难保！"

徐达也说："伯温先生说得有理。"

元璋说："鄱阳湖之战十分艰难，不会速胜，怎样才能打退张士诚？"

伯温说："张士诚兵马虽也不少，但不必过于忧虑。要想使他不敢进犯，也不必班师全回，只派一员大将就可以了。"

"先生所指必是天德。"

"正是。主公可派天德率少量舟师返回，并传扬鄱阳湖大战，我军已获大胜，指日即可班师。这样，张士诚必不敢发兵！"

徐达说："先生之计虽好，但此地正在激战，天德岂能离开就走？"

元璋想了一会儿，说："这也是出于无奈。况且守卫应天府也是首要大事。"

伯温信心十足地说："鄱阳湖大战，恐怕再有十天半月就能决出胜负。天德回到应天，当为催促粮草。只要粮草足，我军必胜。所以，天德此去，是双担并挑，比留在战场任务更重。"

徐达不再说什么。当天，他便组织船队，秘密地驶离。

七月二十三这天，陈友谅出动主力舰队，以破釜沉舟之势，前来决战。他的一百二十艘大船用粗大的绳索连接，连环成阵。朱元璋站在龙镶大舰上，遥望敌船楼高桅密，旌旗飘摇，如林如山，正涌波踏浪而来。

两军仍在康郎山下相遇。

元璋船小，仰视敌船，如面对大山，仰攻不力。陈友谅船上炮火猛烈，箭弩齐发，元璋的两只船中炮起火，其余的船只有些惧怕，不敢向前。元璋见势十分恼怒，立斩退缩者十余人，才把阵脚压住。

陈友谅站在高大的船头上，见敌船阵法稍乱，便传令大军快攻，趁此一举歼灭朱元璋主力。他接连大喊："生擒朱元璋！"

这就如火上浇油，朱元璋震怒，发誓要全力相拼，决一死战。双方炮火相攻，打得十分激烈。刘伯温发现敌船炮位移动，正对着自己这边的帅船，他猛地跳起来，大叫一声："主公，快换船！"

刘伯温拉着朱元璋，一起跳上近边的另一只护卫船。这时，只听"轰"的一声，帅船已被炸得粉碎。元璋惊叹说："要不是先生看得准确，真是太危险了！"

刘伯温当机立断地救了朱元璋，也救了自己。他乘机对元璋说："主公，今日之战，非将士不听指挥，其实是我舰弱小，与敌舰相差悬殊，当以智取胜。"

"依先生之见呢？"

"不妨改用火攻！"

"但敌船数百，哪能烧尽？况今日风向不定，未必能够顺手。"

"今日黄昏便有东北风。此外，主公尚须如此布置……"

刘伯温又对朱元璋小声说了一番，元璋即令常遇春等进舱，面授密计。

天近黄昏，果然江上刮起一阵大风，从东北方向吹向西南。辽阔的湖面上，激起万顷波涛。元璋下令征集敢死将士，报名者甚多，元璋命丁普郎任领队。

丁普郎原是徐寿辉的大将，是“双刀赵”赵普胜的好友。赵普胜遭陈友谅杀害，普郎一直寻机为他复仇。上次元璋打江州，他与傅友德率部投诚。这次出征，他曾数次寻找陈友谅的大船，但未如愿。这次他明白是用火攻，便奋不顾身要当先锋。

元璋命敢死队分为七组，用七只小船装满芦苇火药。趁暮色苍茫，小船扬帆，在浪花飞溅中，如奔马驰骋，顺风而下。

陈友谅的大军已列好队形准备返航，遥望七艘小船满载士兵而来，急令众兵射击。谁知那船上士兵，一个也未被射倒，船反而越驶越近。友谅又令众兵用槊去刺，一槊一槊刺入敌人心胸，敌兵仍然站立不动，待抽槊转锋，那敌兵竟随槊而来，仔细看去，都是些戴盔配甲的草人。

陈军正在惊疑，忽然敌船上抛过铁钩，将大船搭住，藏在舱板下的敢死队员，猛然掀开舱板，手执油浸的芦苇和硫黄火药等，用火点着，纷纷向大船上抛掷。霎时间，火光飞腾，大船多被烧着。风烈火炽，烟焰冲天，江水全被映红。

丁普郎一直在烟火中冲杀，身负十余处重伤，仍指挥若定，直到头被敌人砍了，依旧直立不倒。

友谅急令士兵扑火，无奈风急火烈，越烧越旺，扑不胜扑。

炮声隆隆，如五雷轰顶；诸军呐喊，似鬼神悲号。陈友谅已无法控制局势，任由士兵们四散奔逃。

这一仗，陈友谅损失大船四十多艘，损兵折将五万多人，元气大伤。陈友谅的大将，除张定边外，死伤殆尽。一向骄横自负的陈友谅，不得不沮丧地低下头来。

二十五日，再次大战，陈友谅仍以失败告终。

二十六日，朱元璋移师鄱阳湖东岸的左蠡，陈友谅也退到湖西岸的渚矶。双方遥遥相对，虽有几次小的战斗，都无关大局。刘伯温便想趁敌人士气低沉之际，展开攻心战。他请示了朱元璋以后，与夏煜一起，替朱元璋给陈友谅写了一封信。信中写道：

> 昔日你进犯池州，我不以为嫌，生还俘虏，并与你约定，以后各占一方，以待天命。这是我真正的愿望。可你并不守约，先找我寻仇，我不得不攻破你所占江州，以及蕲、黄、汉、沔等地。如今你不但不思悔改，又动兵用武，自洪都开战，又两次大败于康郎山，丧失了数万生命，并无尺寸之功。这全是你违背天理、违背民心的恶果。今天你乘了尾大不掉的大船，屯兵隐蔽，同我相持，以你平日那种狂暴，正该亲决一战才对，反以这样徐徐随后，就如完全听我的指挥，这怎能算是大丈夫呢？希望你早作决断！

这封信送到陈友谅手中，他怒火中烧，扣留了送信使者，连同俘获的元璋将士，尽皆杀害，抛尸湖中，想以此吓唬朱元璋。

朱元璋、刘伯温探得消息，反其道而行之，把所有俘虏放回，对伤员尽量给予治疗和包扎。有些不愿回去的，也收编为士兵，不予歧视。

这样一来，果然起到了瓦解陈友谅军心的作用。陈军将领，除了陈友谅原有的几个心腹外，不少人对他弑主篡位不满，对他专横暴戾、猜疑忌妒、动辄杀人的行为抱有疑惧心理。所以，他们在战斗中一遇险情就缴械投降。然而，朱军阵内则是另一个样子。许多大将是朱元璋从家乡挑来的“二十四将”中的起义兄弟，能够同甘苦共患难，就是后来归附的降将，由于朱元璋肯坦诚相待，也都忠心耿耿。如今他们看到陈友谅如此对待使者和被俘人员，个个愤恨，所以打起仗来，只有拼死一条路，因而士气更加旺盛。两军相争勇者胜。朱军人数虽少，但因双方士气相差悬殊，朱军的劣势渐渐转化为优势。

接着，刘伯温又以朱元璋的名义给陈友谅写了一封信，让释放的俘虏带回。信中说：“昨天我曾遣使送信，但不见使回，你的度量何以如此浅狭？大丈夫谋天下，是为大业，何有个人深仇？江淮英雄只有我和你，何必自相吞并？你的土地我已取得，你纵然力驱残兵，拼死城下，也不可再得了。就是你侥幸逃回，也不要再盗帝名而欺世。不然，丧家灭姓，后悔晚矣！”

陈友谅看后仍是暴跳如雷，把信扔在一边，分兵一股，潜往洪都，企图去偷袭劫粮。朱文正早有防备，率兵一阵猛杀，陈军连船带人有来无回。

朱元璋这边，水、陆结营，严阵以待。

双方相持了一些时日，陈友谅的粮食用尽。为了摆脱困境，陈友谅与将领们商议对策。左金吾主战，右金吾主退。这二人的意见，陈友谅均不采纳。左、右金吾料想陈友谅成不了气候，按他反复无常的为人，以后很可能加害于他们。二人商量以后，趁夜驾小船来到左蠡，向朱元璋投诚。

自从走了二金吾将军，不少将领也相继叛去。陈友谅一看不好，只得下令北撤，带兵到了南湖嘴。

早在朱军进湖以前，元璋就按伯温的主意，在泾江口和南湖嘴布置了军力。湖口是一个小县城，紧扼鄱阳湖通向大江的通道；南湖嘴正如其名，是湖口对面的一个小镇。泾江口和南湖嘴就像一把铁钳，把狭窄的水路夹住。当陈友谅的船队来到时，戴德率兵阻截，火炮从岸边直射入船阵中。陈友谅一面还击，一面往下游驶去。

越往下行，水面越窄，许多大船碰撞到一起，互相吵骂争路，有的竟互相砍杀起来。好不容易突出湖口，后面朱军的追兵已到，两军船队顺着流水纠缠在一起。等到了泾江口，戴德的另一支伏兵又杀了出来。

陈友谅正站在船头指挥，忽听“嗖”的一声，一支流矢从他的左眼射入，贯穿了后脑。这位大汉皇帝连叫一声也没来得及，登时倒下，砸得船头“咚”的一响。

陈兵见统帅已死，四处溃散。只有元帅张定边收拾陈友谅尸体，护着陈友谅次子陈理逃往武昌。

朱军追出数十里，擒获败兵数千人。元璋询问众俘，众俘都说陈友谅已中箭死亡。元璋还不放心，派人到陈友谅所乘的船上检查，发现船上有一美女和一少年。美女阇氏是陈友谅的妃子，少年是陈友谅的长子陈善。他们也都哭哭啼啼地证实陈友谅已死。

过了一天，元璋又得陈军降将陈荣及降卒约五万名。

朱元璋见阇氏颇有几分姿色，出于一种对陈友谅的报复心理，在酒醉以后将她占为己有。

鄱阳湖大战以朱元璋一方全胜结束。但朱元璋也付出了巨大代价。战后，在康郎山阵亡的著名将领就有丁普郎、张志雄、韩成、宋贵、陈兆先等三十六人；在洪都阵亡的有赵德胜、李继先、叶琛等十五人。那些没有记载的将士更是数不胜数。这场鏖战，从陈友谅围攻洪都算起，前后经历了四个多月，是元末农民起义战争中打得最激烈、最残酷、最悲壮的一场战争。它奠定了朱元璋帝王业的基础。

陈友谅称得上一世枭雄，是朱元璋的心腹大患和唯一的劲敌。他勇悍狡猾，出没飘忽无常，遇大难不气馁，跌倒了重新崛起。龙江败归，又袭安庆；九江失陷，疾奔武昌。他都是在失败后不出旬日，又陷城却敌。因他深通兵法，不屈不挠，所以才能开拓封疆，奄有荆、楚。

歼灭这样一个“一世之雄”，主要依靠刘伯温的正确决策。刘伯温劝说朱元璋不要急于求胜，因为那需要强攻硬拼，牺牲太大。他认为对陈友谅应实行长期围困，待他粮尽援绝、内部矛盾更为激烈时再行决战。这一正确决策果使陈友谅在一个月内就无法支撑了，终于孤注一掷，自湖口突围，恰又中了刘伯温先期埋伏之计，致使全军覆没。

朱元璋收兵以后，乘船巡游鄱阳湖，凭吊战场。阵亡将士均已葬于康郎山上，他特去登山祭奠，然后又乘船至洪都，慰问朱文正、邓愈等守城将士，并在守城时死难的大将赵德胜、牛海龙、张子明和吉安守将刘齐、朱叔华，以及被叛将杀害的叶琛等人墓前设祭致哀。

然后，元璋率大军浩浩荡荡回到应天。

略事休整后，元璋召集众将议事，论功行赏。赐常遇春、廖永忠、俞通海等土地，其余将士各赐金帛。在饮宴中，元璋与伯温对坐，说道：“自古以来，水战多依靠天时、地利、人和才能得胜。陈友谅船大兵众，又先占了鄱阳湖上游，以逸待劳，占了地利。我军只占敌军的三分之一，千里赴援，处于疲劳状态，居然把他六十万大军打败，这不能不说是奇迹！”

伯温说：“天时不如地利，地利不如人和。鄱阳湖之中，天时对于敌我都是同样的；地利，要看将士如何利用。一场大战的胜负，主要取决于打仗的将领和士兵。陈友谅虽然船大兵强，但人心各异，上下生疑。而且，他用兵多年，多次败而无功，已经不得人心。”

“先生是说他失去了人和。”

“是的。他不仅失去了人和，也没能抓住战机。他围攻洪都八十五天，师老兵疲，士气下降。我军虽是千里远征，但军威大振，士气旺盛，将士同心，这才是得胜的关键。”

“还有一件事我很后悔。当初未听先生意见，才有援安丰之行。如友谅真的顺流而下，乘虚攻取应天，我将进无所取、退无所归啊！”

伯温笑了，说：“吉人自有天相。友谅恰恰不攻应天，而围洪都，是取了下策。”

众将士休整了一个多月，朱元璋又准备用兵。是先扫灭武昌的陈汉残余势力，还是攻打在杭州的张士诚？徐达提出：要彻底灭掉汉国，占领湖广，然后再打张士诚，免得汉国死灰复燃，再次形成东西掣肘之势。常遇春、廖永忠、俞通海三员大将也都同意他的看法。

朱元璋则以为：陈友谅已死，汉国已成风前灯火，现在最大的威胁已是张士诚，所以，要先打掉张士诚。

李善长忙于处理应天府的钱粮、给养，有意回避对用兵的决策。

刘伯温在休息中，一边读书一边考虑军事，没有参与这次议论。当徐达前来征求他的看法时，伯温说："这主要看主公的意见。"

"是天德先说了应先攻汉国的主张，与主公意见相左。"

"关于军事计议，一向是仁者见仁智者见智，一时难分对错。以伯温看，主公有他的顾虑。"

"他会顾虑什么呢？"

"伯温也在想这件事。"

徐达似有所悟："还是先生看得深远。"

徐达离去，伯温陷入沉思。他想，在激烈的战争中，众将比较容易同仇敌忾共同对敌，而胜利以后则会在评功赏罚及重大决策等方面产生分歧。徐达认为自己正确才来寻求支持，而朱元璋似乎已对帐下大将产生了疑忌。

不出伯温猜想，元璋对于先打哪里本来就是征询几位大将的看法，没想到四员大将异口同声，倒使他隐约感到一种潜在威胁。他也曾想到，刘伯温入应天府以来，一切谋略无不正确。伯温熟读经史，老谋深算，他对今后进军会有什么打算呢？元璋没有去问，伯温也没提起。

有一天，伯温却向元璋提起战后漏赏了朱文正和邓愈。元璋说："对，对。文正和邓愈率军抵抗十倍于己的敌人，历时近三个月，其功与克敌制胜是一样的。元璋忙于他事竟忘了。"

元璋决定补赏他们，然后又转换话题："现在是秋季，正适于用兵，不知先生有何高见？"

"伯温以为，用兵前还有一件大事不可不做。"

"什么大事？"

“主公即王位。”

朱元璋早就想称王，但没想到这么快就会实现，便说：“枫林曾诚恳相劝：‘高筑墙，广积粮，缓称王。’这九个字，元璋从未敢忘。”枫林即朱升字。

“枫林此言，是根据主公领兵之初的形势而言，可说是大智之见，但距他说这话已十年了，天下形势大变，若枫林先生在，今日也会劝主公即王位的。”

“依先生之见从何着手？”

“主公有德有威，即王位已是水到渠成。大宋国韩林儿在滁州，要告诉他知道，其余便是修王宫，设置各级官位一类的事，这些均有前例可循，没有多少麻烦的。”

“不知将帅们如何想？”

“将士们随主公南征北战，出生入死，谁不盼望主公早得天下？只要他们得知主公有意，势必踊跃劝进。”

“如此事可行，要费时数月，岂不贻误战机？”

“可一面发舟师去讨汉国残部，一面筹备即王位的事。等到即王位事办妥，汉国也可消灭了。”

“先生可同别人商量过吗？”

“没有，只是伯温近些天想出的一点浅见。”

不久，朱元璋按刘伯温所说，对朱文正、邓愈等守卫洪都的将领赐田亩、金帛。

至正二十三年（1363）九月，元璋欲亲率大军，以常遇春、廖永忠、康茂才为大将，出征武昌。

这时候，张定边已立陈友谅次子陈理为帝，改元“德寿”，由张定边主持军务。

刘伯温劝朱元璋说：“主公不必亲征。”

“元璋主意已定。我已命善长筹备给养，徐达镇守应天，先生就主持筹备即王位的事。”

朱元璋没有说出口的是，他看出徐达已是军中威镇四海的大将，威信越来越高。自从出了大将邵荣要谋杀他的事件以后，他时常警惕。自己亲征就可，不给徐达单独统帅重兵的机会。刘伯温见他执意要去，似乎也看透了他的心事，也不再劝。

十月，朱元璋率军水陆并进，直达武昌城下。沿途的小股敌人早已望风而逃。

朱元璋命常遇春分派兵卒看住每个城门，立巨栅围困；廖永忠在水中连舟为长寨，阻断武昌的水上去路；又令康茂才征讨汉阳、德安等州郡。没过几天，湖北许多城镇不战而降。

但是，对武昌城围了很久，也没拿下。一天，朱元璋到前线视察，发现城东的高冠山控制在汉军手中。这山是全城的制高点，张定边在这里布置了重兵，俯视着朱元璋的一举一动，并可根据变化的情况随时冲下山来。元璋想，拔掉这颗钉子已成为武昌战役的关键。他经过反复思谋，召集众将帅说道：“欲破武昌，必夺高冠山，哪一位敢率兵上去？”

众将深知此次攻坚任务艰巨，战斗残酷，所以，都面面相觑。这时，大将傅友德挺身而出，大声应道：“末将愿拼死前往！”

元璋大喜，因为这正符合他心中的安排。接着，他按自己思谋的计划进行部署。

黑夜，伸手不见五指，只是江面上映着点点灯光，友德率领由他精心挑选的五百名敢死队员急速而无声地行进。后续部队也已做好了战斗准备。

敢死队按白天看好的路线来到高冠山下，悄悄地攀缘而上。但对方还是发现了他们，乱箭和石块如雨而下，友德看到这一突变，干脆呼叫着率领众兵不顾一切地往上冲。突然，一箭直射他的脸颊，箭镞穿过脖后血流如注。他忍着碎胆裂肝的疼痛拔出箭来，稍事包扎，仍继续前进。眼看快到山顶，又一箭射中他的肋间，他不由自主地一头栽倒。旁边一名战士急忙将他扶起，他一咬牙，又将箭拔出，仍呼啸着率兵往上冲。后面的兄弟一个个杀声震天，冒死冲入敌阵，大杀大砍。

后续部队很快也杀了上来。经过一场血战，终将高冠山占领，从而为攻克武昌铺平了道路。傅友德立了头功，朱元璋立即升他为雄武卫指挥使。

武昌守将陈英杰勇武过人，见高冠山被占，气愤得不得了。第二天二更时分，他竟缒城而出，装扮成朱军模样混入元璋营内，藏到中军帐下。元璋上床，忽见有人，惊呼道："郭四，快来杀贼！"

郭四是郭英小名。此时，他正在帐外警戒，听到喊声，忙持枪奔入帐中，正与刺客陈英杰照面，手起枪落，一下子便把陈英杰刺死。元璋急把自己脱下的红锦袍披在郭英身上，拍着他的肩膀说："你就是我的尉迟敬德，贼虽狡猾，难逃我虎将之手！"

郭英命人将刺客尸体拖走，向元璋拜谢而出。

朱元璋受了惊吓，又想起刘伯温劝他不要亲征的事，不禁再次感叹刘伯温的神智。

过了几天，张必先率领潭州（治今湖南长沙）、岳州（治今湖南岳阳）兵马来援武昌，已开到了夜婆山。元璋急召常遇春商议，说："泼张到来，宜用计取。"说罢，当即对遇春授以密计。

遇春领命，率兵而去。只过了五天，常遇春便把张必先擒住，回营复命。

元璋命士卒把张必先推到武昌城下，对城上守将喊道："你们不过想靠一个泼张前来救援，实际上他是救不了你们的。现在他已被我擒获，还有什么可靠的？快快投诚吧！免得死无葬身之地！"

张定边立在城上，看清了被押的那人确是张必先，便高喊道："张将军，你怎么会落到他的手里？"

必先答："不必说了，汉数已尽，定边兄速降为是！"

张定边听了，瞪着眼睛无言作答，自下城楼去了。

原来，这张必先善使槊，很是骁勇，绰号"泼张"。这次他中了常遇春的埋伏，竟然还未动手就做了俘虏。因此，守城诸将看到这情景一下子泄了气。就连张定边也觉得，这唯一可援助自己的大将竟轻易被擒，不由得异常懊丧。

元璋在城下把张定边和守城将士的反应看在眼里，知道张必先被俘对他们打击很大，就把原陈友谅军降将罗复仁找来，对他说："你想法进城去一次，传谕陈理，叫他看明时势，即日来降，元璋可保他不失富贵。如敢顽抗到底，后果就不堪设想了。"

复仁说："主公如此仁德，对陈氏遗孤还能保他地位富贵，他还能有什么话说？末将以前跟随陈氏，和他家也算有些交情，当努力办成此事。主公既如此信任于我，即使遭遇意外，死亦无憾！"

"你去吧，元璋决不食言！"

大约过了半天，罗复仁回营复命，说陈理愿意投降。元璋命将士们大开军门，行受降礼。

陈理率大将张定边等来到，俯伏元璋座前。元璋看陈理还是个孩子，吓得浑身战栗，不敢仰视，不禁有些怜悯，便亲自过去把他扶起，又对张定边等让座。元璋温和地对陈理说："你不必惊慌，我不会治你的罪。"说完，又命陈理入城，劝慰他的母亲和其他家属，并去安抚原有的文臣武将，要他们把府中储蓄统统带上，携眷自去。有愿随军走的，也都发给粮米。

城中百姓因多日粮绝，饥荒严重。元璋下令运米，给予赈济，全城百姓大悦，盛赞朱元璋仁德。

由于陈理投降，汉、沔、荆、岳各郡也都望风归降。元璋即命成立湖广行中书省，令参政杨璟在武昌据守，常遇春统帅诸将暂留武昌待命，自己则带一支队伍和陈理等一行返归应天。

第十六回 返归应天元璋称王 遣师东征伯温献策

朱元璋在远征武昌时，应天府里，军中将帅奉劝朱元璋称王的劝进表如雪片一般不断地送了上来。

刘伯温主持筹办朱元璋称王的事，进行顺利。正如他预料的那样，追随朱元璋多年的将领们认为这是他们升官发财的机会，一点就通，争相进表。那些文士幕僚们不但自己写，也代替那些不通文墨的人来写，忙得不亦乐乎。

只有徐达有些郁郁不乐。他已经预感到朱元璋亲自率兵出征是担心军权旁落，而与朱分权的最大的可能者就是他徐达。因此，徐达不能不为自己的前途忧虑。他想到，朱元璋放弃攻张士诚改征武昌一定是刘伯温用计促成，而劝朱元璋称王和动员大家劝进也是刘伯温的主意。他总觉刘伯温明事理通人情，想找他谈谈自己的心事。可他来到刘府拜访时，刘伯温没有在家。

刘伯温正为选择建造宫殿的地址奔忙。他在城中查看了许多地方，最后选中了元朝的御史台衙门。这里与紫金山相接，与吴山遥遥相对，具有一种威严的气势。原有的御史台衙门宏伟庄重，很有气魄，旁边房屋众多，建筑风格也很协调，稍加修缮就可使用。于是，他立即派人施工。

至正二十三年（1363）十二月，朱元璋从武昌回到应天府。

多年来，他脚踏实地，积聚力量，网罗人才，扩大队伍，总是牢记着朱升送他的关于“高筑墙，广积粮，缓称王”那九个字。然而，现在确如刘伯温所说，形势变了，劲敌陈友谅和他的汉国已不复存在，江南的几处割据势力只待他去剪灭；至于元朝廷，号令不过长江，覆灭指日可待。所以，他也觉得藏在胸中的愿望应该实现了。出征前，刘伯温提醒他办这件事就如引柴的火种，一下子使他称王的欲望强烈燃烧。他手下的那些将帅也巴不得这一天早早到来。

他回来以后，看到将帅幕僚和各级官员的劝进表堆积如山，真是喜在心里，笑在脸上。他问刘伯温：“这事不比寻常，先生可知有多少份劝进表？”

“凡将帅、文士和百姓的劝进表已按先后次序造了表册，请主公过目。”

朱元璋翻开一看，那登记册上的第一名就是徐达，其后才是李善长等。这是刘伯温故意做给朱元璋看的。刘伯温察觉了徐达的心事，他也深知朱元璋的秉性，为了消除朱元璋对徐达的疑忌，也为了朋友前程，他有意将徐达写在第一个。朱元璋看了果然一怔，但没多说，而是问道：“建造王宫的事，办得怎样了？”

“已选定元朝的江浙行省御史台衙门。依伯温观察，此处不但原有建筑气势宏大，稍加修缮就可使用，而且风水地势也好，是在龙脉之上。主公住在这王宫里，帝业可成！”

“元朝御史台曾在这里多年，怎么不见兴盛，反见其衰败？”

朱元璋登极为吴王

“那是因为风水胜地只有真命天子才配来此居住啊！”

这话正中元璋下怀。元璋不由得哈哈大笑，说：“那就按先生的主意办。”

过了一些天，王宫竣工。元璋亲自去看，过去的御史台衙门建筑依旧，但经改造翻新，已焕然一新，既富丽堂皇，又庄严肃穆，处处透着威严的王宫气概。他表示十分满意。

关于土木建筑的事本应由李善长主持，朱元璋却选择了刘伯温，当刘伯温选了这御史台旧址后，李善长想等到朱元璋显出不高兴时，另出主意。如今见朱元璋表示满意，他反而耿耿于怀，以为刘伯温夺了他的权。

这时候，那个现任江浙行省都事的汪广洋，一直怀才不遇。他见朱元璋将即王位，以后还会封相，按目前李善长的资格、地位，这个相位非他莫属。于是，他前来拜访李善长，表白了自己的看法，李善长果然高兴。汪广洋走后，李善长又想到，朱元璋还要设置、安排其他官职，经办这件事的大权一定要抓过来。

为讨好朱元璋，李善长主动联络徐达等文官武将一起面见元璋，劝他快登帝位。这当然是朱元璋梦寐以求的事，可他心里有两个考虑，使他没有立即答应。一是小明王韩林儿还在滁州拥有皇帝虚名，自己依附小明王的名号未除；二是东南方仍处于群雄割据状态，北方又在元朝廷控制之下，全国远未统一，称帝的时机还不到。大家听他讲得有道理，都七嘴八舌称颂他的文德武功，说明应天府已成为建立帝王业的中心。朱元璋便正式答应，由吴国公升为吴王。

至正二十四年（1364），也就是宋龙凤十年正月，朱元璋在文武百官的欢呼声中，正式登上王位。同时多依李善长的主意建立官属。封李善长为右相国，徐达为左相国，常遇春、俞通海为平章政事，刘伯温为太史令。

又立长子朱标为世子。

至正二十三年（1363）九月，张士诚在杭州自立为吴王。杭州、应天均为古代吴国之地，但应天在三国时是孙权吴国国都，所以元璋非称吴王不可。此后，人们按地理位置称张士诚为东吴、朱元璋为西吴。对此，朱元璋非常不高兴，刘伯温宽慰他说："应天自古为吴国国都，张士诚只是称王于偏城，迟早要为主公所灭！"

"元璋现已称王，眼下最要紧的要做的是什么？请先生指教！"

伯温说："礼法者，国之纪纲。礼法立，则人志定、上下安。建国之初，这是首先要做的。"

元璋即命刘伯温代为拟定礼法及一切制度。然后，他召集文武百官训谕说："卿等为万民百姓着想，推戴我称王。现正当立国初期，应该先正纪纲，严明法律。元朝之所以混乱，就因为上下无道，对百姓作威作福，以致天下骚动。我希望各位将相大臣，都要谨慎行事，协力图治，勿蹈覆辙。"

汉国既亡，元璋又派徐达、常遇春从武昌南下，接连攻取江西、湖广地区许多州郡，赣江、湘江以至汉水流域已全部归入朱元璋的势力范围。

平定了西路，元璋的军事矛头便转向东路的张士诚。

在这几年中，张士诚也没闲着。他以平江为中心，北边占有泰州、高邮、淮安、濠州、泗州及山东济宁，南边则占有湖州、杭州、绍兴等地。沿东海北部海岸到黄海沿岸南部这一狭长地带，也尽在他的控制之下。他占地约两千余里，拥兵数十万。

张士诚虽然骁勇，但秉性宽厚，缺少主见。一当上皇帝，就想保住基业，不思进取。他整天不理政事，只同各地搜罗来的文人骚客舞文弄墨，招延宾客，滥赠车马。他的大臣将领们也多是从前贩盐的弟兄，都贪恋江南的富庶，染上了享乐习气，只喜欢宴歌舞、奢靡无度。张士诚对待属下又赏罚不明，以致上下纪律松弛、离心离德。

他在建国初期，把大权交给了他的弟弟张士德。张士德于至正十六年（1356）在常州作战时，为朱军将领赵德胜俘虏，士德绝食而死。他的另一个弟弟张士信做了丞相，女婿潘绍元主管军事。这二人贪婪成性，骄奢淫逸。张士信拥有妻妾百余人，学着元朝皇宫里的样子，跳那淫荡的“天魔舞”；宅第园林也极尽豪华，就连美女们采莲用的小船都是用沉香、紫檀制造。上行下效，其他文武官员也无不贪赃枉法。张士信、潘绍元把政事、军事交给了黄敬夫、蔡彦夫、叶德新三人，任凭他们胡作非为。平江百姓不堪其苦，互相传诵着一首歌谣：

丞相作事业，
全凭“黄菜叶”，
一朝西风起，干瘪！

这“西风”便是指地处古代吴国西方的朱元璋。因为朱元璋按照刘伯温的“征讨大计”，以主力对付陈友谅，所以，对张士诚基本上持守势。

张士诚那里得知陈友谅死亡，朱元璋又进军武昌逼降陈理，不免有兔死狐悲之感。他对张士信说：“如今元朝廷之号令已达不到江南，其中方国珍伪附于朱元璋，并无雄才大略，大夏国明玉珍独据蜀中，东有三峡天险，北有剑阁栈道之狭，可谓‘一夫当关，万夫莫开’。所以，现在对我威胁最大的唯有朱元璋。他兵强马壮，文有刘伯温，武有徐达，都是旷世奇才。他迟早要与我决一死战。”

士信说：“元朝是否会来助我？”

“朝廷内统兵的大帅们自相残杀，哪有可能顾得上？”

“既然如此，唯有自强，应当先除掉左丞达识帖睦迩，把大权抓在自己手上。”

“我看也是这样。”

张士信经过一番密谋，派王晟等人来到达识帖睦迩面前，先数落他的种种过失，再宣布张士诚要他以老病告退的意思。达识帖睦迩很识相，马上辞职，移居嘉兴。

元朝廷鞭长莫及，得知此事后只得承认张士信为江浙行省左丞，同时催他运粮二十五万石到大都。

张士诚与兄弟商议后说：“朝廷快成了乞丐了！”根本不予理睬。

朱元璋称王后不久，为了商讨对张士诚的作战方略，召开了文武大臣会议。右相国李善长说：“张士诚军力未衰，粮草充足，现在发兵进攻，难以奏效，应等时机成熟再进攻。”

徐达说：“张士诚骄奢淫逸，政治腐败，军事上又屡屡失利，已成了强弩之末，现在正是消灭他的大好时机。他的大将李伯升、吕珍之流都是我们手下败将。他们兵卒虽不少，但只知抢掠财物，战斗力薄弱。现在掌握大权的黄、蔡、叶三人，根本不懂用兵之道。我们现在发兵进攻，江南指日可下。”

朱元璋听了十分高兴，环顾诸将，说：“天德的看法与我的想法相同。我看现在出兵讨伐张士诚，定能取胜。”

早在刘伯温回家葬母期间，宁海人叶兑曾给朱元璋写信，对征讨张士诚一事献计说：“张九四之地，南包杭、绍，北跨通、泰，而以平江为巢穴。今欲攻之，莫若声言袭取杭、绍、湖、秀，而大军直捣平江。城固难以骤拔，则以锁城法困之，于城外矢石不到之地别筑长围，分命将卒四面立营，屯田固守，断其出入之路。分兵略定属邑，收其税粮以赡军中。彼坐守城，安得不困？平江既下，巢穴已倾，杭、越必归，余郡解体，此上计也。张氏重镇在绍兴，绍兴悬隔江海，所以数攻而不克者，以彼粮道在三斗江门也。若一军攻平江，断其粮道；一军攻杭州，绝其援兵，绍兴必拔。所攻在苏、杭，所取在绍兴，所谓多方以误之者也。绍兴既拔，杭城势孤，湖、秀风靡，然后进攻平江，犁其心腹，江北余孽随而瓦解，此次计也。”

朱元璋在同刘伯温具体商量作战计划时，拿出了这封信。刘伯温说：“叶兑所见高明，计谋也可行。按照现时情况，可采取先北后南，先打外围、后取核心的战略。第一步，先攻取淮东，剪除他的两翼，主要攻取泰州、通州、徐州、淮安、宿州等苏北和淮河下游地区，逼迫张士诚把军队压缩到长江以南；第二步，扫荡浙西，攻湖州、杭州，对平江造成钳形包围的态势；第三步，用南北夹攻的战法，合围平江，彻底捣毁他的巢穴。”

元璋对伯温的设想颇为赞许。

至正二十五年（1365）十月，朱元璋命徐达、常遇春等攻取淮东。马、步、舟师水陆并进，势如破竹。徐达一举攻克海安坝，进一步包围了泰州。

张士诚得信，急忙派水陆大军支援。先以舟师四百艘泊于长江北岸范蔡港，另以小船若干，在孤山附近水域来往巡弋，企图诱使徐达调部队去守长江水寨，从而分散进攻淮东的兵力，然后乘虚反击。徐达看清了他的意图，将计就计，仅以少数兵力增援长江水寨，而把主力仍然集结在泰州、海安坝一带，准备打击张士诚北上的增援之师。在这同时，朱元璋率兵莅临江阴水寨视察军情，随时指示如何巩固沿江守备。

张士诚见无隙可乘，只得放弃北上的打算。徐达指挥众将士猛攻泰州，生擒守将严再兴等五千多人。

徐达乘胜分兵进攻兴化，包围高邮。高邮是张士诚聚众起义的地方，也是他在淮东最重要的军事据点，他想死死守住，采用“北守南攻”、调虎离山之计。他令高邮守将坚城固守，自己则率兵到江南攻宜兴、安吉、江阴等地。

徐达得报，急令冯国胜指挥部队，继续围攻高邮，自己则率军以迅雷不及掩耳之势，过江南下，一下子击败围攻宜兴的张军，俘获三千余人。

张士诚住在江阴北面的君山，派舟舰数百艘，出马驮沙，经江阴，攻镇江。朱元璋得报，亲率大军到镇江迎敌，士诚水军见朱军来势汹汹，不敢接战，在瓜洲放了一把火后逃走。

徐达趁张士诚还没来得及调动部队，又突然挥师北指，在冯国胜配合下猛攻高邮城，很快将高邮占领，执杀守将。接着，移师淮安，打败张士诚的援军徐义所部于马螺港。

淮安守将梅思祖见来势不可阻挡，便开城请降。

不久，徐达又分兵攻下兴化、徐州、宿州、安丰、沛县等地，淮东地区全部平定。

朱元璋派军队驻守这些新占地区，任命官吏，恢复生产。

在徐达攻打高邮城的时候，张士诚也派大将李济袭击、攻占了濠州。守濠州的节制孙德崖无所作为，当李济来攻时，孙德崖兵败逃走。现在徐达命韩政、顾时等攻打濠州，李济坚守不出。韩政、顾时便鼓励士卒用炮石、云梯从四面一齐猛攻，轰塌了无数城堞。李济看抵挡不住，只得开城投降。

朱元璋听说濠州已下，忽然萌发了衣锦还乡的念头，当即率领濠州籍属将及万名官兵还乡扫墓。一路上队伍整齐，纪律严明，十分雄壮。

濠州城的官员们听说元璋回乡，早已把他父母朱五四夫妇的坟茔修缮一新，坟头犹如一座小山，周围砌了花墙，墙外新植了松柏和花草。朱元璋先到他家坟茔扫墓，然后召集父老，置酒欢宴，对乡亲们说："元璋离家多年，艰苦奋战，到今天节节胜利，才有可能回家扫墓，同父老兄弟们重新见面。但我不能久留，还望父老们率领后辈子侄，孝悌勤劳，努力耕作，蔚成良好风气，如能做到本乡平安，我也就放心了。"

众乡亲们举起杯来，大声说道："多谢吴王记挂家乡，我们一定不会给你丢脸！"

朱元璋临走又嘱咐濠州官员说，濠州百姓为国家出钱出力，做了很大贡献，要设法减免他们的赋税。乡亲们都为本乡出了这么个大人物感到自豪，并感激他减免赋税，纷纷扶老携幼，站在道路两旁为他送行。

至正二十五年（1365）二月，福建的陈友定出兵骚扰处州。

陈友定原是福建清流的农民，元朝汀州（今福建长汀）府判蔡公安招募民兵时，陈友定应征入伍，由于他为人沉着勇敢，战绩突出，后升为行省参政、平章，拥有福建八郡的土地。

陈友定十分效忠元朝廷，但他有勇无谋。他由海运送往大都的米粮，常被方国珍、张士诚的海盗船劫去，最后送到京师的不过十之二三。因此，他很气愤，早想跟江浙势力争个胜负。

至正二十五年（1365）五月，元顺帝下诏，令陈友定从福建出发，收复江浙。陈友定决定先打处州。

朱元璋令胡深率部反击，屡战屡胜，连克浦城、松溪，并且活捉了陈友定大将张子玉。

前线胜利的消息传来，朱元璋有些忘乎所以，想要调集西路军，一举平定福建。他说："张子玉是陈友定骁将，把他生擒必使友定丧胆，乘胜猛攻，没有不克之理。"

刘伯温说："陈友定在福建经营了十余年，可说是根深蒂固，万不可轻视。我们在福建的力量还很薄弱呀！"

朱元璋听不进去。由于轻敌，元璋只派出西线朱亮祖和王溥两股部队前往。元璋命朱亮祖为统帅、胡深为副帅，令胡深率处州兵马与朱亮祖会合。

刘伯温深为老友胡深担忧，特地修书一封，派人送往处州，嘱咐胡深不可冒进，切记要进退有序，小心应敌。

朱亮祖率师先行，连下崇安、建阳，大有席卷而下之势，因此，他就更不冷静。他在建宁城下与胡深会师，继续前进。刘伯温听到这消息，心里反而更不安。他认为，朱亮祖勇而寡谋，性情粗暴，尤其不适合独立决策。胡深虽然文武双全，足智多谋，却又无权驾驭朱亮祖。

这天，刘伯温观察到太阳中有黑子，天象异常，便对元璋说："伯温观天象得异兆，日中有黑子，东南当失一大将。"

意思是要元璋在东南方不要孤军深入，要暂停进攻。

朱元璋还未做出抉择，前方传来消息：胡深在建宁城外被俘，死于陈友定刀下。刘伯温得信时正在饮茶，心里一惊，手中茶杯落地，摔得粉碎。

原来，陈友定大将阮德在建宁城内外布下重兵，距城不远的锦江边也驻有四万兵马，作为外线策应。胡探主张缓进，以待后续部队，朱亮祖不依，强迫胡深攻城。胡深只好遵命行事，攻城时受到内外夹击，被团团围困，朱亮祖救援又不及时，胡深终于在突围时被俘，不屈而亡。

朱元璋也是大吃一惊，仰天叹道："全怪我没听伯温先生的预言，才有这凶事！"

实际上，朱元璋自登上王位之日起，就渐渐骄傲自负，不那么虚心听取别人意见了。

刘伯温与胡深是多年老友，在处州组织民军时曾并肩作战，知道胡深能文能武，是人中豪杰，现在横遭不测，实在令人痛心！当年在浙东同时起事的四位朋友，已有叶琛、胡深二人在战争中丧命，只有他刘伯温与章溢二人还幸存人间。他越想越伤感，只得在书房内设坛焚香，流着眼泪为胡深遥祭。

经过这次挫折，朱元璋才又冷静了下来。

第十七回　合围平江士诚被俘　沉舟瓜步林儿遇难

至正二十六年（1366）八月十二日，朱元璋任命徐达为大将军、常遇春为副将军，率军二十万，讨伐张士诚。

临行前，朱元璋召集诸将商讨进兵路线，常遇春说：“逐枭者必覆其巢，去鼠者必熏其穴，此行当直捣平江，平江既下，其余诸郡可不攻而下。”

元璋说：“不然。士诚是盐贩起家，与张天麟、潘元明等全是强梗之徒，互相结为手足。士诚若是日暮途穷，张天麟等必然害怕会一起垮台，因而也必拼命来救。今天若遽攻平江，届时天麟出湖州，元明出杭州，援兵四合，我们便难以取胜。所以，不如先攻湖州，使其疲于奔命。我军可以集中兵力，各个击破，剪断他的羽翼，然后再移兵平江，必然成功。”

常遇春还坚持自己的看法，元璋板起面孔，生气地说：“攻湖州失利，我负责任。若先攻平江而失利，我饶不了你！”

遇春不敢再说。元璋又叮咛说：“这次行军，你们切记不可乱杀，不可乱抢，不许踏坏田垄庄稼，不要烧毁民居房舍，也不许毁坏张士诚家的坟墓。”

徐达、常遇春返身要走，伯温又叫住说："两位将军且慢。伯温前日见士诚部将熊天瑞来降，说话很不自然，看来非出本心。请两位将军勿泄吴王所谋，只让熊天瑞随行，但说直捣平江就是。等到有了机会，他很可能仍要叛归张士诚。果如此，他便中计了。"

元璋又命李文忠去杭州，华云龙去嘉兴，同时发兵，造成牵制之势。

徐达、常遇春率领水陆二十万大军，从龙湾出发，进入太湖，做出直逼平江的态势。沿途所遇敌人，战无不胜。张士信驻守昆山，望风遁去。途中，徐达检查人马，只少了一个熊天瑞。不出伯温先生所料，他又叛归士诚，通风报信去了。

这时，徐达传令，大军掉头南下，直扑湖州。

大兵开到湖州城外的三里桥，守将张天麟才知大军压境，急忙分兵三路出城应战。南路由黄宝率领，中路由陶子实率领，张天麟自率部队由北路出击。

徐达则分派常遇春、王弼、王国宝诸将分头还击。黄宝出南路，正好同常遇春相遇，刚一交手就败走。遇春追到城下，黄宝来不及入城，只得回马再战，被遇春抓住。张天麟的儿子张宝，得知黄宝被擒，顿时气馁，不战自退。

徐达见势，率军将湖州团团围住。

消息传到平江，张士诚急派大将李伯升去湖州，加强那里的防守，又派骁将吕珍、朱暹以及士诚养子五太子等率精兵六万，赴湖州增援。

李伯升从荻港（今浙江湖州南）偷渡入城，同张天麟闭门坚守。吕珍等率军到旧馆受到徐达军阻击，不敢前进，就地筑了五个寨子固守。

徐达见此形势，立即派常遇春、汤和等分兵攻占援军背后的东阡镇姑嫂桥，筑营垒十余座，用来切断援军归路。从此，湖州与旧馆两处的敌军被分割包围，彼此都陷入绝境。

张士诚见势不妙，亲率大军前来解围，在皂林被徐达击退。嗣后，张士诚派徐志坚从水路抵达东阡镇，准备进攻姑嫂桥。常遇春得报，当即在桥下设伏。徐志坚率部刚刚来到，伏兵便立刻出击。这时，风狂雨骤，昏天黑地，徐志坚等在泥水里进退无路，竟被常遇春生擒活捉。

右丞徐义奉士诚之命前来救援，被徐达击退。多亏士诚派了赤龙船来援助徐义，徐义才得以逃脱。遇春急命王铭等带着芦苇、火药等去攻击赤龙船。赤龙船猝不及防被火点着，霎时间猛烈燃烧起来。士诚军狼狈逃走。

五太子得悉各队失败，怒不可遏，便以所有舟师猛攻遇春营地。这时，恰逢薛显带舟师来到，顺风纵火，把五太子的兵船烧着，五太子只好又逃回旧馆。

湖州、旧馆两地的张军，陷入了内无粮草、外无援兵的绝境。五太子和吕珍、朱暹等商议很久，拿不出别的办法，只得向常遇春投降。

遇春把这消息驰报徐达，徐达令吕珍等来到湖州城下，招呼李伯升、张天鳞出降。伯升、天麟无法，只得派人送出降书，迎接徐达入城。

士诚听说湖州失陷，非常惊慌。这时杭州、嘉兴也传来警报：平章潘元明将杭州献给李文忠，同佥宋兴以嘉兴献与华云龙。士诚不由得魂飞天外。

接着，吴兴陷落，参政李福、知州杨彝统统投降。在危急中，士诚派窦义出城扼守。谁知这窦义毫不中用，到了城南鲇鱼口，战不多时就败回城内，损失战船千余艘。

又过了两天，平江城外炮声隆隆、鼓声咚咚，杀声震天动地。士诚急令将士登城固守。第二天一早，他登上城楼巡城，只见四面八方都是朱军旗帜：葑门驻着徐达军，虎丘驻着遇春军，娄门驻着郭兴军，胥门驻着华云龙军，阊门驻着汤和军，盘门驻着王弼军，西门驻着张温军，北门驻着康茂才军，东北驻着耿炳文军，西南驻着仇成军，西北驻着何文辉军。总之，被围得水泄不通。

朱元璋同刘伯温对如何围困平江已做了具体部署，还按叶兑信中所说，在平江四周筑起长围，在长围上架起三层高的木塔，名叫敌楼，监视城内动向。每个城楼上都配备了弓箭、火铳，又用“襄阳炮”日夜轰击。

这样一来，弄得张士诚这位大王心慌意乱，不知所措。他命他的“勇胜军”加意防守。勇胜军都是土匪出身，每逢战斗，彪悍异常，士诚也格外重视，不但赏他们银铠锦衣，还赐十个头目叫“十条龙”。这“十条龙”也确实不凡，受命御敌，无不效死卖命。因此，徐达等日夜进攻，不能得手。

徐达见此情况，不再猛攻，另派俞通海带偏师进攻太仓、昆山、崇明、嘉定诸州县。不久，都陆续攻占。

通海返师，见平江仍相持如故，不觉怒火填膺，便领兵扑城。城上矢石如暴雨倾泻，通海身中数箭，军士们赶忙扶他回营。

徐达见通海伤重，派人护送回应天。没过几天，通海去世。吴王元璋十分悲痛，考虑到平江久围不下，便请刘伯温代他写了一封招降书，差人送给张士诚。信中说：“古代豪杰，以畏天顺人为贤，以全身保族为智，如汉代窦融、宋代钱俶，都是这样做的。你要三思，不要自取夷灭，为天下人耻笑。”

士诚见信不为所动，反而令徐义、潘元绍等率勇胜军潜出西门，绕到虎丘，去偷袭常遇春营。遇春先已得知，急忙驰至盘门，与王弼联军，挡住勇胜军。两军交战，冲杀激烈，好久不见胜负。士诚又督率锐师增援，来势凶猛。

遇春部下杨国兴战死，有些士卒开始退却。遇春手拊王弼后背，说：“这样僵持于我不利，必须把敌阵冲乱，不知将军……”

“末将明白！”王弼应声出马，挥舞双刀，大呼着：“杀呀！”冲入敌阵，后面战士紧紧跟上，敌人抵挡不住，遇春乘势指挥大队人马掩杀过去。

酣战多时，张军溃退，士诚的攻势被打乱。朱军越杀越勇，把士诚部众逼到了沙盆潭。潭水深数丈，坡岸溜滑。张士诚同王弼打了几个回合，连人带马统统堕入潭中，潭水激起巨大水柱，士诚与马匹只能拼命挣扎。

“十条龙”看到大王落水，为表忠心，“扑通”“扑通”地一齐跳下水去搭救。这“十条龙”原是陆上大盗，在陆上打仗还行，到了水里，由于不懂水性，再加上铠甲湿透，沉甸甸地使他们越挣越沉，不但未能救起主人，自己反而很快地被淹死了九条。倒是张士诚自己，从小在海边贩盐，会游泳，慢慢爬上了岸，被他女婿潘元绍救回城内。

这一仗，张士诚又损兵折将三千余人，他想组织突围的打算失败了。平江成了一座孤城，张士诚成了瓮中之鳖。

徐达也不去猛攻猛打，只是偶尔派几股部队，到城边骚扰，目的是让守军不得休息。

徐达所统帅的二十万大军依山傍水安营扎寨，每天按时操练，似乎要在此长期定居。因为这平江四外全是鱼米之区，所以不愁粮米供应。

半年以后，张士诚的所谓十万大军连一半也没有了。除了打仗伤亡的以外，将士们眼见困守孤城，内无强将，外无援兵，早晚会被朱军攻破，与其陪同张士诚守城，与他同归于尽，毋宁趁早寻一条出路。于是，有些士兵趁夜缒城，向朱军投诚。而且，逃兵越来越多，张士诚禁也禁不住。

这些情况传到应天，李善长、刘伯温等人便又一次上表，请吴王元璋即皇帝位。

朱元璋想，张士诚已成了名副其实的孤家寡人，守不了多久就要被消灭，而元朝君臣正忙于内部的争权夺势，互相攻杀，无暇南顾。他也想起了民间传诵的那首歌谣："眼看羊儿年，便是吴家园。"新的一年丁未年就要到来，丁未属羊，既是天下要归"吴家园"，那龙凤年号就不能再用了。

于是，他暗地策划了一个计谋。他命水军大将廖永忠到滁州去接小明王韩林儿到应天来。

滁州在应天西北，本有一条宽敞大路可通。朱元璋却让廖永忠率领十几条小船，顺水路转弯抹角前往滁州。

小明王韩林儿已当了十二年的大宋皇帝。以前，他是刘福通的傀儡，到滁州以后，身边又换了朱元璋的人。他除了吃喝玩乐，毫无作为。廖永忠来接他，他非常高兴。他知道，金陵是六朝古都，风景秀丽，富庶繁华，早就想去游览一番。他坐上廖永忠为他专门准备的小船，从滁州城外的清流河南行，到滁水后，又拐弯北去，经六合，再进入长江。

十几条小船的船队，到了瓜步渡口（今江苏扬州南），就要从这儿进入长江了。韩林儿眼望开阔的江面和汹涌的江水，顿觉自己所乘的小船是如此渺小，犹如一片树叶儿漂在水上。他说不出是高兴还是恐惧，只是失神地望着前方。

忽然间，船底传来“砰砰”的响声，越来越大，一股混浊的江水从船底涌入，船上的兵卒早已跳水奔向别的小船。韩林儿毫无准备，又不会游泳，不一会儿就不知东西南北，随即沉入滚滚东去的江水中。

小明王瓜步沉舟，廖永忠回到应天请罪。朱元璋大怒，下令将廖永忠斩首，幸有李善长等当面求情，才免一死。

转过年来是至正二十八年（1368），也即龙凤十四年。但因宋帝小明王韩林儿已死，朱元璋决定把这一年改为“吴元年”。

张士诚躲在平江，冥思苦想也找不出一点儿解围的办法。这一天，忽有军士报告：李伯升派来一位使者，要见大王。

李伯升本是张士诚起事时的“十八骑”之一。他的父亲李行素是个看阴阳风水的术士，曾做过张士诚的丞相，后因病去世。李伯升与张士诚可说是交情笃深，所以士诚派他据守湖州。前不久，在吕珍劝说下，他与吕珍一起向朱军投降。这次，他派使者来求见大王，必是为朱军做说客来了。

军士们放下绳索、筐子，将使者拉上城来。使者到王府拜见了士诚，士诚心里有气，不屑地看了他一眼，冷冷地说：“你家主人正在安享荣华富贵呢吧？”

“大王这样说是冤枉了李伯升将军。想当年老主人在世，在大王麾下位居丞相，李伯升也官封司徒，如说富贵也不过如此。只是此次湖州被困，吕珍将军又在旧馆失利，降了朱军。吕将军亲自来到湖州城下，劝说李伯升投降，也是不得已而为之。为了保全三万将士和全城百姓的性命，湖州城才挂了白旗。望大王明鉴。”

张士诚不为所动，只听见使者继续说：“大王可知天数吗？当年，楚霸王项羽百战百胜，但垓下一战，终为刘邦打败，落得个自刎乌江的下场。这是为何？正如项羽临死前所说：‘此天亡我楚，非战之罪也！’想当初，大王以十八骑起事，入泰州，占高邮，击退元兵百万，东据三吴，有地千里，称王道寡，并不亚于项羽。大王那时若能爱护百姓，体恤将士，赏罚分明，天下是不难平定的，何至于沦落到这一步！”

张士诚点点头，但又觉得追悔过去已无济于事，便说道：“足下以前不说，现在再说也来不及了。”

使者说：“以前公门如海，小人怎敢涉足？况且，子弟亲戚，文武朋友，那样拥塞门户，哪有小人进谏的机会？他们这些人整天锦衣玉食，歌舞不断，对哪里打了败仗、哪里失了地盘根本不闻不问。即使大王发觉了，也不肯追查，哪里会想到有今日！”

“事已至此，还说它干什么？你快说，李伯升派足下到此，有何良策？”

“大王试想，你比陈友谅如何？陈友谅兵强马壮，尚且兵败身丧。今天你所占湖州、嘉兴、杭州，一个一个地失去了，独守在这平江又有何益？自古道‘识时务者为俊杰’，不如就同朱军讲和吧。”

“什么‘讲和’？还不是要我投降！”张士诚坐不住了。

使者等他稍稍消了气，又说：“陈友谅的儿子陈理，被朱公封为归德侯，母亲、兄弟，俱得保全。大王此去，也不失万户侯。其实，这就像赌博一样，先得人之物，过后又失去，对大王又有何损！”

士诚沉吟良久，才慢腾腾地说："我要好好想想。"

张士诚踌躇达旦，决计不降。

这时，平江城里已到了山穷水尽的地步，连一只老鼠也卖三百文钱，士兵的皮靴、马鞍都煮了充饥。张士诚又一次兵出胥门突围，被常遇春打退。

徐达听了李伯升转述使者劝降经过，便不再等待，下令攻城。十路大军如怒涛澎湃，直向平江城冲击。炮火连天，杀声震地。张士信在阊门督战，身边还带着美女、好酒，不忘寻欢作乐。突然一炮飞来，把他炸了个粉身碎骨。张士诚兄弟几人，最后只剩了张士诚一个。

两军激战两昼夜，徐达令军士们架着预先搭好的木屋前进，任凭矢石如雨，藏身其中不会受伤。这样，他们终于攻进了葑门。常遇春和汤和也从阊门攻入，匍匐前进。守将唐杰、周仁、潘元绍等抵抗不住，先后投降。

张士诚仍不甘心，又搜集败兵二三万，到万寿寺东街进行巷战。但因大势已去，士气衰颓，不多时纷纷溃散。士诚只带了几十名亲兵回到城内。

张士诚的后宫齐云楼已经燃烧起来。原来，王妃刘氏见势不好，把张士诚的群妾和侍女，一齐赶到齐云楼上，锁上门，放起一把火把她们统统烧死，自己也在宫里悬帛自缢。

张士诚回城一看这个样子，也换上冠冕龙袍，想要悬梁自尽。这时，李伯升奉徐达之命匆匆进宫，来寻张士诚。他见张士诚两腿刚刚悬起，便上前砍断绳索，将张士诚救下。

李伯升耐心开导张士诚，士诚的女婿潘元绍也帮着劝说，张士诚双眼紧闭，一句话不说。

徐达派人把张士诚抬到船上，押送应天。一路上他不吃不喝。船到龙江，张士诚还是躺着不动，押送的将士只得将他抬到中书省。中书省丞相李善长亲自来看他，并以好言劝他归顺，谁知张士诚反而出言不逊，大骂朱元璋、李善长。

李善长禀报吴王，拟把张士诚处死。元璋还想保全他。哪知到了夜间，士诚乘看守不在，终于悬梁自尽。他从至正十三年（1353）起义，十七年（1357）降元被封为太尉，二十三年（1363）自立为吴王（人称东吴王），到他自取灭亡，不过十五年。元璋下令将他殓葬。

降将多数赦罪不问，唯有熊天瑞假降复叛，被枭首示众。

平江是一座古城，由于境内有一座姑苏山，所以人们又把平江叫姑苏或苏州。朱军占领平江以后，朱元璋将它改为苏州府。

第十八回　建宫筑城准备登极　南征北战加快统一

徐达率军东征张士诚时，朱元璋因胜券在握，便开始加快了登极的步伐。他决定废弃用御史台衙门改造的王宫，要重建城池宫殿。古代天文地理与“风水”的说法是联系在一起的。朱元璋相信风水，急于找一块好地方建造皇宫。他把这个任务交给了刘伯温。

原来的吴王宫是在元朝江南行省御史台衙门的基础上改造的，当作皇宫显然是矮小、狭窄了。刘伯温根据阴阳数术家的理论认为，金陵虽是虎踞龙盘的胜地，但历朝以来城池宫阙不断迁徙，东填西挖，弄得到处坑坑洼洼，沟渠纵横无序，池沼遍布，泄尽了地脉，王气难收。金陵之胜在钟山，而现在的城池距钟山太远，脉气不续。所以，刘伯温决定将城址东移：在旧城白下门外约二里的地方，东向增筑新城。宫殿建筑就选在钟山之阳，即所谓钟山“龙头”之处。但这里有燕雀湖，需要填平，朱元璋便调集十几万民工运土、运石。为了防止地基下沉，在地基上又打进密集的木桩，在墙基下又铺上巨石。刘伯温选好地址，经朱元璋批准后，于至正二十六年（1366）八月开始设计，十二月将设计图交给朱元璋审阅。朱元璋将宫室雕琢奇丽的地方去掉，并说：“以前尧的时候，茅草盖房，土阶铺地，可谓简陋之极，然而千年以来，称盛德的人，没有一人能比他。后世竞相奢侈，极宫室苑囿之娱，穷舆马珠玉之玩。这样贪欲愈大，乱子也因此而生。我看珠玉非宝，节俭才真正是宝。宫室只求完备、坚实就可以了，何必讲究雕琢，劳民伤财呢！”

根据朱元璋的意见，刘伯温又做了修改，于这年年底破土动工。

新皇宫雄伟庄严，朴素大方，气象万千。皇城开六门，按方位对称。皇宫内部分为中、东、西三路。中路建有奉天、华盖、谨身三殿，称作“前朝”，其中以奉天殿最为宏伟，一般称“金銮殿”；用于皇帝、皇后日常处理大事及居住的乾清、坤宁二宫，称作“后廷”，前后相合就是人们常说的朝廷。东路建有文华殿、文楼、东六宫等殿宇。西路建有武英殿、武楼、西六宫、御花园等。

宫城之外，建有一个圈城，名皇城，正方形，内有宫城。宫城与皇城及其中的建筑合称为“皇宫”。皇城也开六门，门与门对称、等距。正南门叫洪武门，东侧叫长安左门，西侧叫长安右门，东叫东华门，西叫西华门，北叫玄武门。从洪武门到午门的千步廊上还建有承天门、端门。皇城之内，宫城之外，东南建有太庙，西南建有社稷坛等。

皇城的布局体现了以皇室为主体的思想，以一条自南而北的中轴线作为全城的骨干，所有城内宫殿和政府机关沿着这条线连接在一起：东面是礼、户、兵、工部，西边是前后左右军都督府。

应天新城并不拘泥于古制建成正方形，而是在南唐古城的基础上，利用南西两段城垣加固、加高，进而扩建，把南唐都城之外的卢龙山、鸡笼山、覆舟山、龙山、马鞍山等诸山全部圈入城内。这样依山水和堤湖走向筑城，就形成了一多角的不等边形状。后又把玄武湖、秦淮河略加连接，作为护城河。新城城垣全长六十余里，上建雉堞一万三千六百一十六个、窝棚二百座。城下基座用花岗岩和石灰岩砌成，上面再砌巨砖。巨砖由江西、湖南、湖北、安徽、江苏五省一百二十五个州县烧制，然后由水路运送到应天。砖侧都印着府县、监制人和造砖人的名。筑城时又在砖缝中用糯米汁或高粱汁、石灰和桐油混合的“夹浆”浇灌，以加强粘合力。

新城开城门十三座，其中通济、聚宝、三山、石城四门是由原南唐金陵城通济门、南门、龙光门、西门等旧城门改造而成的。聚宝门最为宏伟，城门上有“千斤闸”，城墙上建有藏兵洞二十六个，可供三千士兵驻守，城顶还建有高大华丽的城楼。通济门和三山门是秦淮河出入城的地方，设有水城门。正阳门、朝阳门和太平门分别是皇城外的南、东、北方的门户。太平门附近的城垣跨过富贵山和钟山之间的山脊，形势险要，为攻守必经之地。金川门有金川河在此出城。城墙绕过狮子山，东有钟阜门，西有仪凤门，是到江边的通道。

总之，整个应天城的布局，体现了帝王的至高无上、唯我独尊。

新宫建成之日正是张士诚灭亡之时，朱元璋亲临视察新宫城，盛赞其雄伟，对刘伯温的工作十分满意，叹道：“这城墙如铜浇铁铸的一般，看谁能越过！”

伯温笑答：“只有燕子才能飞入。”

“哈哈哈……”朱元璋不由大笑。他不知伯温的这句话竟成了燕王朱棣迁都北京和篡位的预言。

紧接着，朱元璋根据他同刘伯温商定的“征讨大计”，同时举行南征北伐。

至正二十七年（1367）九月，朱元璋派遣朱亮祖、廖永忠等讨伐方国珍。

十月，命徐达为征虏大将军、常遇春为副将军，率师二十五万，北取中原。

又遣胡廷瑞为征南将军、何文辉为副将军，取福建；杨璟、周德兴、张彬取广西。

四川重庆原有个陇蜀王明玉珍，于至正二十二年（1362）自立为王，国号“夏”。至正二十六年（1366）明玉珍病死，他的儿子明升继位。因为夏国在蜀中，朱元璋暂不理他。

还在至正二十三年（1363）时，方国珍部下周宗道以平阴降朱元璋，不久，方国珍的侄子方明善又率兵争夺，被朱元璋的参军胡深击败。胡深下瑞安，进兵温州。方国珍眼看抵不过，乞求元璋退兵，条件是每年送白银三万两，等到朱元璋攻破杭州便“纳土来归”。但在至正二十三年（1363），朱元璋攻克杭州后，方国珍并未兑现“纳土来归”的诺言，反而北通元朝的扩廓帖木儿，南联陈友定，互为犄角，进行对抗，而且日夜搜集珍宝，修造船舰，做全家逃往海上的准备。朱元璋对他很恼火，派人给他送信，责令他送粮二十三万石。信中说：“你早早改过、投顺，我可保你富贵。休想侥幸偷生，窜入海岛，不然，恐怕你所掠玉帛反会成为累赘。如果你舟中自生敌国，那就徒为天下豪杰所耻笑了。”

方国珍见信不予理睬，朱元璋便命朱亮祖进占台州、温州，汤和大军直取庆元，方国珍逃入海中，又被廖永忠的水军打败。他走投无路，只得派儿子方关奉表乞降：

臣闻天无所不覆，地无所不载。王者体天法地，于人亦无所不容。臣荷主上覆载之德旧矣，不敢自绝于天地，故一陈愚衷。臣本庸才，遭时多故，起身海岛，非有父兄相藉之力，又非有帝制自为之心。方主上霆击电掣，至于婺州，臣愚即遣子入侍，固已知主上有今日矣，将以日月之末光，望雨露之余润。而主上推诚布公，俾守乡郡，如故吴越事。臣遵奉条约，不敢妄生节目。子姓不戒，潜构衅端，猥劳问罪之师，私心战兢，用是俾守者出迎。然而未免浮海，何也？孝子之于亲，小杖则受，大杖则走，臣之情事适于此类。即欲面缚待罪阙廷，复恐婴斧钺之诛，使天下后世不知臣得罪之深，将谓主上不能容臣，岂不累天地之大德哉。

这篇乞降表写得貌似卑恭，实则处处为自己的反复无常辩护。朱元璋本对他十分痛恨，看完表却说：“谁说方国珍手下无人才？！”

他即请刘伯温代写书信，答复方国珍：“汝违吾谕，不即敛手归命，次且海外，负恩实多。今者穷蹙无聊，情词哀恳，吾当以汝此诚为诚，不以前过为过，汝勿自疑。”

方国珍得信，即率部属来到汤和营地，汤和把他送到应天，元璋见了他生气地训斥道：“你为什么这样反复无常，劳我兴师动众？今日来见我，太晚了！”

方国珍赶紧叩头、谢罪。朱元璋稍稍消了气，又问道：“前些天你所上降表出自何人之手？”

“是国珍幕下谋士詹鼎。”

“噢，是詹鼎？那你让他到应天来吧。”

詹鼎来应天后，元璋任命他为词臣。

方国珍被收降以后，汤和等立即去福建接应胡廷美。胡廷美、何文辉等率兵南下，由江西至杉关（今福建光泽县与江西黎川县交界处），派使者赴延平，招降陈友定。陈友定怒杀使者，将使者的血滴入酒中，与将士同饮，誓死不降。胡廷美率兵攻陷光泽、邵武、建阳，直逼建宁。陈友定除选派精锐守延平，又以二万之众守福州。汤和、吴桢、廖永忠等扬帆出海，不多日到了福州五虎门，驻南台，守将出战，被赶回城里。

汤和等率兵围福州，一直打到黄昏。守将袁仁眼看就要城破，被迫派人缒城，送出降书，声明愿在明日清晨开城迎军。汤和等做好了准备，等到黎明，果然南门大开，大军一拥而入。汤和入城后安抚军民，获取马六百余匹、海船一百余艘、粮十九万余石。接着，兴化、莆田等十三县一一平定。

杨璟、周德兴、张彬自湖州出师，到达永州，守将邓祖胜拒敌被打败，元朝全州平章阿思兰赴援也被击退。经过几十天围困，永州城中粮尽，祖胜饮药自杀，永州被攻克。周德兴、张彬攻全州，平章阿思兰逃走，全州也被占。廖永忠攻广州，元参政邵宗愚献诈降书，被永忠发觉，捉住宗愚立即斩首。接着，他又会合朱亮祖所部进攻梧州、藤州，守将出降。他们又继续攻破宾州、象州。两广平定。

朱元璋和刘伯温为筹划登极建国大事都未参加北伐。但对于如何组织北伐军，以及作战计划等，却都已周密商定。

他们认为，徐达智勇双全，用兵谨慎，打仗有把握，而且军纪严明，执行命令坚决，所以可委任他为征虏大将军，统帅全军。常遇春英武过人，身先士卒，冲锋陷阵，所向披靡，宜作先锋。右丞薛显、参将傅友德都是勇敢善战的大将，他们也可各率一军，独当一面。大将军徐达专管中军，主要任务是运筹、指挥、策励诸将，不可轻动。

关于作战计划，元璋与伯温磋商以后，决定在出兵前召开军事会议，元璋说："多年来中原兵荒马乱，人民流离失所，山东有王宣、王信父子作乱，河南有扩廓跋扈，关陇则有李思齐、张思道彼此猜忌。元朝灭亡已成定数，现在就要北伐了，你们看如何决胜？"

遇春说："现在南方已定，兵力有余，我们可以直捣元都，以我百战之师，攻他久疲之卒，挺竿即可战胜。拿下元朝首都，趁着破竹之势，长驱直入，各地便可建瓴而下。"

元璋说："不然，元朝建都百年，防御甚严，城守必固，我孤军深入，如不能及时攻破，屯兵于坚城之下，粮草接济不上，元朝的援兵从四面八方赶来，届时我进不得战，退无根据地，对我是很不利的。所以，我想先取山东，撤掉它的屏蔽；再转师河南，断其羽翼；拔潼关而占守它，扼住它的户枢。当天下大局入我掌握之中便可进军元都，使它势孤援绝，我不费大力便可攻克。占领元都之后，再进军云中、九原以及关陇，便可席卷而下了。"

这一战略方针不求冒进，稳扎稳打，集中自己的主力打击分散的敌人，步步为营，层层推进，扩大自己的根据地，保证大军后勤供应，使北伐立于不败之地。

诸将一致认为朱元璋、刘伯温商定的作战计划是正确的。徐达在北伐过程中，始终遵循这一战略思想，并且千方百计加以实现。

朱元璋又三令五申：北伐大军的重要任务是平定中原，推翻腐败的元朝廷，救民于水火。所以，军队所到之处严禁乱杀乱抢，不能占民房、毁农具、杀耕牛。

至正二十七年（1367）十月下旬，北伐大军出发，前锋首指山东。大军到淮安，徐达派人招降王宣、王信父子。王氏父子见大军逼近，急忙表示愿意投降，实际上暗中修筑防御工事，准备顽抗。徐达察觉了他们的企图，率军直达沂州（今山东临沂）城下。王宣自知无法抵抗，只得出城投降。徐达命王宣写信给他儿子王信，劝他归降，王信不从，徐达便以既降复叛之罪杀死王宣，强力攻占沂州。

元璋与伯温密切注视着战事的发展。听说北伐军攻占了沂州，刘伯温便对朱元璋说："宜大展兵威，乘胜攻克益都。"

"先生所见与元璋所想相同。"

二人讨论了进攻益都（今山东青州）的作战部署，派遣使者传谕徐达等人："闻将军已下沂州，未知兵欲何向？如向益都，当遣精锐将士，于黄河扼其冲要，以断援兵，使彼外不得进、内无所望，我军势重力专，可以必克。如未下益都，即宜进取济宁、济南，二郡既下，则益都以东势穷力竭，为囊中之物，可不攻而自下矣。然兵难遥度，随机应变，尤在将军。"

徐达接到指示以后，命韩温守沂州，韩政扼守黄河，以阻断山东援兵，自率大军北上，进攻益都。元守将普颜不花拒战，徐达督军攻城，一举攻下，普颜不花不降被杀。元平章老保（扩廓帖木儿舅父）被俘，俘获兵马数以万计。

十二月攻克济南，俘元军三千八百五十五人、马四百二十九匹。徐达命陈胜留驻济南守卫。北伐军势如破竹，连下东平、东阿、济宁、莱阳、东昌、茌平、平安、登州、莱州、悉平等处。

这一年，刘伯温积极为北伐军谋划作战方案，决胜于千里之外；同时，他写信给弟弟刘升，让他前来应天，参加北伐军。他不想私下里为他要官做，而是给他一个自己争取功名的机会。后来，刘升果然因战功留守陕西，担任了镇抚。

第十九回　称帝建元封赏文武　立法定制消除弊政

至正二十七年（1367）十二月，北伐军平定了山东，南征军也已降服了方国珍，正移师福建，包围了延平。

据守延平的陈友定见汤和大军直逼城下，急忙出师迎战，双方经过激烈厮杀，陈友定败回城内。

过了几天，陈友定仍找不到出路，一些将士情绪焦躁，再次要求出战，陈友定说："彼军远来，锐气方盛，我若勉强应战，徒然增加伤亡，不如就以山为城墙，以沟为城壕，蓄利器，饱士马，与他长久相持，看他如何胜我？"

诸将从命。陈友定率诸将登城，勒令兵士日夜披甲防守，不得休息，也不准交头接耳，违令立斩。部将萧院制、刘守仁偶然违犯了他的命令，萧立即被杀，刘兵权被夺。刘守仁不服，立刻缒城出降，好多士卒也跟着逃跑。

这时候，又赶上军器局起火，城中炮火爆炸。汤和得知城内的事变，立即督兵上城，一阵猛杀，守军瓦解。

陈友定回到府中，招呼部将谢英辅等，说道："各位将军自拿主意吧，我要为大元而死，誓不降敌！"

英辅等含泪而出，与达鲁花赤等穿上朝服，自缢身死，陈方定喝了毒药。另外，赖正孙等将士出降。

汤和入城，见陈友定还没断气，就令人将他抬出，到水东门外时，忽然来了一阵雷雨将陈友定浇醒。陈友定的儿子陈海也愿和他父亲同死。汤和派人将陈友定父子押送应天。

朱元璋见了陈友定，问道："元朝将亡，你还为谁死守？你曾害死我胡深将军，又杀了我派去招降的使者，实在罪大恶极！今被擒来，还有何话可说？"

陈友定毫不示弱，厉声说："要杀就杀，何必多言！"

元璋大怒，令卫士将他父子推出，斩首示众。

前方捷报频传，全国性的胜利在望，预备给皇帝居住的皇宫及祭祀上苍神祇的圜丘、方丘、社稷坛次第落成。于是，李善长率文武百官，奉请朱元璋做皇帝，朱元璋援旧例推让再三，然后顺水推舟搬进了皇宫，又在社稷坛祭告天帝。祭文中说："如臣可为生民主，告祭之日，帝祇来临，天朗气清；如臣不可，至日当烈风异景，使臣知之。"

那意思是诸臣要我当皇帝，是民心所向，我不敢推辞。但如有烈风异景，那是天意认为我不可当皇帝。事实上，刘伯温深谙天文、地理，他早已预测到登极那天天气晴朗。

至正二十八年（1368）正月初四，果然日朗风和，朱元璋再次祭告天地，即皇帝位于南郊。刘伯温代他朗读祭天祝文："惟我中国人民之君，自宋运告终，帝命真人于沙漠入中国为天下主，其君臣父子及孙百有余年，今运亦终。其天下土地人民，豪杰分争。惟臣帝赐英贤，为臣之辅，遂戡定采石水寨蛮子海牙、方山陆寨陈野先、袁州欧普祥、江州陈友谅，潭州王忠信、新淦邓克明、龙泉彭时中、荆州姜珏、濠州孙德崖、庐州左君弼、安丰刘福通、赣州熊天瑞、永新周安、萍乡易华、平江王世明、沅州李胜、苏州张士诚、庆元方国珍、沂州王宣、益州老保等，偃兵息民于田里，今地幅员二万余里。诸臣下皆曰，生民无主，必欲推尊帝号，臣不敢辞。是用以今年正月四日，于钟山之阳，设坛备仪，昭告上帝皇祇，定有天下之号曰大明，建元洪武……”

李善长主持开国大典。

应天府大街上旌旗飘扬，张灯结彩。为了炫耀威武，朱元璋令十万兵马，全着新盔、新甲，骑着一色的枣红马在街上游行。

朱元璋在位于紫金山南麓的天坛，祭天神以后，在庞大而又华丽的仪仗队簇拥下，转去太庙，祭拜祖先，并追封其祖父母、父母为皇帝、皇后。

离开太庙，朱元璋又到社稷坛跪拜天地，祈祝风调雨顺、国泰民安。

然后，又在仪仗队的引导下进入奉天殿，穿戴上衮冕，登上御座。李善长率文武百官，穿上彩绣的华美朝服，列队殿堂，山呼万岁。

朱元璋宣读即位诏，群臣又掀起欢呼万岁的高潮。

接着，李善长手捧金册，宣读朱元璋对各类人等的封号：封马氏为皇后，世子朱标为太子。

李善长为中书左丞相，徐达为中书右丞相兼太子少傅，常遇春为中书平章。

其余的文臣武将也都一一封官晋爵，授予庄田。

前些天，朱升自家乡来应天同朱元璋议论国事时，曾建议说：“元朝入主中国，自耻夷狄之陋，多仿我古礼，尚右，岂不知还是以左为尊好。”

朱元璋也想，开国之始，凡事求新，所以从此便以左为上。

大明朝的政权机构设有中书省，掌行政；都督府，掌军事；御史台，掌法制。

又设翰林院，掌管史册文翰一类的事。院中长官设翰林院学士。

刘伯温仍任太史令，又被封为御史台御史中丞。本来朱元璋准备封刘伯温为御史大夫，刘伯温推辞说："此职是御史之长，伯温难以胜任。"

"御史台是中书省以外的监察机构，御史大夫位同丞相。如遇丞相空缺，御史大夫可升任。"

"伯温正是因为才疏学浅，才不能担此重任。"

"先生莫非有什么忧虑吗？自古以来，打江山易，治国难。如今大战还未结束，元璋即使不请先生参谋军事，而令先生专事治国，也是有深远谋虑的。元璋看待先生，总在群臣之上，因为先生不仅有经天纬地之才，更有赤诚报国之心。纠察百官，正是知人善任。"

刘伯温再三推让，朱元璋便令汤和为左御史大夫、邓愈为右御史大夫、刘伯温任御史中丞，并批准他推荐章溢为自己的助手。其实，当时汤和正在攻打福州，邓愈也正在进攻河南南阳，所以御史台的工作实际上还是由刘伯温主持。

刘伯温深知，朱元璋之所以要自己担任御史大夫，主要是想用他来与李善长平衡权力。现在，刘伯温只接受品级在李善长之下的御史中丞的任职，就是为了不使善长感到威胁，这正是所谓"退一步海阔天空"。

用大明国号也是刘伯温的主意。经过深思熟虑，他认为用这个国号至少有三个理由：首先，红巾军起事时，打的就是明教的旗号，明教有明王出世的传说，新建朝代叫明朝，对于原来出身明教或受过明教影响的将士们来说，比较容易接受；其次，自古以来，各朝均有祭祀日月的传统，“明”是“日”与“月”，是光明的意思，因而符合士大夫的心态；最后，传说金陵是火神祝融的故乡，火为赤色、朱色，朱明王朝便又和皇帝的姓氏联系了起来。刘伯温的这些想法，自然使朱元璋格外高兴。

朱元璋退朝以后，回到皇宫，对马皇后说：“朕出身于布衣百姓，今日得登帝位，外靠功臣良将，内靠贤后协助。每忆起从前，朕居住郭家，艰辛备尝，时遭暗算，若不是皇后从中调停，日贮饼、肉等物，及时救我于饥渴之中，朕哪能有今日？芜蒌豆粥，滹沱麦饭，永久不忘。其他如随阵行军，为朕亲自征集士兵衣鞋，种种劳苦，不胜枚举。古人称，家有贤妻，犹如国有良相，今日得皇后贤惠如此，朕愈信此话不虚。”

马皇后说：“妾闻夫妇相保易，君臣相保难，陛下不忘同妾一起度过的贫贱日子，愿陛下更不要忘了同群臣共患难的日子。”

“唐朝有一位长孙皇后曾谏言太宗不要忘了魏徵，卿也可与古人媲美了。”

“妾怎敢比长孙皇后，但愿陛下以尧、舜为榜样。”

刘伯温从至正二十三年（1363）到应天，一直参与军机，并无职位，直到至正二十五年（1365）年末元璋称吴王，置太史监，才任命他为太史令，从西周、春秋时代以来，历朝的太史掌管起草文书、策命，记史事，编史书，兼管国家典籍、天文历法、祭祀等，地位很高。秦汉以后职位渐低，元朝著名天文学家郭守敬就曾任太史令，负责观察天象，编制历书。至正二十七年（1367），太史监改为太史院。刘伯温作为太史令，主要是管天文历法。

他随军参谋军事，常把天文知识与军事知识结合，认真观测风云、地形，帮朱元璋打了不少胜仗。

他也利用风水学说，为新皇宫择址和拓展应天城做出了贡献。

他所主持编制的《戊申大统历》，于至正二十七年（1367）十一月正式颁行于天下。

元朝的各种制度很不完备，也不正规，就律令来说，唐、宋都有较完整的刑律，元朝断案则无法可依，只是把一时的案例汇编起来，称为条格，供执法人员沿用。这些条格不仅庞杂，有的还互相矛盾，使执法人员无所依从。前些年，处于战争环境的朱元璋也难免以言代法，依个人喜怒定罪，好多案犯积塞狱中，得不到正确审理。刘伯温看到这些，有时不得不借助天上星象论事，借以提醒朱元璋，来平反一些冤狱。

有一天，朱元璋做梦，见三个人头上流血，他就抓一把土往上按一按。朱元璋有些迷信，第二天他就要从狱中提出几个重犯杀掉，以应夜里所梦。刘伯温听了以后，沉吟一会儿，劝解说："陛下，这三人头上血，恰是一个'衆'字，往上按土是得土得众的吉兆，应当停刑，何必杀人呢？"

"噢，原来是这样。多谢先生提醒。"

朱元璋称帝以后，按旧例自称为"朕"，但对刘伯温仍称"先生"，以示对他的尊重。这一回，他仍听了伯温先生的话，决定停刑不杀。

过了三天，恰有攻下海宁城的消息传来，元璋就将那几个要杀的人交给刘伯温释放了。

实际上，这期间前方战事顺利，得土得众是常事。朱元璋听刘伯温解梦是图个吉利，这同他要杀人化凶为吉是同一想法。

现在大明政权已经建立，消除元朝积弊，建立正常的法规制度势在必行。朱元璋就于至正二十七年（1367）十月，命刘伯温、李善长、杨宪、陶安等二十八人共同制定新法律。十二月，律成，这是《大明律》的雏形，朱元璋和群臣审阅后，经过了认真讨论，进行了修改，主要是删繁就简，减重从轻，然后刊布施行。

律令共计二百八十五条，其中一百四十五条沿用《唐律》。后来，在洪武六年（1373）制成《大明律》，又经多次修订，于洪武十三年（1380）正式颁行。《大明律》比《唐律》简化，比《宋律》严格，是中国法律史上一部重要法典。

这部法典规定，“谋大逆”“谋叛”“不道”“不孝”等十条“大恶”“虽常赦不原”，这就是人们常说的“十恶不赦”。

《大明律》规定：“未老疾犯罪，而事发于老疾，以老疾论；幼小犯罪，而事发于长大，以幼小论。”这体现了“宽以待民”的精神；同时又规定：“如受有事人财物，而曲法处断者，一贯以下杖七十，八十贯则绞。”这又体现了严惩贪官污吏的精神。

刘伯温与朱元璋在宽以待民与严惩贪吏的想法上是一致的。但作为至高无上的皇帝，朱元璋往往法外用刑，以至亲自编定《大诰》三编，其中多是严惩贪官和豪强作恶的条例，处刑有凌迟、枭首、族诛等，这同刘伯温无关。

朱元璋作为一个马上得天下的威武皇帝，始终把军队看作是新皇朝的有力支柱。洪武元年（1368），他令刘伯温制定《军卫法》，并提出了兵农合一的卫所兵制。

刘伯温仔细研究了历代兵制，认为大致可分为征兵制和募兵制两类。征兵制是国家有事才征用，平时务农，兵员素质好，来路清楚，朝廷可省去养兵的费用；缺点是兵员出身农村，如遇长期战争就会影响生产，而且临时征兵，未经严格训练，战斗力不强。募兵制是招募来的，兵员多为无业游民，可以长期训练以兵为业，战斗力较强，又不影响农业生产；缺点是国家要大量支出军费，且募兵来路不明，容易逃走或叛变。所以，刘伯温创立的军卫法是用其所长，避其所短。

卫所军队的来源有四：一是从征，即早年跟随朱元璋起事的部队和招收来的各地方武装；二是与元朝和群雄争战中投降归附的部队；三是谪发，即因罪被罚充军的，也叫“恩军”；四是征兵，百姓按人口比例，一家有五或三丁出一丁为军。军人另立军籍，子孙可以世袭。

军籍归都督府掌管，军人不受地方官吏管辖，军队平时既要屯耕，又要进行军事训练，担负保卫边疆、镇守地方的任务，是一种耕战结合的队伍。在边地，三分守城，七分屯种；在内地，二分守城，八分屯种。

军队组织分卫、所两级。以五千六百人为卫，设指挥使；每一卫分五个会所；以一千二百人为所，设千户；其下又有百户，领一百二十人；百户之下有二总旗，总旗之下有五小旗，每小旗领军十人。都指挥使是军区最高将帅。

军权集中在两处：统帅军队之权归五军都督府；军令权

归兵部。平时，卫所之军各在其屯地操练屯田，战时则集合成军，临时指派都督府官员来充任将军总兵官，统帅出征。战争结束，官归朝廷，卫军仍返本卫。遇有大战，由大都督府临时派遣统帅，调动军队，实际由皇帝直接指派和指挥。

朱元璋对刘伯温创立的《军卫法》十分满意，尤其是军权的安排更是想到了朱元璋所担心的地方。元璋说："卫所兵制做到了'将不专军，军不私将'，这是一个大改变。唐宋以来，常见悍将跋扈、骄兵叛变之弊，这一来就可杜绝了。"

"将不专军，军不私将"是朱元璋同刘伯温根据谢再兴投敌和邵荣、赵继祖谋叛两个事件，总结教训而制定的制度。

谢再兴本是淮西旧将，是朱元璋亲侄朱文正的岳父。谢再兴守诸暨时，张士诚部绍兴守将吕珍命人在诸暨筑堤，每年夏季大雨季节，吕珍便令人开闸，发水淹诸暨城。再兴便不时地命人偷偷挖堤决口，使吕珍的阴谋不能得逞。

至正二十二年（1362）三月，张士诚乘元璋对付金华、处州两地苗军叛变的时候，命张士信统帅万余人围攻诸暨，谢再兴苦战二十九天，在城外设下埋伏，大败张士信。张士信又增援兵，再攻诸暨，谢再兴只得求援李文忠，李文忠命胡德济驰援。此时，适逢刘伯温回家葬母，途经衢州，他让衢州守将夏毅贴出告示，大造"徐达、邵荣大军且至"的舆论，使得张士信军心动摇，计划退兵。胡德济和谢再兴又于夜半出击，打得张士信率军溃退。

然而过了没多久，谢再兴部下有二人因为在扬州贩卖皮革等违禁军用物品被朱元璋发觉，朱元璋为防止泄露军事机密，将此二人杀了，又把头砍下，挂在谢再兴的大厅上，对谢再兴进行警告。谢再兴为此恼羞成怒。

不久，朱元璋又未征求谢再兴同意，让刘伯温做媒，元璋做主，将谢再兴的次女嫁给了大将徐达。接着，又派参军李梦庚节制诸暨军马，把谢再兴降为副将。

这几件事加在一起使得再兴再也忍受不了，怒道：“我女儿出嫁也不让我知道，这简直就像配给，还让我受他人的节制！”

谢再兴火冒三丈，竟胁迫李梦庚与他一起投降了吕珍。

朱元璋得到这个消息也气得暴跳如雷，大叫：“谢再兴是我亲家，竟然叛我而降张士诚，决不能饶恕！”

邵荣、赵继祖也是朱元璋在淮西时的兄弟，骁勇善战，在攻打张士诚时屡立战功。至正十八年（1358），邵荣和徐达攻克宜兴；至正十九年（1359），又攻克余杭，打败湖州的李伯升；至正二十一年（1361），邵荣因战功从枢密院同知升为中书平章政事，地位在大将军常遇春之上。至正二十二年（1362），邵荣在平定苗军在处州的叛乱以后，回到应天，居功自傲的情绪有所上升，对朱元璋的一些作法常有怨言。比如朱元璋曾规定，在外带兵攻取城池的总兵官的妻子都要留在京城，但准许在外地娶妾，目的是让将官考虑妻子安全，出外不致投敌反叛。邵荣正因此而怀怨愤，他说：“我等常年带兵在外，攻城略地，出生入死，凭什么不能与妻子团聚同乐！”

他的这些牢骚让别人听见，有些反他的人就想告状。邵荣提心吊胆，便同与他相好的赵继祖密谋，在朱元璋到三山门阅兵时，领兵埋伏在门内，企图在他经过时一举砍杀。

恰巧，朱元璋刚到三山门，大风骤起，伏兵的军旗被吹起，触动了元璋的衣服。元璋不动声色，用眼角的余光扫视了一下周围，不觉大惊，赶紧同随从兵换了衣服从旁边逃走。

邵荣、赵继祖阴谋未能得逞，且被部下宋国密告给朱元璋。朱元璋派人把他们带来，质问说："为何谋反？"

他们俯伏在地，也不辩解，只说："求死而已。"

朱元璋看在一起起事的分儿上，不忍斩杀，把他们幽禁于一间空屋内，对诸将说："我没做对不起邵荣、赵继祖的事，想不到他们竟如此对我。诸位将军看看该如何处理？"

常遇春说："邵荣等虽有战功，一旦忘恩负义密谋叛乱，就是心腹大患，即使主公不忍杀他，遇春等也不能和他同生！"

其他诸将也都附议。朱元璋便命人为邵荣等准备了酒食，说了一番诀别的话，而后下令处斩。

谢再兴、邵荣谋叛的这两件事，促使刘伯温与朱元璋下决心要严格控制军队，不使它成为将帅个人的工具。

刘伯温制定的《军卫法》是中国历史上比较完备的军事制度。它构成了全国联成一气的国防系统，又避免了军官的专权和军阀割据，把军事大权都集中到中央和皇帝手中。这对于巩固明朝统治、恢复和发展农业生产、保障军队供给、减轻政府负担都起了良好作用。

第二十回 席卷中原直捣大都 执法如山力斩贪官

大明已经立国，大都城里的元顺帝依然醉生梦死，荒淫无度。这时候，察罕帖木儿已死，他的养子扩廓帖木儿在河南称霸，同占据山西的孛罗帖木儿互相攻伐。在顺帝支持下，母舅御史大夫老的沙准备除掉奇皇后与皇太子的亲信朴不花，而奇皇后与皇太子又攻击老的沙。老的沙逃往山西孛罗帖木儿军营。皇太后向孛罗要人，孛罗不给，就指使心腹丞相搠思监下令削去孛罗的军爵，解除他的兵权。孛罗大发雷霆，派兵打到居庸关，直逼大都。顺帝不得不把朴不花和搠思监交给孛罗杀死。皇太后请扩廓帖木儿带兵进攻太原，但此时孛罗已带兵直奔大都，顺帝封他为右丞相，统帅天下兵马。孛罗大权独揽，削去扩廓官职。扩廓率兵前来攻打孛罗，孛罗失败，顺帝又杀孛罗，将他首级送到扩廓军营。扩廓与皇太子入大都，顺帝只好封扩廓为右丞相。扩廓不愿介入宫廷纠纷，请求带兵到外地。顺帝便封他为河南王，统帅天下兵马，南下镇压朱元璋。此时，李思齐、张良弼等老军阀结成联盟，不服从扩廓，双方打得不可开交，顺帝又下令收了扩廓兵权。

朱元璋登极以后，除了请刘伯温立法定制、恢复社会秩序外，他的主要精力还是放在北伐战争上。洪武元年（1368）三月，徐达从郓城出发，率兵南下，沿黄河向西挺进河南。朱元璋为配合徐达进攻，令征南大将邓愈率襄、汉兵进攻唐州、南阳等地，从背后牵制元军。

徐达率水陆大军沿河而上，攻占永城、归德（今河南商丘南）、许州（今河南许昌），逼近汴梁。元汴梁守将李克彝联络左君弼、竹昌等互为犄角，力抗明军。左君弼本是庐州大盗，受元廷招抚，驻兵河南，李克彝令他守陈州。朱元璋得此消息，派人拘住左君弼的母亲和妻子，然后写信劝降。君弼便与守将竹昌一起，到徐达军营投降。

李克彝失去犄角，孤立无助，便放弃汴梁西逃。徐达收了汴梁，留佥事陈德据守，自率步兵入虎牢关。

大军来到洛北塔儿湾，元将脱因帖木儿率兵五万迎战。这是北伐过程中最为关键的一个战役。元、明两军依洛水列阵，摆开了决战的态势。

为了挫败元军锐气，常遇春单枪匹马冲入敌阵。元军二十余名骑兵列阵环攻，举枪直刺，遇春怒目圆睁，大喝一声，将一名前锋骑兵刺下马来，然后挥枪拍马，攻势更猛，元军转马就逃。

徐达挥军奋击，追杀五十余里，元军溃败。

这一仗，明军消灭了元军主力，俘获甚众。

脱因帖木儿招集残军，败逃陕州。徐达扎营于洛阳城北门，元河南行省平章、梁王阿鲁温（察罕帖木儿之父）率众投降。

塔儿湾之战使徐达掌握了中原战场的主动权。明军乘胜进击，连下嵩、钧、陈、海诸州。

守卫潼关的元将李思齐、张良弼眼看明军将至，便丢弃了粮草辎重西逃，分别退缩到凤翔和鄜州（今陕西富县）。徐达不战而据有潼关，随即又推进到华州。至此，河南全境被北伐军占领，加上已占领的山东，形成了对元大都的三面包围。

捷报传到应天，朱元璋十分振奋，上朝时对李善长、刘伯温说道："朕欲北巡，留两位仁卿于京师。凡朝中事务，由左丞善长处置；督察百官，御史中丞伯温可酌情处理。"

朱元璋来到汴梁召开军事会议。大家认为，扩廓帖木儿正在拥兵观望，李思齐、张良弼闻风先逃，不愿出力挽救元朝的军事败局。徐达说："元朝已无外地援兵，各地元军也已散乱不堪，正是北伐灭元良机，我军可乘胜直捣元都。"

朱元璋对此表示赞赏，又补充说："北方土地平旷，利于骑兵作战，关于这一点应有所准备。宜选裨将率精兵为先锋，天德督水陆大军随后跟进，稳扎稳打，梯次前进。"

徐达问："如我军攻占大都，元顺帝逃往北方，是否要穷追不舍？"

"不必。元军逃出长城后，你们要围守长城一线，防止元军侵扰即可。"

闰七月，朱元璋定下北伐战略，又返回应天。

在这同时，徐达、常遇春领兵北进，会师于河阳（今河南澄江）。

徐达命薛显、傅友德为先锋，进攻卫辉，自率大军从汴梁北渡过黄河。

没过十天，北伐军已拔卫辉、彭彰、磁州、广平（今河北邯郸永年区东南），进驻临清。临清城位于运河东岸，是冀、鲁、豫三省交界地区，又是交通枢纽，卫河由此入会通河，夏日水大时可直达大都。徐达在此会聚众军，会合诸将，休整了五天，然后率马、步、舟师继续北上。

十五日下德州，二十日进抵长芦（今河北沧州）、直沽（今天津），缴获七艘海船，作浮桥渡过大军。接着，徐达令常遇春、张兴祖分率舟师由水路前进，自率大军由陆路沿运河两岸进发，水陆并进，直取河西务，大败元军，擒获三百余人。

徐达又进兵通州，在运河东岸扎营；常遇春在西岸扎营。诸将士气高涨，都想乘胜攻城，指挥郭英向徐达建议说："我师远来，敌军据守，劳逸相差悬殊，粮草接济不上，不宜急攻。不如乘其不备，偷袭为好。"

徐达采纳了他的建议，立即安排袭击的事。

第二天早晨，天降大雾，四面阴霾，真是天遂人愿，郭英带千人埋伏大道两旁，徐达自率精锐铁骑三千直驱城下。元朝知枢密院事卜颜帖木儿率敢死士兵万余人，张开两翼向明军扑来。郭英率轻骑与他战了几个回合，佯败而退。卜颜帖木儿率兵追击，中途进入了郭英伏兵圈内，一阵砍杀，把元军截成两段。这时郭英又返身杀来，卜颜帖木儿猝不及防，让郭英刺坠马下，被士卒们缚住拉了过去。元军失了主帅，顿时大溃。郭英继续追杀，斩首数千。等他收兵时，统帅徐达已引兵入城，被擒的卜颜帖木儿已被枭首示众。

在朱元璋出巡汴梁时，应天府内，左丞李善长与刘伯温之间展开了一场钩心斗角的争逐。李善长以为自己的职务是一人之下万人之上，而事实上，朱元璋不论是军事、政事，都去征求刘伯温的意见，这使他感到了一种潜在的威胁。李善长深知，当朝的掌权者，除了那些出身于淮西跟随朱元璋多年征战的武将外，就是那些江南文人名士。他十分担心刘伯温会成为这些文人的领袖。于是，李善长开始网罗亲信，壮大自己。而湖广行省佥事胡惟庸，是善长的定远同乡，也想巴结善长作为进身阶梯。胡惟庸进京后多与善长来往，二人都摸透了彼此心事。胡惟庸向善长献计说："自古以来，皆有皇权与相权之争。皇上无权，江山难保；丞相无权，国事难治。大人既为丞相，绝不可以无权威，这就是所谓的'人无远虑，必有近忧'。"

李善长为提高自己的威望，以旧居失修为由请求重盖相府，得到朱元璋的恩准。相府建成，百官来贺，李善长确实感到一阵威风。然而，朱元璋行前对他和刘伯温同时交代了留守的事，使他感到皇帝是有意在提高刘伯温来压制他这个相国。从前，朱元璋统兵出征，总留李善长负责料理后方大事，筹办粮草给养，并曾说："我领兵数十万，多次出征，均有善长留守，转运粮草，供给器杖，从未缺乏什么。"这次如此安排显然是对他不够信任。李善长的疑心越来越重。

刘伯温牢记着朱元璋巡视汴梁前对他的嘱咐，不仅要他督察满朝奸恶，整肃纲纪，宫内的事也要纠举。他把这些话当作皇帝对他的特别信任。他认为，宋、元两朝对各级官吏过于宽纵，助长了吏治腐败，毒化了社会风气，是酿成朝廷覆亡的重要原因。他一直主张刚刚开国就要实行以法治国。既然皇帝付以重托，他就决不敷衍。他命御史们负起责任，就是宫廷宿卫和宦官如有过错，也同样要启奏太子惩办。

这时候，李善长的部下、中书省都事李彬，因为贪污受贿被人告到了御史台。

李彬也是李善长同乡，在中书省初建选官时，找到李善长门上求官，李善长用他为都事。但此人野心勃勃，利用李善长已搬出的旧相府，与善长的儿子李祺共谋，把它变成了朝臣豪右聚会的场所，使它实际上成为特权阶层花天酒地、行贿受贿的黑窝。

刘伯温和章溢对此事正在调查的时候，参政杨宪早已接受朱元璋行前的授权，暗地察访留京官员的各种活动。杨宪也掌握了李彬等人及许多官员违法乱纪的行为。他认为此事牵涉左丞李善长，关系复杂，如向远在汴梁的朱元璋报告已来不及，便将此事报告了专管督察百官的刘伯温。

刘伯温查明李彬是李善长的亲信，借丞相权势弄权枉法，除贪污纳贿外，还干了许多坏事。因此，刘伯温决定依法将李彬等十余个罪犯逮捕，并查抄他们受贿的金银珠宝。

刘伯温与章溢分析了这个案子，其中牵涉人员不少，历朝官府腐败也不过如此，所不同者只是治与不治。元朝不治，自取灭亡。明朝开国伊始，一定要治！但在如何处治上，刘伯温不能不考虑到，皇帝出巡时曾命李善长与他分管朝廷事务与督察百官，又暗令杨宪防奸察叛，这些都是为了不使大权集于一人。他知道自己的所作所为也在别人的监视之下。他要做一个治世良臣，必须尽职尽责。他同章溢决心依法判处李彬死刑。

李善长急忙亲自出马为李彬说情，希望看在他还年轻的份儿上从宽发落。刘伯温不依，双方弄成僵局。于是，刘伯温急忙遣人飞骑奏报朱元璋，请诛李彬以正法纪。

朱元璋见信，大吃一惊，想不到就在开国元年，竟出了这么多的贪官污吏！李彬如此大胆，他们这样的为非作歹，同贿赂公行的元朝有什么两样！此案如不严办，天下必乱。朱元璋急忙回示刘伯温，令他将抄没的赃银收归国库，将查实的罪官发配到凤阳，将首恶李彬问斩。

这期间，京城大旱，李善长等人准备祭神祈雨，皇上要杀李彬的批文已到。李善长还想再拖延时间，等朱元璋回来再为李彬向皇上求情，便向刘伯温说："正在祈雨的时候，是否可以先不杀李彬？"

"不，杀了李彬天才会下雨！"刘伯温斩钉截铁地回答。接着，下令斩了李彬。

七月底，朱元璋返回应天，那些受到刘伯温惩治的宦官、宿卫们纷纷到皇帝面前说刘伯温的坏话，李善长也到皇上面前攻击刘伯温如何专权跋扈。本来刘伯温的卓越才识和料事的准确都是朱元璋自愧不如的心病，这次刘伯温办案又如此雷厉风行，也使他嫉妒、疑惧，这些人在他面前这么一阵诬告，又触及了他的心病。朱元璋对刘伯温的嫉妒、疑惧便渐渐表现为对刘伯温的不满、不信任。

这时候，京城仍然不雨，禾苗干枯，土地龟裂。朱元璋下诏，让文武大臣们说说是哪些事得罪了上天，才会遭到如此惩罚。大臣们已经看出，这位开国皇帝变得越来越刚愎自用、多疑、固执，谁也不敢指出当朝有什么弊端。唯有忠于皇帝的刘伯温直言谏道："现在，阵亡士卒的妻子集中安置于别营，既不能改嫁，又不能与家人团聚，阴气郁结；死亡的工匠的尸骸暴露于野，未得安葬；张士诚的降将、降吏都沦为军户。这些事都有伤天意。"

毕竟，朱元璋有些迷信，他听了伯温的话虽然心中不悦，但对以上问题还是作了处理。只是十天半月过去，仍未下雨，不由对刘伯温又有些恼火。

通州失守，元朝廷大为震惊。元顺帝急召文武百官议事，左丞相失烈门启奏道：“臣以为能与明军相持而战的只有扩廓帖木儿，陛下可固守京师，急召扩廓帖木儿来援，等到明军孤军深入、粮草不济时，便可收复失地了。”

知枢密院事李斯则持相反看法，他说：“左丞之言诚然有理，但扩廓帖木儿若能抵挡明军，又为什么不阻挡他们过江，或者守住潼关呢？臣以为，中原大地的城池已丧失殆尽，守此孤城也是无益，不如避居上都再图大计。”

顺帝听后仍忧心忡忡，不知如何决断。奇皇后在听顺帝讲了朝廷上一走一守的议论之后，献计说：“妾以为，知枢密院事李斯之计可行。如固守大都，扩廓帖木儿一定来援；如退走上都，就可逼得扩廓不得不为解除自己的威胁而死战。”

顺帝依了奇皇后的主张，令淮王帖木儿不花监国，丞相庆童留守京师，自己带上皇后、妃子、太子及亲随乘夜开了健德门，奔居庸关而去，然后逃至上都。

八月二日，徐达率大军直抵大都城下。元兵早已人心大乱，见明军兵临城下，纷纷弃戈而逃。徐达率军攻下齐化门，一拥而入大都城，活捉了淮王帖木儿不花、丞相庆童、平章迭儿必失等，立即斩首。

徐达对入城将士下令，不准乱杀无辜，不准抢掠财物、侵扰百姓，并派兵守住府库和元皇宫大门。

捷报送到应天，朱元璋下诏，改大都为北平，又以应天为南京、汴梁为北京。至于定都在哪里，朱元璋犹豫未决。他以为，南京偏处南方，不便于加强对重心在北方的旧元的控制。五月间，他去汴梁，也是想考察那里是否适于建都，后一看那里无险可守，便放弃了迁都汴梁的想法。这时，北平既已占领，他便同诸臣议论建都的事。

有人说“关中险固”，有人说“洛阳居天下之中”，有人说“汴梁宋之旧京”，有人说“北平宫室完备，可省民力”。元璋说：“诸卿所言皆善，也有不同。金陵居长江天堑，向来是龙盘虎踞、江南形胜之地，足以立国。不过，朕以为临濠前江后淮，有险可恃，有水可漕运，亦可为中都。”

众臣听了，不管内心是否真的赞同，都齐声称赞“皇帝的主张好”。唯独刘伯温对于在此地营建中都不以为然，他说：“临濠虽为帝乡，是龙兴之地，但因多年以来就是地瘠民贫的淮河泛滥地区，又经几十年战乱，难以作为全国政事的中心。”

朱元璋提出营建临濠为中都，表面是因“有险可恃，有水可漕”，实际是因为那里是他的家乡。而刘伯温一语点破“虽为帝乡”，这就揭示了朱元璋的真实想法，并且又不同意他的主张，让朱元璋非常扫兴。

另一件事刘伯温也和朱元璋的看法不同。按照刘伯温同朱元璋商定的“征讨大计”，元璋两次派使者与察罕帖木儿通好，以便稳住北方。察罕帖木儿便派使臣、元户部尚书张昶与郎中马合谋带了御酒、八宝顶帽和任命朱元璋为荣禄大、江西等处行中书省平章政事的任命诏书，到了浙东方国珍处。方国珍派人将此事告诉了朱元璋，朱元璋为了等候北方的军事变化，故意搁置不理。直到过了一年，才把张昶一行召到应天。此时，察罕帖木儿已被田丰杀死，他的养子扩廓帖木儿继为统帅，并与孛罗帖木儿互相争战。朱元璋以为察罕一死，北方再无可怕的敌手，便将马合谋杀死，只留下张昶一人。

张昶熟知元朝的典章制度，朱元璋任命他为行中书省都事，并对刘伯温、宋濂说："元朝送一大贤人给我，你们可与他议论国事。"

张昶为朱元璋的建置、制度提出不少主张，并与杨宪、胡惟庸等成了好友。大家都为他说好话，朱元璋又升他为中书省参知政事。

张昶投朱元璋所好，指使人为他歌功颂德，劝元璋及时行乐。刘伯温看在眼里，便提醒朱元璋说："陛下，张昶的所作所为，欲为赵高也。"

秦朝的大奸臣赵高，专门教唆秦二世腐化享乐，尽行不义，从而断送了秦朝的前途。刘伯温希望朱元璋引以为戒。

果不出伯温预料，张昶对朱元璋提了不少"厉民之术"，就是对人民加重刑罚。幸亏刘伯温时常提醒，朱元璋才未轻易采纳。接着，张昶又密写奏章给元顺帝，探询他儿子的下落，此事被杨宪发觉，报告了元璋。

经大都督府审问，张昶供认不讳，大书"身在江南，心怀塞北"。此前，张昶已令亲信伺察、搜集刘伯温的隐私，欲加陷害。这时，朱元璋才看清张昶的真面目，便怒而杀之。

刘伯温忠直敢言，秉公执法，已经得罪了李善长，也引起了朱元璋的猜疑、嫉妒。他已经看到，当初将帅们打天下时那种同甘苦共患难的岁月已渐渐过去，一些功臣宿将们争权夺利、联姻结党的苗头正在出现。朱元璋成了具有生杀予夺大权的皇帝以后，再不像以前那样求贤若渴、虚怀若谷了。今后在朱元璋身边，触犯他的地方会更多，真是伴君如伴虎啊！功成身退，这是刘伯温早有的打算，他想躲开政治斗争的旋涡，毅然向朱元璋提出了告老还乡的请求。

恰在这时，二夫人陈氏病重，家里写信，催他速归。刘伯温拿着家信来到朱元璋面前，朱元璋正有点儿厌烦他，也就顺水推舟，批准他回家了。

此时，扩廓帖木儿远遁塞北，朱元璋要乘胜出塞追击，群臣也都附和皇帝的说法。刘伯温在与皇帝告别时，仍然“抗言直议”，语重心长地说：“陛下，王保保不可轻视。”

第二十一回　恩准回家又诏还朝　出师秦晋再扫北元

刘伯温与陈氏夫妻情深。陈氏温柔、活泼的性格使刘伯温在戎马倥偬中，每每得到慰藉和欢愉。刘伯温分明记得：初婚时她的娇羞与淘气，孩子出生后的惊喜与认真，同住绍兴时自家养鸡、种菜的田园乐趣，游山逛水时的高涨兴致……恨相聚短，恨离别长，聚和离都有一根无形的恩爱的线将他们牵连。当他得知妻子病重的消息，几乎是食不甘味、夜不安寝……

他到了家门口，一颗“扑通扑通”的心，几乎要从口中跳出来。他有多少话要同她说呀……

然而，年轻的陈氏已病入膏肓。刘伯温几乎是跑着来到了陈氏的病榻前，原先那位如花似玉的可人儿脸色如纸。他拉起她的手，攥在自己的手心里，眼泪“啪嗒啪嗒”掉下来。

她微闭的眼睛猛地睁开，发出了只有爱情才能燃起的那种生命之光，一种似梦非梦的感觉使她用力地抓住他的手，仿佛怕再失去。她笑笑：“回来了？你真的回来了吗？”

“是的，我回来了。今后我们再也不分开了。”

然后，二人凝眸相望，良久，良久，沉默着，通过两只温热的手，彼此都觉得对方的一颗心在“怦怦”跳动。

陈氏病床前话别离

伯温说："你放心，我回来，要请名医给你看病，你很快就会好起来的。"

"我能再见到你，就满足了。"两颗豆大的泪珠儿从陈氏的眼角滚落。

从此，刘伯温昼夜随侍陈氏左右，喂吃喂喝，几乎寸步不离。但是，这种相濡以沫的日子没过几天，病人终因心力衰竭而再没醒来。她平静地睡在刘伯温怀里，安详的容颜仍然是那样纯洁、那样美丽，似一朵洁白的花。

直到第二天清晨，大夫人富氏前来换班，才发现陈氏早已停止了呼吸，二人同时大哭起来。

陈氏才四十多岁就先走了，这对于早就向往功成身退、回家安享天伦之乐的刘伯温来说，打击太大、太突然了！过度的悲痛使他也病了，一种迟暮之感袭上心头，他真想从此隐居山林，读书、写诗、饮酒，安闲地度过晚年。

可是，刘伯温离开南京以后，朱元璋心里并不踏实。他变得越来越多疑、猜忌。他在想，如果刘伯温并无背叛之心，留在身边还是有用的；如真有背叛之心，让他回家岂不是放虎归山吗？凭着刘伯温的才干和在乡里的威望，他家乡的那支子弟兵队伍在他影响下很可能会构成对明朝的威胁。他越想越不放心起来。

刘伯温在洪武元年（1368）八月回家，过了三个月，在十一月十八日，朱元璋又亲下诏书，差人去把刘伯温召回。

从心里说，刘伯温不愿回南京了，但诏书中却有这样一句话："朕闻同患难而异心者，未辅。"这话是说，有人说同患难而有异心者才不来辅佐我，你当然不是这样。刘伯温还能说什么呢？只得又离家上路了。

刘伯温回到南京后，朱元璋对他恩宠有加。朱元璋体谅他丧妻之痛，特钦赐一名侍妾章氏，照顾他的起居。刘伯温既不敢拒绝，也不能以侍妾相待，而是像对待陈氏夫人一样。

这位年轻的章氏夫人，小鸟依人，不论是温顺多情的性格，还是姿质的美丽出众，都与陈氏差不了多少，这就为刘伯温的晚年生活平添了许多生气。后来，章氏又为刘伯温生了两个女儿。

刘伯温安居下来。朱元璋于十一月二十九日，一下子下了五个《制诰》：

追封刘伯温祖父庭槐为“中奉大夫参知政事护军永嘉郡公”、祖母梁氏为“永嘉郡夫人”；

追封刘伯温父刘爚为“资善大夫御史中丞上护军水嘉郡公”、母富氏为“永嘉郡夫人”；

封刘伯温大夫人富氏为“永嘉郡夫人”。

朱元璋要封刘伯温为公爵，刘伯温坚决推辞：“陛下乃天授，臣何敢贪天之功？圣恩深厚，荣显臣先人已足够了。”

在这之前，章溢回乡，经过一番调查，得知处州七县的税粮比宋朝每亩增加了五分。刘伯温上奏皇帝说：“处州青田县，山多地少，百姓多在山上垒石造田，耕种农业甚难。”

元璋说：“伯温先生有功于国，青田县田亩五分附加可以免除，使百姓知刘伯温之心。”

刘伯温为本乡百姓争得实惠，又荣显祖宗，得赐侍妾，他已知足。追封他先人时，元璋未与他商量，而要封他公爵时却要与他商量，显然缺乏诚意，所以刘伯温谢绝了。

洪武二年（1369）十月。一天，朱元璋在刘伯温面前指责李善长的一些不对，想要撤掉李善长左丞的职务，他觉得刘伯温同李善长有矛盾，想从刘伯温嘴里掏出一些善长的短处。刘伯温也知道李善长心地狭窄，才干不足，但比较起来，目前担任左丞还是合适的。因此，他诚恳地对元璋说："善长是开国元老，又善于协调诸将，这是别人所不及的。"

"他曾多次说你坏话，欲加害于你，你反倒为他开脱。朕想，还是你来担任左丞合适。"

刘伯温赶忙叩头，说："陛下，换相好比换大厦的梁柱，必须大木，若把小木束在一起来顶替，大厦会倾覆的。"

元璋只得暂时作罢，转了话题。

李善长自投奔朱元璋以来，一帆风顺，权位在朱元璋一人之下，在官僚中渐渐有了根基，这是朱元璋不能容忍的。李善长也感觉到了皇上对他的不信任。李彬被杀以后，皇上虽未直接责问他，但李善长已感到杨宪在暗地里监视他。这时候，正好偶感风寒，他便向皇上请假养病。

朱元璋决计换相。他想了好几个候选人，去征求刘伯温的意见。他先问道："先生看，杨宪如何？"

"杨宪有相才，无相器。宰相必须公正而有气量，心要像水一样清纯，行事合乎义理，不掺杂个人好恶与恩怨。杨宪恰恰不是这样。"

"那么，汪广洋呢？"

"这人偏狭浅薄，比杨宪还甚。"

"胡惟庸怎样？"

"他好比驾车的辕牛，他驾了辕恐怕会乱蹦乱跳，把车子弄翻的。"

"既然这样，我看这相位，没有比先生来担当更合适的了。"

“臣实不敢当。臣疾恶太甚，又不耐烦繁剧的行政事务，勉强去做，会辜负圣恩。天下何患无才？主上圣明，只要细心寻求，一定会物色到更合适的人，只是目前的这几位未必合适。”

朱元璋不赞同刘伯温的看法。这时候，他已掌握了生杀予夺大权，并不想真正倚重于任何一个人。他把文武百官都视为可以为我所用的工具，需利用时且利用，不合用时就换一个。

洪武三年（1370）四月，朱元璋设立了弘文馆，又给刘伯温加了一个弘文馆学士的头衔。

因为刘伯温“勋著于国”“才德俱优”，所以才受到如此重用。

刘伯温不敢怠慢，自兼任弘文馆学士以后，便帮助朱元璋恢复科举制度，规定逢子、午、卯、酉年八月举行乡试（省试），逢辰、戌、丑、未年二月举行会试。凡乡试皆以初九为第一场，过三日后为第二场，又三日为第三场。第一场考试《经》义二道及“四书”义一道，也就是要在“四书”“五经”范围内命题，且要以程朱理学对这些经典的解说为依据；第二场试论一道；第三场试策一道。中试以后的第十天，再行考试骑、射、书、算、律五科。

全国举人齐到京师会考，称会试。会试及格，再经殿试（或称廷试）。会试内容与乡试一样，殿试由皇帝亲自主持，另有读卷大臣协助，只试一场策问，大多就当时的政治和经济问题发问，由应试者作文回答。殿试结果出榜公布，分为三甲。一甲三名，赐进士及第。第一名称状元，第二名称榜眼，第三名称探花。二甲若干人，赐进士出身。三甲若干人，赐同进士出身。状元授官翰林院修撰，榜眼、探花授官翰林院编修，二三甲考选为庶吉士的都是翰林官，其他或授给事、御史、主事、中书、行人、评事、太常国子博士，或授府推官、知州、知县等官。

举人、贡生多次参加会试不中的，可改入国子监深造，也可选作小官，或作府佐和州县正官以及学校教官等。

刘伯温协助朱元璋制定了科举制度后，京师及各行省于洪武三年（1370）八月举行乡试。京师乡试，朱元璋亲自任命刘伯温、秦裕伯为主考官，宋濂、詹同等为同参官。

朱元璋在询问刘伯温谁可为相的那次谈话以后，没听刘伯温的劝阻，在李善长称病以后，还是让杨宪担任了左丞。但这位“有相才无相器”的杨宪为相不过两年，在洪武三年（1370）七月，也就是刘伯温当主考官的头一个月，便因罪被诛。他的罪过就是为相以后恃才傲物，遇有不如己意者，动辄攻击中伤。在中书省，杨宪独断专行，不但要改换中书省旧制，也想把旧吏尽皆罢去，换上自己的亲信。与他同时被任命为右丞的汪广洋，对杨宪的专擅跋扈很不满，但又尽力虚与委蛇，不同他计较，仍不能使杨宪满意。杨宪唆使侍御史刘炳弹劾汪广洋，要罢掉汪广洋的右丞，并要将他充军广南。皇帝没有准许，杨宪仍不甘心，继续令刘炳对汪广洋有所指责。元璋渐渐看出刘炳是在诬告，即命人将刘炳逮捕入狱，刘炳从实招供，朱元璋大怒，便杀了杨宪。

本来，刘伯温与杨宪交往还是较多的，如果那次在皇上面前说他的好话，在多疑的朱元璋面前就难以洗刷了。所以那次说了杨宪的缺点使他没有受到牵连。但这件事仍然使刘伯温震动很大，心想，大明已经建国，正如马皇后对皇帝所说：“君臣相保难”，还是告老还乡的好。

元顺帝逃到上都，仍保有一套政府机构，据守关中的张良弼、李思齐，以及驻在太原的扩廓帖木儿都还有相当的军事实力。徐达军在北平稍事休整，决定出师秦晋，扫荡元军。

一路由常遇春、傅友德率领，从北平出发，南取保定、真定；一路由冯宗异、汤和率领，从河南渡黄河，攻取怀庆（今河南沁阳）、泽州、潞州（今山西长治）；然后，集中兵力攻太原。

元顺帝逃离大都时，曾命扩廓帖木儿出雁门关，由保安州经居庸关打进北平。当徐达军向山西挺进时，扩廓已率兵出雁门关向保安州进发。徐达侦知这一情况，决定趁太原空虚进行突袭。他对诸将说：“王保保率师远出，太原必然空虚。北平留孙兴祖指挥六卫军队足以镇守，我和诸位将军乘其不备，率军直抵太原，占领扩廓巢穴，使他进不能战，退无所归，这就是兵书上所说的批亢捣虚的战术。如果扩廓回救太原，就会被我牵制，造成他进退失利的败局。”

诸将齐声赞扬：“统帅之计高明！”

洪武元年（1368）十二月，徐达大军经井陉、平定进取榆次，直逼太原。扩廓得信，果然从保安州返师，回救太原。他的先锋骑兵队伍，日夜驰骋，以排山倒海之势很快来到太原城下。徐达命傅友德、薛显各率精骑健卒从两翼杀出，把扩廓杀退，扎营城西。

徐达部将郭英登上一高台遥望，见敌营内黑压压一片，兵员数万。他回营报告常遇春说：“敌兵虽多，但杂乱不齐，立营虽大，防备不严，我军可趁夜劫营，打他个措手不及。”

常遇春以为他的主意可行，便去报告徐达说：“我军骑兵虽已在此集结，但步兵大部队还未到达，这时与敌交战，敌众我寡，必然会伤亡过重，趁敌人尚不明虚实，派精兵夜袭敌营，造成敌营慌乱，我军可以少胜多，生擒敌酋，”

徐达很是赞同他们的计划。诸将正在筹划夜袭行动，忽报扩廓营中有密使送来书信。徐达开封读信以后，退入后帐，立即写了复信，交给密使，然后照原计划调兵遣将，一个个细心叮咛。

这天夜里，薄云四布，郭英率精骑三百，潜行到敌营附近，一声炮响，四面纵火，火光冲天，如同白昼。常遇春见了信号，率兵前进。此时，敌营里面也有一队人马呐喊着出来。两军相遇，不但没有厮杀，反而互传暗号。接着，敌营的那队人马便引着明军向主营扑去。

扩廓帖木儿正点燃蜡烛坐在帐中专心读书，两旁有书童侍立。他忽听外面喊杀连天，急忙推案而起，找了一只靴子蹬上，另一只脚还光着就跑出帐外，一看四面火光烛天，便顺手牵过一匹马跨上去，举鞭猛打，寻路北逃。

遇春等杀入敌营，营中已经大乱。他大声喊道："降者免死！"

于是，元军相继抛掉武器，跪降于明军马下。这一仗，明军共得兵四万人、马四万匹。

这一仗打得如此顺利，还应归功于扩廓部下那个叫豁鼻马的将官。他见元朝气数已终，明朝初兴气盛，便有率众归附的打算；又听说徐达虚心下士，不杀降者。所以，这次一看徐达大军到来，便背着扩廓暗中递书给徐达，愿为内应。

扩廓逃走，太原得手，徐达又乘势分兵数路，扫荡山西境内的元军。常遇春率轻骑北上追击扩廓，到忻州转回。扩廓从大同逃往甘肃，傅友德、薛显向西进攻石州（今山西吕梁），大败元军。冯胜等进攻猗氏（今山西临猗南）、平阳（今山西临汾西南）、绛州（今山西新绛），阳曲、榆次、平遥、介休等地，陆续平定。

洪武二年（1369）二月，徐达率军进驻河中（今山西永济西南蒲州镇），准备进攻陕西。三月初一，徐达从蒲州渡河，初六到度台，驻奉元（今西安）的元将张良弼闻风逃到庆阳，驻守凤翔的李思齐、郭远逃往临洮。

四月初二，徐达在凤翔召开军事会议，商讨下一步作战方略。大家七嘴八舌地献计说："李思齐现在逃往临洮，本应乘胜追击，但张良弼又逃到了庆阳，张良弼的才智不如李思齐，而且去庆阳比去临洮要近，所以我们可先从豳州进攻庆阳，然后再取临洮。"

徐达说："诸位只知其一，不知其二。庆阳城险，原来驻守庆阳的陈思道早有防备，再加上张良弼的兵将，不是那么容易就能攻下。临洮虽远，但它西通番戎，北界河湟[①]，若是被李思齐长期占据，可以联外固内，将来扎根牢固了，必难拔除，不如趁他初去，我们集中重兵将它攻下。只要临洮攻克，其他郡县也就不难拿下！"

经徐达这样一讲，诸将也都赞同。徐达即令汤和守营，金兴旺等守凤翔，自己率主力西趋陇州，直向陇西挺进。元军闻风投降，陇州、秦州（今甘肃天水）、巩昌（今甘肃陇西）很快就被攻下。为防止李思齐北逃，又派顾时、戴德率兵攻克兰州，切断他的北路。

兰州一攻即克，李思齐还想固守临洮，部将赵琦见势不好，私掠妇女、财宝逃匿到山谷去了。李思齐无奈，只得献城投降。冯胜将李思齐送到徐达大营，徐达又将他送到南京。元

① 河湟：河指黄河，湟指湟水。

璋以礼相待，封为江西行省左丞。但李思齐并未赴任。

朱元璋命常遇春回北平防守，其余诸将随徐达往攻庆阳。张良弼十分恐惧，留他弟弟张良臣守庆阳，自己仓皇逃往宁夏，中途被扩廓的军队活捉。徐达军沿途攻下安定、会州（今甘肃靖远）、诸宁、隆德，于五月初越过云盘山，到萧关，一举攻占陕西重镇平凉。此后徐达又派朱明攻克延安，汤和攻下泾州，对庆阳造成三面包围之势。

徐达派薛显领轻骑五千赴庆阳，张良臣俯伏道旁，表示归顺。谁知他是诈降，到夜间，他派精兵劫营，薛显无防备，兵被冲散，指挥张焕被捉，薛显中流矢逃回徐达营中。徐达说："今日事出意外，张良臣固守一隅，终要败亡！"

于是，徐达传令诸将，从四面围住庆阳，断绝张良臣的援路。

张良臣想顽抗下去。他不仅本人悍鸷，而且有皆善用枪的七个养子和一个绰号叫"金牌张"的骁将。同时，庆阳城高险，上有井泉，可以长守。

徐达围攻数月，一时难下。张良臣多次突围，没能成功，只得派人潜往宁夏，请扩廓派兵支援，但使者又被徐达军俘获，弄得城内粮尽援绝。他的部将姚晖看已无希望，便私下开门乞降。

明军自北门入城，张良臣与他的七个养子无力再战，无奈投入井中。明军把他们从井里捞出，送到统帅面前。

徐达历数张良臣罪状，责他降而复叛，背信弃义，即命推出斩首。张良臣父子八人伸颈就戮。

徐达又命顾时、傅友德、薛显等击败贺宗哲，陕西就此平定。

第二十二回 进军途中遇春暴卒 奏捷声中徐达班师

洪武二年（1369）春，副将常遇春同偏将李文忠率步骑九万从北平出发，在锦州杀败敌军江文清，在会宁（今黑龙江哈尔滨市阿城区南白城）又赶跑了元将也速。接着，李文忠配合常遇春进攻大兴州，将千骑分八面埋伏，出奇兵攻破城池。守将连夜逃遁，被全部活捉。

他们一路马不停蹄，一直攻克开平（元上都）。元顺帝正驻在开平，听到明军追来，又仓皇北逃。常遇春挥师追击百余里，擒获元宗王庆生及于章鼎住等以及军士万余人、车万辆、马三千匹、牛五万头。至此，蓟北平定。

常遇春打算再回庆阳协助徐达攻打张良臣，没想到走到柳河川突发暴疾，霎时间痛彻全身，连以前已经医好的箭创也重新溃裂，自知情况不好，忙把副将李文忠和诸将召入帐内，痛苦地与他们诀别，说：“我，已经不行了，请诸位将军听从李文忠将军指挥……”话未说完，遇春即撒手而去，年仅四十。

常遇春，濠州怀远人，世代为农，自幼习拳练武，尤善骑射，百步穿杨。二十三岁时加入了起义军刘聚部队，做十夫长，但他发现刘聚只知抢掠财物，没有远大目标，便去投奔元璋，从此开始了追随朱元璋南征北战的戎马生涯。他参加了守卫和州，攻拔采石、太平的战斗，被升为总管先锋、总管府都督。随后，遇春率军守卫溧阳，配合主力进攻集庆。朱军占集庆后，遇春随徐达攻镇江，围常州，打宁国。宁国之战，遇春以万夫不当之勇，在身负重伤之后，生擒元将朱亮祖。遇春因功被授予江南行中书省都督马步水军大元帅。

龙江会战后，遇春奉命回守应天，后被提升为行中书省参知政事，以后又随朱元璋打江州，救洪都，参加鄱阳湖大战，东征张士诚，直到北伐被任命为副帅，始终冲锋陷阵，立下了不可磨灭的汗马功劳。

他幼时因家贫，没有机会学习书史，但他用兵却往往符合兵书和历史旧例。他曾说："我可领十万兵横行天下。"因此，军中称他为"常十万"。大将军徐达比他小两岁，但遇春给他做副将，一切都尊重徐达的运筹指挥，尤为难得。

就是这样一位常胜将军竟英年早逝，全军无不为之悲悼！

噩耗传到南京，朱元璋深为震惊。灵车到达龙江，元璋亲往祭奠，恸哭而还。他下令用宋太宗为赵普发丧的礼仪办理常遇春的丧事，赐葬钟山北麓，追赠太保中书右丞相，追封开平王，谥忠武，配享太庙，位置仅次于徐达。

元璋又下诏，命李文忠代替常遇春职务，继续西进，与徐达会师，助攻庆阳。

文忠率军走到太原，巡卒报告，元将脱列伯等正在围攻大同。文忠对右丞胡惟庸说："古语说，将在外，君命有所不受。我等受命西进，只要是对国家有利的，就要见机而行。如今大同被攻，正需要救援，如果再等上边的命令，那就来不及了。"

惟庸说："事不宜迟，就请将军决断。"

于是，文忠率军由代郡（今大同东北）出雁门，到了马邑（今山西朔州），正赶上元平章刘帖木儿率骑兵数千而来。正是冤家路窄！经一阵迎头痛击，敌众败退，刘帖木儿被俘。再进军白杨门，又擒获了敌寇四天王。

到了晚上，雨雪纷纷，文忠已经择地安营。这时，雪越下越大，山路皆白。他带了数骑巡察四周，觉得山前山后似有行人踪迹，于是策马回军，领兵前行五里才安营扎寨。大家不明是怎么回事，正在议论，文忠召集诸将入帐说："我看山上雪径分明，一定有伏兵出没，在前面扎营，一定危险很多，现在转移到这里比较安全，但仍需做好准备，静候号令，如有妄动，小心军法！"

到了夜半，果有敌兵前来劫营。文忠下令：只准守，不准战。敌人呐喊了几次，不见有人接战。待到将近天明，大批敌兵拥至，敌帅脱列伯料想营中有了防备，正想麾兵退却，李文忠却命早已挑选好的一支人马迎敌，下令拼力死战，不得后退。

直到敌军已打得疲惫、饥饿时，文忠才指挥大军从两翼杀出，势如泰山压顶，锐不可当。脱列伯正要杀出一条血路逃走，文忠跃马上前，一枪刺中脱列伯马首，"咕咚"一声，脱列伯随马坠地，当即被明军拥上活捉。元军见主帅被擒，纷纷下马乞降。返营后，文忠召脱列伯入帐，为他解缚，招待饮食。脱列伯感激不尽。

与脱列伯同来的元将孔兴，率领部分残兵，逃到绥德，为部下所杀。部下带了他的首级来文忠营投降。元顺帝此时已逃到和林，虽组织了几次反攻，却都落得个损兵折将的结果，只好哀叹：“天命已去，不可挽回了。”从此，他不敢再往南走。

文忠平定大同以后，拟驰赴庆阳，正走在途中，得知庆阳已下，便留在大同待命。

此时，徐达奉诏，与李文忠等班师回朝。

那扩廓得到消息，乘虚袭击兰州。明指挥张温时为兰州守将，整兵迎战，扩廓被打得稍稍后退一些。张温收兵入城，扩廓再次进兵合围，绕城数圈。巩昌守将于光，率兵来援兰州，行至马兰滩，遇元军埋伏，被擒。元军将他推到兰州城下，令他呼喊张温投降。于光大呼道：“张将军听着，我虽不幸被俘，但是大兵将到，将军只要坚守，元军是长不了的……”

元兵怒砍于光，城中将士见状，守御更加坚固。后冯胜发兵救援，扩廓果然卷旗西去。

元璋闻知，下令抚恤于光家属，提拔张温为都督佥事。元璋又同徐达、李文忠、邓愈等讨论了下一步肃清西北元军的军事部署，仍任命徐达为征虏大将军，李文忠、邓愈为左副将军，冯胜、汤和为右副将军，继续北征，扫荡侵扰北方的元朝残余力量。

临行时，元璋问诸将：“元王留在塞外，王保保犯我兰州，日夜攻打，不消火他就不会罢休。诸位将军出师，当以攻打何处为先？”

诸将答道：“王保保屡犯边疆，无非因为元主还在，有心扶他东山再起，若我军直取元主，王保保自然失势。”

元璋说：“王保保率兵寇边，正应出师讨伐，目前若舍了王保保直取元主，那是舍近图远，不能算是上策。朕意兵分两路：一路，令大将军自潼关出西安直取王保保；另一路，令左副将军出居庸关，入沙漠追袭元主，使他们自救不暇，这就算一举两得了。”

众将都说：“皇上妙计！”各自分路而行。

元璋喜爱扩廓的武功文才，便命李思齐带着御笔书信前去招降他。李思齐本与扩廓有仇，这次让他到扩廓处下降书是否有借刀杀人之意？李思齐有此想法，但不敢违抗，硬着头皮出使宁夏。

不过，扩廓见了李思齐，倒也以礼相待，只是当李思齐说到大明皇帝要招降他时，才闭口不答，并立刻派遣骑士若干，将李思齐送走。到了塞下，骑士们对李思齐说：“主帅有令，诸将军留下一物作别！”

“我远道而来，没有带什么东西。”

“珍玩财宝，我主帅并无所爱，但爱将军一臂，请你留下吧！”

李思齐明白了，要取他一臂是责他未能助扩廓一臂之力。他自忖无力反抗，只得拔出佩剑，自砍左臂。臂断血流，他立时晕倒。骑士们上前为他包扎创口，敷上药，拾起他的左臂，回去复命。

李思齐负创归来，见过皇帝，说明经过，没有几天就痛死了。

徐达知扩廓不肯降，率军急驰，直抵安定。扩廓退驻沈儿峪，两军隔沟对立，一日数战。明左丞胡德济是胡大海养子，扎营东南，到了半夜，突然听到营外火起，慌乱间不知所措。元军乘机杀入，亏得徐达亲自带兵来救，才将元军杀退。

扩廓在夜间派千余骑前来劫营，本是常事，但胡德济疏于防备，事到临头又不沉着应战，几乎使全营覆没，却实属失策。战后，徐达将德济召入帐内，训斥道："你身为左丞，处在敌我争夺的关键地方，不做防备，临阵又不能带兵杀敌，实在是罪不可恕！"当即吆喝左右："给我绑了！"

徐达环顾诸将，严肃地说："德济违律当斩，念他是功臣后裔，送他回南京，请皇上发落。"说完，徐达又命把德济以下几个疏于职守的部将推出营外正法。大家瞠目结舌，不敢求情。

第二天，徐达整队出发，全军振奋，不大一会儿，军士们奋勇过沟，扩廓军还未成阵，明军已经杀到，长枪大刀，似霹雳闪电，劈头盖脸地压来，元朝的郯王、济王，以及国公阎思孝，平章韩扎儿、虎林赤、严奉先、李景昌、察罕不花等，都纷纷落马，被明军生擒活捉，扛抬而去。

扩廓带了妻儿数人，落荒而逃。他们慌不择路，狂奔了一日一夜，忽听得前面流水"哗哗"地响，立足细看，才知已到了黄河岸边。河边没有船只，后边杀声又起，扩廓与妻儿不禁哭道："前有大河，后有追兵，看来我们已走上绝路了！"

他正说到这儿，大概是命不该绝，忽见上游漂来一段长数丈的浮木，扩廓转悲为喜，急忙扶妻儿跨了上去，自己用手中方天戟划水，过河去了。

明都督郭英率领的追兵见河边寂无一人，以为扩廓已逃往宁夏，便觅路追去。追到宁夏仍不见扩廓踪迹，只得回军。其实，扩廓此时已逃往和林。

这场大战，明军俘元将千余人、士卒八万余人、马万余匹。

徐达乘胜挥师南下，自徽州、沔州（今陕西勉县东），进克陕南重镇兴元（今陕西汉中）。

与此同时，东路军李文忠率兵十万，出居庸关，降服了兴和，进兵察罕脑儿（今河北沽源东北），擒元平章竹贞。

接着，李文忠进兵骆驼山，击走元太尉蛮子，平章沙不丁、朵儿只八剌等，乘胜直捣开平。元平章上都罕等无法抵挡，持开平图籍，到军前乞降。

这时，元顺帝已病死于应昌（今内蒙古达来诺尔湖西侧），他的儿子爱猷识里达腊刚刚继位，立足未稳。李文忠又日夜兼程，赶赴应昌。元嗣主得报，哪里还敢抵挡，连忙带上儿子买的里八剌、后妃宫娥、诸王将相官属数百人开城逃走。

这时，明军前锋已经杀到，元将百家奴、胡天雄等保着爱猷识里达腊向北逃脱，买的里八剌等则被明军捉住。应昌没了主子，李文忠率军直入，搜得金元、玉玺、金宝玉册、镇圭、大圭、玉斧等物，以及驼、马、牛、羊无数。

接着，文忠又麾兵追击元嗣主至北庆州，无获而返。路过经州，遇上了元国公江文清，战了没有几个回合，即将他擒住，降兵卒三万多人。到红罗山，又降杨思祖部众万余人。

李文忠派使者到南京告捷，并押解买的里八剌等到南京。

元璋对买的里八剌好言抚慰，赐他冠带，并封他为崇礼侯。

过了数月，也就是洪武三年（1370）十一月，徐达、李文忠等班师回京。朱元璋亲率文武百官到龙江迎接、慰劳，回宫后又大摆宴席，庆祝胜利。

第二十三回　庆祝胜利大封功臣　急流勇退告老还乡

庆祝南征北伐的军事胜利以后，朱元璋命大都督府及兵部详细记述、上报诸将的战功，又令各部特别是礼部筹备大封功臣的事务。

元璋特别召刘伯温入朝，同他密商诸王分封属国的事。诸王分封到各地，具有统兵驻边的性质。这事本应由皇上同左右丞相商议，如今皇上抛开了这两位主要角色，看来是对他们都抱有戒心。刘伯温又想，皇上已命各部筹备大封功臣，看来随着战争的不断胜利，封功臣是虚，封王是实。

关于封王的事，刘伯温认真查考了史籍。《左传》载，封王制始于商朝，“子孙分封，以国为姓”。流传至今的百家姓也多始于当时的王国。王国兴盛，姓他姓者就多；反之，姓他姓者就少。若是这一王国灭亡，百姓也就改换他姓。

到了周朝，封建宗法成为定制，汉高祖分封诸王，同姓王与异姓王并存，后来异姓王渐被削夺，余下的同姓王总揽军政大权，以致生出“吴楚七国之乱”，以“清君侧”为旗号，互争皇位。晋朝只封同姓王，后来也因争权夺势酿成“八王之乱”。

唐朝为避免生乱，皇室子弟只有王的名号，而不封国邑，同居京师。宋朝封王，不仅无国邑，也不世袭，并以科考取仕。到元朝，诸王之权又加强，成为各行中书省军政大权的专有者。

从历史上看，分封诸王有利有弊，王权过重必生乱。

刘伯温揣摩朱元璋的心事，原来军中有元璋的几个义子，都很受重用，一是领兵打仗，二是监察军队。现在天下战事愈来愈少，他要封王，正是他对外姓诸将势力扩展的疑忌。因为，诸王的权利必会一天天增强。

刘伯温将王国分为前线与后方。前线诸王沿长城立国，又分为内外二线。外线以广宁（今辽宁北镇市）为中心建辽国，以大宁为中心建宁国，以北平为中心建燕国，又在宁夏河西走廊建肃国。内线则在太原建晋国，西安建秦国。后方重镇开封、武昌、青州、长州、兖州、成都、荆州，都要建王国。

刘伯温把他想好的王国设置写成奏章，又代元璋起草了诏谕：

天下之大，必建藩屏，上卫国家，下安生民。今诸子既长，宜各有爵封，分镇诸国。朕非私其亲，乃遵古哲先王之制，为久安长治之计。考诸古昔帝王，既有天下，子居嫡长者必正位储式。若其众子，则皆分茅胙土，封以王爵。盖长幼之分，固内外之势者。

朕今有子十人，前岁立长子为皇太子。爰以今岁，封第二子为秦王、第三子为晋王、第四子为燕王、第五子为吴王、第六子为楚王、第七子为齐王、第八子为潭王、第九子为赵王、第十子为鲁王、侄孙为靖江王。是皆授之以册宝，设置相辅官属。

朱元璋看了奏章和诏谕草稿，十分满意，又请刘伯温择定大封功臣吉日。

十一月丙申日，朱元璋驾临奉天殿。满朝文武大臣换了崭新的朝服，云集殿内，分列两阶。在一阵丝弦鼓乐之后，群臣向皇上跪拜。

朱元璋先是分封诸王，宣布每个亲王岁禄万石，设置相辅官属、护卫甲士，多的一万九千人，少的也有三千人。赐予各王冕服、车骑、邸第。

接着，朱元璋大封功臣：

进封宣国公李善长为韩国公，信国公徐达为魏国公，常遇春之子常茂为郑国公，李文忠为曹国公，邓愈为卫国公，冯胜为宋国公。封侯者二十八人：汤和、唐胜宗、陆仲亨、周德兴、华云龙、顾时、耿炳文、陈德、郭兴、王志、郑遇春、费聚、吴良、吴桢、赵庸、廖永忠、俞通源、华高、杨璟、康茂才之子康铎、朱亮祖、傅友德、胡美、韩政、黄彬、曹永臣、梅思祖、陆聚。食禄各有差别。汪兴祖、薛显二人也封侯，但因汪兴祖妄杀投降的元将士、薛显乱杀无辜，封侯而不给铁券。

朱元璋对群臣说：

凡今爵赏次第，皆朕所定，至公而无私。

御史大夫汤和，与朕同里闬，结发相从，屡建功劳；然嗜酒妄杀，不由法度。

赵庸从平章李文忠取应昌，其功不细；而他私其奴婢，废坏国法。

廖永忠战鄱阳湖时，奋勇忘躯，与敌舟相拒，朕亲见之，可谓奇男子；然而，使所善儒生窥朕意向，以徼封爵。

佥都督郭兴，不奉主将之命，不守纪律，虽有功劳，未足掩过。

此四人止封为侯。

平章李文忠，总兵应昌，逐前元太子，获其皇孙、妃嫔、重宝，悉归朝廷，此功最大。

御史大夫邓愈，自幼相从，屡更任使，虽经摧挫，口无怨言。此二人者宜列公爵。

左丞相李善长，虽无汗马功劳，然事朕最久，供给军食，未尝缺乏。

右丞相徐达，与朕同乡里，朕起兵时即从征讨，摧强抚顺，劳勩居多。此二人者已列公爵，宜进封大同，以示褒嘉。

今日所定，如爵不称职，功不酬劳，卿等宜廷论之，无有后言。

朱元璋的这番话，使得受封的人不能不服，一个个跪拜在地，高呼：“谢主隆恩！”

第一批受封的功臣共三十六人。像行省右丞薛显这样的人，朱元璋当面数落他妄杀有罪，谪居海南，仍然封他为永城侯，把他的俸禄分为三份，两份用来赡养被杀者家属，一份给他的母亲、妻子。也就是功归功，过归过，奖功罚过，不废法度。刘伯温的功不下于李善长，然而，他却未被进封。

可能是朱元璋听了“廷论”中有人提了意见，或许他自觉不妥，在封了三十六位功臣二十天之后，又补封中书右丞汪广洋为忠勤伯、御史中丞兼弘文馆学士刘伯温为诚意伯。

在《诚意伯浩》中，元璋一方面夸奖他“能识朕于初年，秉心坚贞，怀才助朕，屡献忠谋，驱驰多难。其先见之明，比之古人，不过如此”；一方面又只封了个三等伯爵，食禄二百四十石，以给终身，子孙不世袭。

从六月初受封的三十六人加上后封伯爵的汪广洋、刘伯温共三十八人，刘伯温排在最后。如因刘伯温曾谦让公爵而仅封伯爵，俸禄就应多些，子孙可以世袭，然而，朱元璋给李善长的俸禄是四千石，汪广洋也有六百石，刘伯温却只有二百四十石，相差实在太多。

李文忠才三十一岁，却被封为曹国公，同知军国大事，食禄三千石，赐诰命铁券。

李文忠的父亲李贞是朱元璋的二姐夫。李文忠十二岁时，母亲死于兵祸，在他们父子逃亡时又与父亲走散。李文忠十四岁时投奔正在红巾军中的四舅朱元璋。朱元璋把他视为己子，令他学经史、练武艺。他十九岁开始带兵打仗，以后十余年中驰骋沙场，屡建功勋，升官很快，洪武元年（1368）被授予江浙行中书省平章政事。在满朝文武大臣中，他是最年轻的国公。

有人议论李文忠升国公是因为皇亲的身份。这话传到朱元璋耳朵里令他顿生警惕。他想，李善长、徐达被封在第一、二位，不能再有什么不满，最大可能是刘伯温。可是，朱元璋只封他为诚意伯也有他的考虑。

征北大将徐达在攻下元大都以后，从元朝宫廷里取了一批珍宝文物，派专使送到南京。这些文物中有元朝十三代的实录秘籍，还有其他御藏图书。

刘伯温得信，很是兴奋，连夜赶写奏章，建议皇上利用这些材料，编修一部《元史》，并推荐好友宋濂担任编修总裁。朱元璋读书不多，但他知道，自有《汉书》《史记》以来，历朝皆由重臣主修正史。大明开国，理应把这一件大事抓起来，所以，他立即准奏。

宋濂得旨，十分高兴。他又请李善长、王袆作总裁，任命了十余名编修官，集中住在天界寺内，全力以赴编修《元史》。编好这部书需要较长的时间。朱元璋急于从元朝统治中吸取教训，又命宋濂先把元朝历年发生的大事，从实录中摘出，工工整整誊写清楚，送到宫内。

朱元璋认真阅读。他看到元顺帝即位后，先是由伯颜独专相权，被封为秦王，赐金印，进封太师，总领蒙古、钦察、斡罗思诸卫军都指挥使。伯颜日益专横，私收贡赋，恣意妄为，天下人只知有伯颜。于是，顺帝和御史大夫脱脱密谋，发诏将伯颜逐出朝廷。伯颜病死于赴江西途中。

脱脱任右相后，因与左相不和而辞职。两年后复相，进行报复，后因干涉太子的事得罪了奇皇后，终于被顺帝削官。流放中，他又被政敌用药酒毒死。

这些事元璋早已知道，原来总认为是顺帝无能，现在看，他很快地除掉两个专权的丞相是很有手段的。脱脱以后，是协助顺帝除掉脱脱的哈麻为相。哈麻同他弟弟操纵朝政，甚至阴谋立太子来架空顺帝，结果又被顺帝免官杖死。

朱元璋渐渐明白了，一个丞相被免官、处死，表明了皇权与相权斗争的激烈。顺帝以前的五个皇帝在位时，除了皇室内部的争权夺势，就是皇权与相权的你死我活的争夺。那个佥枢密院事燕帖木儿，先杀明宗，后害文宗，废帝、立帝如翻云覆雨，最使朱元璋触目惊心。

以史为鉴。这次朱元璋大封功臣，主要不在给功臣们名誉地位，而在于重新调整权力结构。先把诸王的属国确立下来，这就可在战争结束后削夺重臣的兵权，使朱家天下不至于落在外姓手中。他以为朝中具有震主之威的有四人：文有李善长、刘伯温，武有徐达、常遇春。常遇春已死，不会再有威胁；李善长陷入李彬旧案的麻烦之中，暗地里正受到监视；徐达在军中威信最高，但今后重用李文忠，一可分他的权，二可从旁监视；只有刘伯温，是军国大事出谋划策的人才，无人可以代替，又不能不加以防范。所以，朱元璋的想法是，表面封以显爵不是要除掉就是要削权的人，不封显爵的却是要用的。而且，合用则用，不合用时一脚踢开也是容易的。

这样思谋了几天，朱元璋召见刘伯温，试探性地问："遇春英年早逝，朕极痛惜，现今元朝残部未灭，朕欲再遣徐达为征虏大将军率兵北伐，先生看，谁可任副将？"

"曹国公李文忠可当此重任。"

"文忠年轻，又是朕的外甥……"

"陛下，自古荐贤不避亲，李文忠文武双全，北征时战功赫赫，人们不会不服。"

"朕已封文忠为国公，如再授以副将，是否显得过宠？"

"臣以为，封爵是表彰他过去之功，授职则是激励他为将来出力。有显爵，再委以重任，这是顺乎情理的。对年长的封爵可以使他安心，对年轻的则可励志。若封爵而不用其才，那就可惜了。"

刘伯温智慧过人，早已看出朱元璋的用心。他听到朝臣对封功臣的一些议论，就预料到朱元璋会怀疑到自己身上。朱元璋对军权做了安排，对相权却只有防备之心而无良策。元顺帝除掉伯颜、脱脱和哈麻虽然果断，但后来又有孛罗帖木儿逼宫，成败只在须臾间。这不能不是朱元璋的大心病。刘伯温似乎看透了他的心事，便以丰富的历史知识说明自己对相权的见解。

他写给皇上的奏折中讲了宋太祖建国初期的故事：那时候，宋太祖赵匡胤拜范质、王溥、魏仁浦三人为相，各司其职，互补短长，均以善终。后来，赵普一人独相，专权抗旨，宋太祖终于将他罢官，又拜薛居正、沈伦二人为相，均连任到宋太宗时才告老而终。刘伯温由此得出结论：赵普不见得就是天性专权的人，是一人独相使他专权；范质、王溥、魏仁浦，以及薛居正与沈伦，也不见得就是天性不专权的人，因为不得独相，也就没有了专权的机会。

看完奏折，朱元璋马上想到，李善长在中书省，徐达在军中，这左丞右丞实际上是一人得专相权，一人得专军权，均类同独相。他心中豁然开朗，赞道：“先生所奏，金玉良言，可同当年朱枫林的‘高筑墙、广积粮、缓称王’的高见相媲美。”

刘伯温赶忙叩谢：“臣不敢当！”

春节刚过，七十二岁的朱升病逝家中。朱元璋得信，命户部免除朱升家乡的一些贡赋，以示皇恩，并作为对朱升的报答。

刘伯温想到平生相知的几位老友，除了已去世的石抹宜孙、叶琛、胡深外，章溢不久前也病死故乡，他本想还有宋濂、朱升可以互通诗文，而今朱升又走了，心里不由更加凄凉。

刘伯温不仅追念故人，而且也怀念家乡，告老还乡的念头已越来越强烈。在他参加朱元璋队伍的十来年中，与朱元璋接触频繁。在激烈的战争中，朱元璋对他这位军师是言听计从的，然而，他对朱元璋“圣贤、盗贼之性兼而有之”的个性的体会却也比别人深刻。在征战减少、天下趋于太平之后，朱元璋猜忌多疑、喜怒无常、残忍跋扈的一面有增无减，动辄杀害功臣就不足为奇了。

有一次，性格仁厚如他母亲的太子朱标，因对朱元璋屡兴大狱看不下去，向朱元璋进谏说：“皇父诛夷太滥，恐伤和气。”

朱元璋听了很不高兴，但没说什么。

第二天，他故意拿了一条棘杖扔在地上，令朱标拾起来。朱标面有难色，元璋教训说：“朕令你拾杖，你以为杖上有刺，怕扎了手，若是把刺除去，你就不会有顾虑了。朕今天所杀诸臣，就是为你除刺，你难道还不明白朕的用心？”

朱标一面叩头，一面说：“父皇，您没听说，上有尧舜之君，下有尧舜之民……”

朱元璋倏然色变，起身抓起龙椅，就要向太子砸去。朱标转身急走，慌乱中从怀里掉出一卷图。朱元璋拾起一看，顿生悲感。原来，他的原配妻子马皇后在朱标被立为太子的时候，为了不使儿子忘恩负义，不忘慈母艰辛，命人将她在随朱元璋征战中，身背朱标奔波的苦情，绘成一幅《负子图》，让朱标时时揣在怀里，以此激励他自爱、自强。朱元璋看了这幅图也不由得动情，没有再去追责朱标。

这件事十分清楚地说明朱元璋杀功臣的用意。朱元璋对儿子说怒就怒，何况功臣？刘伯温因此天天提心吊胆、谨小慎微。他担心自己说不定哪一天会被老虎吃掉。

就在前些天，朱元璋大封功臣以后，仁厚的马皇后曾为老将汤和不封国公打抱不平，她对朱元璋说："汤和与邓愈同为御史大夫，一个封公，一个封侯，邓愈食禄三千石，汤和食禄一千五百石，只抵他的半数……"

"不必说了，汤和与朕是同乡，从小相识，后来又立功勋，但他执掌兵权后，嗜酒妄杀，不由法度。朕念他同乡之谊才封为二十八侯之首，还有什么不公正？"

马皇后见朱元璋满脸不高兴，便不再多说，但她记起以前的一件事来。汤和驻守常州时，因粮食供应紧张，朱元璋下令全军年内不得造酒、饮酒。汤和公然违禁，一次连饮三大碗，喝得酩酊大醉。过后有部将提醒他不该违禁饮酒，他却满不在乎地说："我光屁股的时候就和朱元璋一块儿撒尿和泥，怕什么！"这话传到朱元璋耳朵里，当时没有再追究，想不到，他一直记在心里。所谓"嗜酒"就是这件事。

朱元璋看过弹劾杨宪的奏章以后，曾命胡惟庸协助御史大夫汤和查办此案；同时，要他们查清李善长和一些朝廷案件有无牵连。

调查的结果是：主要是杨宪唆使御史刘炳诬告右丞汪广洋，李善长不过是收受贿赂，替那些愿意出钱的人求官，并无结党犯上之举。所以，在朱元璋以谋反罪杀了杨宪之后，没有去动李善长。

李善长早已发觉皇帝对他不信任。洪武四年（1371）初，他忧郁成疾，便借口养病请求休息。朱元璋把他安置到凤阳，赐田一千五百亩、佃户一千五百家、仪仗户二十家、守坟户一百五十家，算是对他的报答。

朱元璋在李善长回家后，未听刘伯温的劝告，而是相反，任命了那个心地褊狭的汪广洋为右丞，任命那个会把车子弄翻的胡惟庸为左丞。

这时候，朱元璋召开军事会议，对开国前后的历史做了一番回顾："朕起乡里，本来只为求一条生路。那时候，群雄割据，危害百姓，张士诚、陈友谅尤为霸道。士诚仗着他财大气粗，友谅靠的是兵强马壮。那时候，朕无所依仗，靠的只是不乱杀人，施行仁义，知道节俭，与诸位同舟共济。最初，朕与陈、张二寇三足鼎立，士诚离我更近，按常理应先击士诚。但朕以为陈友谅志骄，张士诚器小。志骄必然野心大，要闹事；器小则安于现状，无远图大略。所以，决定先攻友谅。鄱阳湖大战，士诚果然自保安全，不出姑苏一步，不去援助陈友谅。若是先攻士诚，士诚会在姑苏固守，而友谅则会倾国出动，从后面攻我，使我腹背受敌。到了北征时，先进兵山东，后攻河、洛，然后转师潼关，缓图秦陇，皆因王保保和关中四元将，均为百战余生，不可能一下子打破；而且，如果把他逼急了，他会死守一隅，更不利于平定。所以，朕令大军突然转师，北捣大都。燕都急下，然后西征张、李，使他援绝势穷，不战自克。现在只有王保保还在负隅顽抗。此人确是枭悍，假使当初北平没有攻下，我军同他硬拼，至今，恐怕也未必……"

众臣交口称颂："皇上英明！"

人们都知道，十年来刘伯温不离朱元璋左右，不论是政事、战事，都以他渊博的历史知识和卓越的见解，帮朱元璋分析形势，商定征讨大计，以至参与调兵遣将，做出各种具体安排。朱元璋所讲的那些重大决策，实际上都是刘伯温提出的。然而，朱元璋在讲话中，全部略去不提，仿佛都是他个人的功劳。

当然，朱元璋聪明好学，刚毅果断，善于举一反三，把握全局，是一个了不起的政治家。但随着地位的上升，他发展了猜忌多疑、刻薄寡恩的一面，往往是纵横捭阖，指东打西。他不再相信任何人的忠诚，他对付人的办法就是恩威并施，残忍的杀伐与利诱同举。在打天下时，刘伯温可以为他所用；如今坐天下了，这位杰出的谋士反使他觉得是个威胁。

就在这次会议上，朱元璋下诏征蜀，命宋国公冯胜赴陕西修筑城池；命卫国公邓愈去襄阳训练兵马，为征蜀大军筹备、运输粮饷；命徐达仍回北平镇守，训练士卒，加强防御。

刘伯温见皇上的决策如此果断迅速，便立刻意识到自己所写关于分相权的奏章，已收到了立竿见影的效果。元璋先斩杨宪，后踢开李善长，再命徐达镇守北平，不再统兵征蜀，既免了右丞相权，又不给统帅重兵的机会。汪广洋、胡惟庸二相并列，不使他们有专权的条件。就是二相不并立，军国大事仍然听命于皇帝本人。在日益强化的皇权面前，相权已只是皇上手中的工具。

刘伯温又想，杨宪虽无相器，但朱元璋杀他主要是为了踢开李善长，杨宪只是一个牺牲品。朱元璋命汤和处理此案避开他刘伯温，又是对他冷落的一着。表面上看，刘伯温的权力并未削夺，但实际已不让他管什么大事了。他想不到，自己刚把才智计谋献给皇上，皇上马上就用在自己身上了。今后又将怎样？实在难以预测！

再说，胡惟庸、汪广洋为相，对刘伯温更是直接的威胁。平时，这二人就因为皇上对刘伯温的特殊信任，而感到愤恨；而当刘伯温亲口对皇上说这二人都不适于为相的话传到他们耳中时，更使他们恨得咬牙。刘伯温这么想过一番之后，觉得在朝廷内一刻也不能待下去了，决定以老病为由上奏皇帝，“乞骸骨”还乡。

“乞骸骨”或称“乞身”，是臣子向皇帝告老还乡的谦辞，意思是：请皇上开恩，放我这无用的老骨头还归故土吧。朱元璋见刘伯温这副老态，委实有些可怜，反正他的作用已不再重要，正好把他这块压在心上的石头搬掉，于是，就恩准了。

刘伯温跪拜堂前，请求告老还乡

第二十四回 隐居山林韬迹不露 喜读圣谕推研《易》理

二月初四，刘伯温乘船回到武阳村，山水依旧，但已物是人非。长兄刘舒谋生在外，此时已经过世。弟弟刘升自参加北伐后，辗转到了陕西升为镇抚，小家也已迁去。富氏大夫人年逾花甲，但还不显老。长子刘琏二十三岁，次子刘璟二十一岁，均在富氏操持下娶了媳妇。刘琏十八岁那年，有些当地的痞子勾结方国珍的部下要闹事，刘琏立即组织一批乡勇将他们抓起来，使乡亲们避免了一场骚扰。刘伯温将此事禀告了朱元璋，元璋夸奖说："不是先生这样的人，怎会教出这样的儿子！"刘琏兄弟的年龄均可出外做官了，刘伯温怕他们担当着"功臣后代"的名分，出外会惹事，所以不愿他们出去。

章氏小夫人所生的小女儿已在咿呀学语，刘伯温天天生活在这温情的家庭里，摆脱了朝廷官场的那些钩心斗角，身心都轻松多了。

他名为告老还乡，实为环境所迫，不得不回。就是回家，他也还是担心朱元璋对自己的猜疑，所以刚刚安定下来便赶紧给皇上写了《谢恩表》：

伏以出草莱而遇真主，受荣宠而归故乡，此人人之所愿而不可得者也。钦惟皇帝陛下，以神圣文武之姿，提一旅之众，龙兴淮甸，扫除群雄，不数年间，遂定中原，奄有四海。神谟庙断，悉出圣衷。禹舜以来，未之有也。臣基一介愚庸，生长南裔，疏拙无似，其能识主于未发之先者，亦犹巢鹊之知太岁，园葵之企太阳，以管窥天，偶见于此，非臣之知有过于人也。至于仰观乾象，言或有验者，是乃天下以大命授之陛下，若有鬼神阴诱臣衷，开导使言，非臣念虑所能及也。圣德广大，不遗葑菲，远生唐、虞，功疑惟重之典，赐臣以封爵，赐臣以禄食，俾臣回还故乡，受荣宠以终天年，臣窃自揆，何修而膺此？犬马微忱，惟增愧惧。已于洪武四年二月初四日到家。谨遣长男捧表诣阙，拜谢主恩。臣基无任激切屏荣之至，谨奉表称谢以闻。

刘伯温的《谢恩表》不仅极力为朱元璋歌功颂德，也表露了自己诚惶诚恐的心情。他将除群雄平天下的神策妙计统统归于朱元璋。他这份谢恩表，是以谦恭的表白，求得回乡的安宁。

他住在家里，尽量韬迹不露，每天都如一个普通的乡居老人，找人饮酒、弈棋。他告诉家里人和村里的乡亲们：如有地方官员来访就说他不在家，如是穿粗衣服的百姓他则随时可见。

青田县令也听说了刘伯温对乡亲们的嘱咐，便微服进村，经村人指点找到了刘伯温。

刘伯温正在溪边洗脚，穿着朴素得如一老农。他见有穿粗衣人来访，赶紧擦脚穿鞋，领客人回家，嘱家人以农家饭食招待。那人没谈几句，突然说：“鄙人是青田县令，特来拜见刘大人！”

“小民刘基，实不敢当，敬谢县令大人关怀！”

刘伯温站起来，毕恭毕敬拱手而别，再没转回。

刘伯温这样做，是怕家里人来人往多了，传到皇上耳朵里会怀疑他回到家乡结党拉派。

原来，在徐寿辉起事时，随州人明玉珍是徐寿辉部下，身长八尺，受命屯驻沔阳（今湖北仙桃西南沔城）。在一次与元军搏战中，他被飞矢中右眼，以后便成了独眼；后来入重庆，占领了全蜀。徐寿辉被杀害以后，明玉珍便自称陇蜀王，不久又称帝建夏国。在位四年，只求自保，并未往外扩张。明玉珍病死后，他的儿子明升继位。明军攻克元大都，明升致书祝贺。南京建宫殿，元璋要求明升提供巨木，明升也答应了。但在朱元璋派特使杨璟到重庆要明升归降时，明升不从。杨璟回到南京，禀奏皇上，元璋令杨璟再写信给明升，劝他不要听信部下意见，以为占有瞿塘、剑阁之险，就可一夫负戈、万夫莫开了。刘备当年守蜀，诸葛亮帮刘备谋划尚难以自保，他何必借一隅之地苟延残喘呢？在信中，杨璟苦口婆心晓以利害祸福，让他选择一条明路。

明升得信，仍不答应。朱元璋令中山侯汤和为征西将军，江夏侯周德兴、德庆侯廖永忠为副，率舟师从瞿塘进发；颍川侯博友德为征虏前将军，济宁侯顾时为副，率步骑自秦陇进军。

明升的丞相戴寿和平章吴友仁，定计设防，用铁索为链，横断瞿塘峡口，又在峡内羊角山旁，凿穿石壁，系上铁链，架上铁索桥，桥上堆满炮石。

汤和率舟师到来，果然被挡住。傅友德趁着明升主力被吸引在瞿塘峡，督兵爬越山谷，昼夜兼行，攻克阶州（今陇南武都区东），接着又拔文州（今甘肃文县）、绵州（今四川绵阳东）。在他要渡汉江时，适逢水涨，他便令人做了数千个木牌，上写攻克文、绵州的日期，然后将牌投入水中，漂流而下。

重庆方面拾到牌子，看到失地消息大为惊骇。戴寿、吴友仁来援汉州，被傅友德打败。

明副将廖永忠又密遣健卒数百，穿蓑衣，抬小舟，在草木掩护下偷偷渡关。永忠估计他们已过了关西，自率舟师猛攻，各舟用铁皮裹船头，上载火器，逆流而进。

明升的守将邹兴与永忠接战。永忠一面令士兵猛攻，一面纵火烧敌船。霎时间，江上一片通红。邹兴正要逃跑，忽见后面有数十小舟鼓噪而来。那些穿蓑衣的健卒猛打猛冲，造成了前后夹攻之势。忽然一箭飞来，射穿邹兴头颅，蜀兵大溃，永忠进占夔州（今重庆奉节）。

过了一天，汤和也到夔州同廖永忠会师，同向重庆进军。明军到了铜锣峡，重庆大震。明升年幼没主意，左丞刘仁劝明升逃往成都，明升的母亲哭哭啼啼地说："就是到了成都也不过苟延旦夕，不如早降，还能保全人民的性命安全。"

明升早已吓得魂不附体，听了母亲的话，便令人送表乞降。

汤和、廖永忠到了重庆，明升跪降马前。汤和、永忠下马将他扶起，好言相慰，随即入城安民。

但成都、保宁（今四川阆中）还未打下。傅友德围困成都，受到戴寿、向大亨的顽抗，明军前队多被守城军的飞箭射倒，友德也身中流矢，但包扎后仍继续拼杀。数日以后，才把成都拿下。接着，友德又同周德兴齐攻保宁，不久城破。蜀地皆平。

明升被送到南京，朱元璋见他年幼，赦他无罪，并授爵为归义侯。等到汤和将戴寿、向大亨、吴友仁等押到南京，元璋命将他们斩首。

眼看到了秋天，隐居在家的刘伯温终究有些萧疏、凄凉之感。他吟诗道：

老病偏多感，宵长昼亦长。
衣冠方谢暑，枕席已惊凉。
往事镌心在，新知过眼忘。
篱边旧栽菊，岁晚为谁黄！

没想到，朱元璋派人送信到武阳村来了。

皇帝手书，付诚意伯刘基：近西蜀悉平，称名者，尽俘于京师。我之疆宇，比之中国前王所统之地不少也。奈何故元以宽而失，朕收平中国，非猛不可。然歹人恶严法，喜宽容。谤骂国家，煽惑非非，莫能治。即今天象迭见，且无鸣已及八载，日中黑子又见三年。今秋天鸣震动，日中黑子，或二或三或一，日日见之，更不知灾祸自何年月日？至卿山中，或有深知历数者，知休咎者，与之预卜未来。前者，舍人捧表至京，忙问卿安否？今差克期往卿住所，为天象事。卿年高，家处万峰之中，必有真乐。使者往而回，勿赍以物，茶饭发还。洪武四年八月十三日午时书。

刘伯温接读皇上手书，不由一阵激动。他想，皇上没有忘记他，还像当年随军一样，不断问他天象如何。而且，西蜀悉平，也是国家幸事，边远地区也在逐渐地归入大明版图。他一面令家人招待来使，一面对朱元璋所问日中黑子详加解答。他本想不问国事，现在皇上既已问到头上，他就借天象示警，再次劝诫皇上：“霜雪之后，必有阳春。今国威以立，宜少济以宽。”

他说这些话冒了很大的危险，如果皇上真以“谤骂国家，煽惑非非”的罪名加于他，并不是不可能的。因此，他把信使送走后，又赶紧写了一首《平西蜀颂》，让长子刘琏送到京城，上呈皇上，表示对皇上的忠诚和敬仰。

或许是由于对军事胜利的喜悦，又或许是由于刘伯温借上天的名义说话，九月间刘琏返家时，不但带回傅友德等参战的将军们所写的颂文，还带回了朱元璋答刘伯温的《御制西蜀文》。元璋文中虽不乏自矜自夸之词，但就将此文带给刘伯温来说，已足见对他的重视了。于是刘伯温又写信感谢一番。

此后，他仍旧小心谨慎地过他的隐居生活。

但朱元璋的再问天象，倒又引起刘伯温研究天象的兴趣。他常常找山中高人一起观测天象，并推演《易》理。

这时候，他还根据自己学习《灵棋经》的心得，写了一本《灵棋经解》。《灵棋经》是东汉人东方朔所撰，是一部占卜用书。刘伯温在《灵棋经解》中说：“灵棋之式，以三为经，四为纬。三：以上为天，中为人，下为地；上为君，中为臣，下为民。四：以一为少阳，三为太阳，二为少阴，四为老阴。少阳与少阴为耦，而太阳与老阴为敌。得耦而悦，得敌而争，其常也；或失其道而耦反为仇，或得其行而敌反为用，其变也。阳多则道同而相助，阴多则志异而相乖。”

刘伯温正是抓住《易》经中“易”与“变”的精髓来解释《灵棋经》的。

第二十五回 长驱直进怀念军师 征召名士喜怒无常

扩廓帖木儿败奔和林以后，元嗣主爱猷识里达腊仍然对他委以军事重任，令他发兵扰边，成了明朝的严重边患。朱元璋在取得征蜀胜利以后，决定再次出兵征讨元朝的残余势力。徐达认为，出兵十万足可取胜。元璋决定再加一些军队，分路包抄。于是，他决定出兵十五万，分三路进讨。

洪武五年（1372），元璋仍命徐达为征北大将军，率军出雁门关，直驱和林；李文忠为左副将军，出居庸关，赴应昌；冯胜为右副将军，出金关，至甘肃。

五月，徐达这一路用蓝玉为先锋，到了野马川，恰遇扩廓的游骑临川饮马。明军乘其不备，掩杀过去，敌骑惊逃，弃马数百匹。

蓝玉麾兵尾追，追到图拉河，同扩廓的主力相遇，打了几个时辰，扩廓败走。蓝玉长驱直进。明军仗着旗开得胜的一股威力，争先追敌。扩廓军窜入山谷，越岭北去。

蓝玉见地势险峻，怕有伏兵，令战士稍停。战士们都杀红了眼，哪里控制得住，仍然呼啸着往前追杀。一逃一追，均已越过岭北，猛听长哨一声，元兵四出，元将贺宗哲统兵迎战蓝玉。此时，扩廓也返马回戈，横冲直撞，把明军冲为数截。明军首尾不能相顾，腹背同时受敌，而山路之崎岖，更使明军进退两难。这时，明军才知扩廓的厉害！

蓝玉急忙下令择路回军，并亲自领兵断后。但此时元军士气更盛，呐喊声四起，明军慌不择路，有的坠崖，有的跌入沟壑。元军乘机追杀，明军伤亡数百。

正在万分危急时刻，徐达率兵来援，这才杀退元军，救出孤军。

回到本营，徐达检查军士，发现伤亡万余人，心里非常难过，不禁叹息道："诚意伯曾对皇上说，王保保不可轻视。我这一次略一轻心，中了他的埋伏之计，这是我的过失，不能专责将校。"

徐达立刻上表给皇上自责。奏表刚送走便接到了左右两路的捷报，徐达这才转忧为喜："两军告捷，皇上可以放心了。"

原来，冯胜从兰州进兵，由傅友德先行，直驱西凉，连败元兵，射死元平章卜花，降元太尉锁纳儿加等，又分兵到瓜沙川，斩获甚众。左路的李文忠率都督何文辉等至胪朐河，与元将合剌章蛮子大战，明将曹良臣、周显、常荣、张耀等陆续战死。文忠的马也中流矢，文忠不得不下马督战。偏将刘义见状，赶紧以自己的身体掩护文忠；指挥李荣将自己的马给文忠，自夺敌骑乘上，拼命冲杀，才得以突围。士卒们也以一当十，奋勇死战，才把元兵击退。

顾时与文忠分道入沙漠，忽遇元兵，部众已疲劳得难以应战，顾时独引锐卒数百，跃马前趋，大呼杀敌。元兵不明底细，转身就逃，抛弃的辎重牛马都为明军所得。

这次北征，除西路军冯胜大获全胜外，中路徐达、东路李文忠均因轻敌无功而还。

元璋接到军报，下令慰劳三军，徐达所有败仗也都宽宥不问，只命徐达、李文忠回镇山西、北平。

鉴于蒙古军事力量一时难以消灭，明王朝对北方的战略由以进攻为主，转为以防御为主。在此期间，徐达三次迁移山西农民到北平屯田种地，以加强北平的防御力量。徐达把他们分散到长城沿线各卫所。凡户籍属军户的发给衣食，使应军差；属民户的，分给田地、牛、种子，使纳租税。前后移民三万五千多户，十九万多人，建立屯田二百五十余处，垦田一千三百多顷。

这些措施大大减轻了北方军队的粮饷供应的压力，使明王朝北部边疆日趋巩固。同时，徐达严格训练士卒，加强守备。扩廓随元嗣主远去金山，再不敢深入。

朱元璋后悔北征时未听刘伯温的劝告。他认识到，这个王保保绝不能等闲视之。有一次，元璋大宴群臣，问道："当今天下，谁为奇男子？"

群臣回答说："当属常国公。"

"卿等以常遇春为奇男子吗？遇春虽为人杰，朕能得他为臣，唯有元将王保保，终不肯对朕称臣，这才真是奇男子呢！"

当初，明军攻入元都，曾俘获扩廓的妹子，后来封为秦王樉的妃子。元璋又七次致书信劝降，扩廓始终不服，直到洪武八年（1375）病殁于哈拉那海的家里。哈拉那海是一个大湖，位于和林北面。扩廓死后，他的妻子也上吊缢死。

经过连年的南征北战，元朝的和各种独立的残余势力逐渐被扫平，朱元璋愈发疑忌那些开国的功臣武将，认为他们会夺他的天下，于是，一方面削夺他们的权力，一方面又命人征求天下贤人，想以轻武重文来巩固他朱家天下。这时候，山东有一个名叫田兴的侠士曾以商人身份来往于江淮之间。在元璋刚刚起事时，田兴看出他是个英雄，自愿出资周济他，并与元璋结义为兄弟。元璋得志，田兴反而离他远去，每遇军士做了不法的事情，田兴就写信报告给元璋，信尾虽不具名，元璋也知是田兴写的，因此，多依他信中的主张去办，但又始终不知他住在哪里。

洪武三年（1370），长江北岸六合、来安地区，有猛虎伤人，闹得人心惶惶。官府悬赏捕虎，无人敢响应。田兴见虎害不除，于心不忍，便挺身而出，与虎搏斗。由于他膂力过人，武艺超群，又加无私无畏，十来天时间，他竟将七只猛虎杀死。这一地区的百姓无不欢呼跳跃，争相把田兴拉到家里，设宴款待。官府也以巨额赏金奖励他，田兴谢绝不受。

这事由地方政府报奏朝廷，元璋料定这侠士必是他要找的兄弟田兴，立即遣使接他来京。田兴没有应召，元璋又亲自写信，派人给田兴送去。信中说："元璋见弃于兄长已不下十年，地角天涯，无从晤面。近闻兄在江北为民消除虎患，心中大喜。遣使请兄，兄不肯来，不知因为什么竟得罪兄长如此？人之相知莫如兄弟，你我二人虽非同胞，但情同骨肉。昔日的忧患，今日的安乐，都是时势发展的必然，元璋不能以今日的安乐再去换回昔日的忧患。世上从没有兄因弟贵就造成隔阂的。皇帝是皇帝，元璋是元璋，元璋不过偶然做了皇帝，并非一做皇帝就改头换面再不是原来的朱元璋了。本来你是我的兄长，不能因我做了皇帝就视兄长为臣民。关于国家大事，兄长能帮助就帮助，否则听兄自便，只叙兄弟之情，不谈国家大事。美不美，江中水，清者自清，浊者自浊，再不过江，就算不得好汉。请兄听明了！”

田兴见了这封信，果然引起旧情，便像往日一样，穿粗服来到京城。元璋听说，出城欢迎，又携手入殿，设宴欢迎，格外亲昵，胜过亲兄弟。

过了一个多月，元璋敬重田兴如常，席间偶谈及国事，田兴严肃地说：“天子无戏言，你答应过不谈国事。”

于是，朱元璋也就不再提起。尽管田兴不愿谈及国事，实际他内心非常关心国事。经他从旁观察朱元璋坐龙廷以后的所作所为，觉得他早已不是原来反抗元朝压迫的那个朱元璋了。不谈国事，不过是为了管住自己的嘴巴，保护自己的安全。然而，积压在他内心的矛盾就如沸滚的开水，老想把锅盖冲开。他终于忍不住了，多次要求返回乡野去。朱元璋知他是一位侠骨义肠的侠士，本想为自己所用，可他就是不肯就范，如放他出去，按他原来的性子，未必不会生事，所以苦苦把他留住。

田兴居住宫内，就像囚在笼内的雄鹰，欲飞不能，过不多久，郁闷而死。

朱元璋的疑心越来越重，他怕大臣们会蒙蔽他，常常带了几个亲随，微服出行。一是为查访贤人，二是为考察吏治，三是为调查民情。

一天，朱元璋来到多宝寺，步入大殿，进入方丈室，见大门口贴有字条，上写：“维扬陈君佐寓此。”陈君佐自少年时就有才气，落拓不羁，曾与元璋有过一面之交。元璋见他住在这里，即刻接见，笑问道：“记得当初，你极善滑稽，别来已久，不知你是否还像以前那样喜欢逗乐？”

君佐沉默了一会儿，还没有回话，皇上又问："朕已得天下，你看朕像前代的哪个皇帝？"

君佐说："臣见陛下还未登位的时候，吃糠咽菜，到了奔波奋斗于淮泗之间，仍与士卒同甘苦，还是吃菜羹粗饭，所以，臣以为陛下酷似神农，要不怎么会尝百草？"

元璋鼓掌大笑，令君佐随行。偶过酒市，元璋带君佐入店同饮。酒店甚小，除了酒豆以外，没有别的菜肴。元璋忽然来了兴致，出对说："小村店三杯五盏，没有东西。"

君佐应声道："大明君一统万方，不分南北。"

元璋又一次被他逗笑，说道："你随朕入朝，做一名词臣如何？"

"陛下德比唐、虞，臣愿浪迹天涯，各行其志。"

元璋听了，也不再勉强。

过了几天，元璋又微服出行，路遇士人。那人自称是重庆府监生，元璋命他作对联。元璋先出上联："千里为重，重水重山重庆府。"

那监生也不假思索，对道："一人为大，大邦大国大明君。"

元璋听他颂扬自己，大喜，问明士人住所，与他告别。

第二天，元璋即差人送去赏金千两，士人这才知道昨天遇到了皇上，喜出望外。

到了元宵节，元璋又装扮成百姓的样子上街，与万民一起赏灯猜谜。有一个灯谜画着一位妇人，手抱西瓜坐在马上，马蹄特大。元璋一见，大怒。回朝后，即命刑官追查，将那个做灯谜的人捉来杖死。刑部官员一时莫名其妙，请求皇上恩赦，元璋怒道："亵渎皇后，犯大不敬罪，你等还说可以宽赦吗？”

刑官仍然弄不清楚，这和皇后又有什么关系。后来经过一番研究，才知马皇后是淮西妇人，向来就是一双大脚。这一来，做灯谜的人无意中触怒了皇帝，也只有认倒霉了。

朱元璋自己作诗说：

百僚未起朕先起，
百僚已睡朕未睡。
不如江南富足翁，
日高丈五犹拥被。

他写的不是一般的感想，而是有来头的。江南有一富豪沈秀，别号沈万三。朱元璋打下金陵以后想要修筑城墙，又苦无资财，便与沈秀商量。沈秀愿和朱元璋分半筑城，并约定同时完工。两处各募工匠，日夜赶造。到了约定的日子，沈秀这边比元璋那边提前三日完工。元璋表面上对沈秀表示慰劳，暗地里又嫉妒沈秀。后来，沈秀建筑苏州街，朱元璋说他擅自掘毁山脉，将沈秀拘押狱中，打算判处死刑。

马皇后知道了这事以后，替沈秀求情。元璋说：“民富敢同国家相比，实是不祥。”

马皇后说：“国家立法，是用来惩治不守法的人，不是处罚不祥的。民富如是不祥，与国法又有何干？”

朱元璋无言以对，只得把沈秀释放，并杖打若干，流放云南。可怜的沈秀走在半途就死了。他的家产被罚没，归入官家。

苏州有一富翁，听说朱元璋作诗，自叹“不如江南富足翁”，心里十分恐惧，叹息说：“皇上积怨已深，大祸就要临头了！”

这位富翁尽力在地方做善事，把家财耗尽。后来，朱元璋果真是鸡蛋里挑骨头，吹毛求疵，借故诛除富人。好多富人不仅财产荡尽，还落得个家破人亡。唯有那位苏州富翁有先见之明，因他早已破产，不再是富人，所以反而免除了罪名。

第二十六回 横遭诬陷入朝自责 抒怀明志寓情《二鬼》

朱元璋那种圣贤与强盗兼而有之的性格，在坐天下之后，只发展了强盗的一面。在他眼里，任何人对他都是不忠诚的。江南文臣一定会鄙薄他出身低微、文化低下；武将都拥兵自重，野心勃勃，不时觊觎他的皇帝宝座；皇亲国戚、富豪贵胄也都在进行权力的争夺。这些都使他把主观的想象当成客观的真实。为保他至高无上的皇威，最有效的手段就是杀罚。他开始动用在朝廷打棍子的刑罚，名为“廷杖”。许多人由于“莫须有”的罪名“立毙杖下”。更有成千上万的功臣宿将被流放到凤阳。

就是流放或告老还乡的，也不一定保证安全。刘伯温的好友陶凯，洪武初年参加编修《元史》，后升为礼部尚书，出为湖广参政，直到升为晋王府右相。在官做大了以后，他想退隐了，因而自号“耐久道人”。想不到就是这“耐久”二字引起了朱元璋的疑忌：“他要耐久，难道朕要短命？”

他命人去追查陶凯在礼部做了什么错事，接着又无端罗织罪名，将他杀害。

刘伯温在家乡战战兢兢过了两年之后，突然大祸临头。

原来，洪武六年（1373）正月，做了两年丞相的汪广洋被罢黜，朱元璋一时找不到合适的人顶替，就暂留空缺，中书省的日常政事令胡惟庸权作代理。胡惟庸是个卑鄙小人。对上，他曲意逢迎；在同僚中拉帮结派，培植私人亲信；对曾经反对过他的人，则伺机报复。如今大权在握，他又想起刘伯温曾在皇上面前说过他不宜为相的旧事。一想起这个，他心里就腾腾地冒火。

恰在这时，有一件事更激怒了他。

在青田县以南一百七十里，有个地方叫淡洋。该地位于青田与瑞安交界处，地势险峻，常常是私盐贩子、逃兵、躲避赋役的人们的藏身之地。这些人曾依附方国珍，做过打家劫舍的勾当。方国珍降明以后，这些人照旧我行我素，成了当地的祸患。为了当地百姓的安全和明朝的统一，刘伯温的长子刘琏在洪武四年（1371）去京城看望父亲的时候，征得父亲同意，奏请朱元璋在淡洋设置巡检司，派兵把守，盘查来往行人。

经朱元璋批准，第二年正式成立了巡检司。

可是到了洪武六年（1373），另一个叫茗洋的地方发生了逃兵周广三所领导的山民暴动。府县负责缉盗的官吏是元朝旧吏，他害怕因此获罪，决计隐瞒不报。刘伯温出于对国事的关注，又写了奏章，命刘琏送到京师。

刘琏少年时就得到朱元璋喜爱，他随时可以面见皇帝。他也知道胡惟庸和父亲有隔阂，所以便越过中书省，直接向朱元璋作了报告。胡惟庸知道这事以后大为恼怒，他咬牙切齿地终于想出了报复刘伯温的办法。

胡惟庸唆使刑部尚书吴云，并让吴云诱使处州和青田县留用的元朝旧吏，胡乱编造说刘伯温看中了淡洋这个地方“有王气”，一心想得到它作为自己的墓地，百姓不愿给，就请求设巡检司，驱逐了当地百姓，因而激怒百姓起来作乱。

弹劾奏章一送到中书省，胡惟庸就拿着奏章请皇帝按叛逆罪处置刘伯温，并把其子刘琏逮捕入狱。

朱元璋看过奏章半信半疑，但一提“王气”就触动了他的心病。他想：刘伯温既能用神机妙算辅佐于我，难道就不会为自己的后事着想，不会为子孙打算？所以，他虽未逮捕刘琏，却下诏降罪于刘伯温，剥夺了他的俸禄，并在心里暗暗记恨这位曾经倚重的“伯温先生”。

刘伯温对于这飞来横祸十分恐惧，他明知这是小人的陷害，却不敢辩白。他如说没有这回事，就等于说皇上判断错了，后果会更糟。经考虑再三，他决定带刘琏赶往京师，跪到朱元璋面前谢罪。他对元璋说：“罪臣刘基，冒犯皇上神威，惹得皇上生气，罪该万死，罪该万死！”

朱元璋原想刘伯温会来申冤辩诬，那就治他一个洁己犯上之罪，现在弄成这样，倒像是往火上浇水，想发作反而发作不起来了。同时，这期间他已滥杀成性，但表面上又想做个“明君”的样子。于是他沉着脸说：“既往不咎，你们父子好自为之吧！”

朱元璋手一挥，居然放过了伯温父子。刘伯温率子刘琏谢罪又谢恩。

为了消除皇上的怀疑，刘伯温再不敢回老家了，而是战战兢兢地回到京城的旧居住下。

洪武六年（1373）七月，胡惟庸终于被任命为中书省右丞。小人得志，好人遭殃。为国为家，刘伯温都忧虑万分，愤慨而又无可奈何，他对儿子说：“胡惟庸得志，必为民害，假使我的话不应验，那才是苍生之福呢！”

他悲忧交集，回家不敢，留京无益，只有掩门独坐，形影自吊。数月之间，像被霜打了一样，头发变白，皱纹加深。

他想起故乡，想起一生善良贤惠、顾全大局、为全家操劳的富氏夫人，想起花容月貌、柔情似水的年轻的章氏小夫人，以及两个逐渐成材的儿子和两个蓓蕾般的小女儿，心里既充满甜蜜和幸福，又忽而变为难以名状的苦涩。幸福已是缥缈的回忆和向往，痛苦却是占据整个心灵的现实。他真后悔呀，不该过多地去关心什么国家大事、地方安危。本应颐养天年，百事不问，可他总是感激皇帝知遇之恩，一心报国。他也悔恨，不该去研究什么天文历法，正因多年为朱元璋预卜吉凶有了灵验，才使皇上对“王气”产生了疑忌。接着，他又想，即使没有这些事发生，朱元璋就会放过他吗？

这时候，他才真正体会到政治风云变幻莫测，而又无法扭转，荣华富贵不过是过眼烟云。他对自己一生的所作所为无悔无怨。他没有辜负祖宗的期望，没有愧对圣贤、皇帝和百姓。他甚至还认为，皇帝可能只是受了佞臣的蒙蔽，因而总有一天会醒悟的。

刘伯温为排忧忘愁，写了一首题为《二鬼》的长诗。

在这首神话故事诗中，他讲了盘古开天地时，以日月为两眼，普照宇宙。因两眼劳逸不调就会生病，盘古就令结璘、郁仪二鬼看守。二鬼昼夜尽职，天帝为奖励他们，让他们下凡游玩。不久宇宙生变，生灵遭灾，天帝负伤。二鬼救驾，重整乾坤。在他们创造的新天地里，益鸟祥兽生长，凶兽毒树绝迹，百姓尊孔敬贤。不料这一来反而得罪了天帝，命飞天神王逮捕二鬼，关入铁栅，虽供彩衣美食，但不准重整乾坤。二鬼只得等待天帝息怒。

这《二鬼》的故事实际上是刘伯温当前处境的写照，既表现了他的善良、无可奈何，又表现了他对未来抱着希望。

由于忧愤交加，刘伯温的身体越来越差，须发已大半灰白，牙齿脱落了十之二三，脚也跛了，成了一位病衰老叟。

他想家里人，家里人也在惦记他。富氏夫人已知皇上并未加罪于伯温父子，伯温已留居京城，便请了一位可靠的老妈子，送章氏与两个小女儿来京。

刘伯温见了年轻的妻子和两个小女儿，真是喜出望外，犹如阴霾的天空中透进了阳光，窒闷的庭院里又充满了生气勃勃的欢声笑语。

刘伯温除了同妻子、女儿说说话外，又写了一些触景伤怀的诗，但终因身心受到严重摧残，而疾病缠身，日趋严重。

他从四十岁以后就开始有了白发和脱齿的衰老现象，后又发现肝、肺有病。长期为国为军焦思苦虑，再加胡惟庸的陷害、诬告，终于使他卧床不起了。

胡惟庸恨他不死，但表面上又不能不摆出丞相架子，多次到刘伯温家里探望。朱元璋大概已看出了胡惟庸的用心，命他带一名大夫，为刘伯温看病。

胡惟庸带去的大夫为刘伯温仔细诊断以后，开了药方。但刘伯温吃了这位大夫的几服药，不仅不见好，反觉腹中有物，就像拳头大的一块石头，郁积不消。

刘伯温心下疑惑，将病情禀奏皇上，说："臣腹内有一硬结，料想不好。"

朱元璋没有当回事，不过常常派人探视。

眼看刘伯温的病一天天加重，再无好转的希望了，朱元璋这才于洪武八年（1375）三月，颁下一道诏书，派人把他送回青田老家休养。

这一回，真的是“乞骸骨”还故乡了。回家后，他和家人团聚了一个多月，深感病入膏肓，留下的时间不多了。他嘱咐两个儿子说：“我看夏山[1]高峻，左右有九条小山脉互相依附，溪水环流，绿草如茵，我死后就葬在这山上吧。”

长子刘琏知道了父亲心意，请人画了一张营造坟墓的图样请父亲过目。没想到刘伯温接过图来便立刻撕掉，生气地说：“你们没看见，百姓连年遭受战火之祸，至今仍没有恢复元气，我们若花很多钱造墓，岂不要让人们唾骂！其实，人死如灯灭，用黄土一埋，有什么不好？”

刘琏无法，又请一些亲友来劝说，伯温说：“你们看这‘墓’字，上边是草，下边是土，这样才能承受阳光、雨露。如建成石屋，如何生草？无百草长青就不是墓。人要流芳，靠的是一生为国为民，不是靠造坟墓、立牌坊。试问那张良、诸葛亮的墓又在哪里呢？”

他的话说得从容平静，所讲道理又清晰、深刻，听者无不热泪盈眶。

到了四月十六这天，他觉得全身没有一点力气，再也无法在人生的路上走下去了。他把亲人们叫到床前，深情地望望这个，看看那个，依依难舍。后来，他的目光落在长子刘琏身上，嘱咐说：“琏儿，我死了，快把尸骨焚化，不必出殡，不必告诉亲友，免得……”

刘琏难过，唏嘘不已，心里早已领悟父亲的意思，那是

---

① 夏山：俗称九龙山。

为了避免因大办丧事，招来众多亲友乡邻的哀悼，引起皇上猜疑，从而牵累全家。他赶紧说：“父亲的意思儿已明白，您会好起来的，不必多想……”刘琏说着，已泣不成声。

“莫哭，你是长子，今后你身上的担子重、责任大……你要把我写的兵法、天文著作和其他手稿，加上原来收藏的《观象》《玩占》都封存在石室中别动。等我死后，赶紧交给皇上……”

他又把次子刘璟叫到床前，用颤抖的手将前些天写好的表章交给他说：“璟儿须知，当政治国宽猛如循环，当今之务，正应修德省刑，以保长治久安。在一些形势险恶之地，必须保持与原兵师的相互联络。我本想将表上奏，有胡惟庸在，上表也无益。等到胡惟庸垮台，皇上必会想起我来，你可将这遗表密奏皇上。”

“父亲放心，儿已铭记在心。”刘璟也哭着回答。

当把这些后事一一交代清楚之后，他闭上了眼睛，安详地睡了……

不知过了多少时辰，全家人的急切呼唤变成了号啕大哭。窗外风声夹着雨声，似乎家乡的山山水水也为他痛哭、悲咽！

噩耗传到京城，朱元璋仿佛又搬掉了一块压在心上的石头，而朝野上下、万民百姓却为大明又失去一位开国功臣痛惜不已！

有的说，刘伯温是被胡惟庸带去的大夫所开的药方毒死的；有的说，刘伯温是吃了朱元璋指使胡惟庸派人送的药才死的。不管人们怎么说，总之，刘伯温确是在朱元璋猜忌迫害下，在胡惟庸诬告、攻击、蓄意报复中，因病情加剧而死亡的。

他只活了六十五岁，毕竟走得太早了，又死得不明不白，人们怎能不惋惜、不痛哭呢！

朱元璋对刘伯温是死而后安，而“伯温先生”对朱元璋、对大明王朝，却是献出了全部的智慧和忠心。

刘伯温病床前向家人交代后事

第二十七回　恶有恶报奸相伏诛 善无善终宿将遭殃

胡惟庸谋害了刘伯温，在朝中飞扬跋扈，生杀黜陟，更加为所欲为。魏国公徐达一向佩服军师刘伯温。二人虽是一文一武，但交谊深厚。他既怀念刘伯温，又痛恨胡惟庸，写表密奏胡惟庸奸邪。

朱元璋不但听不进去，反把这事透露出来。报复成性的胡惟庸怀恨在心，暗地里结交徐达王府的看门人，唆使他搜集主人的材料，以便对徐达进行造谣、诬陷。

那位忠于主人的看门老翁明辨忠奸，表面上哼哼哈哈应付，等他一走，竟直接禀告了徐达。徐达十分气愤，又奏了一本，差点让胡惟庸禄位不保。因朱元璋还要把他当作工具，所以没有去动他。但胡惟庸已听到了风声，惊慌了好多天才渐渐放下心来。

胡惟庸想，反正同徐达结下了冤仇，徐达不会善罢甘休。他要找一个比较大的靠山替自己说话。李善长为相时，他早就以同乡的身份献过殷勤、表过忠心。他的提升就得力于李善长的推荐、提拔。这时，他又把自己的女儿嫁给了李善长弟弟李存义的次子李祐，同李善长攀上了亲戚。

李善长自从洪武四年（1371）告病，将朱元璋安置到凤阳后，心里并不服气。这年二月，朱元璋回凤阳扫墓，善长鞍前马后恭敬伺候，使元璋很受感动。恰逢朱元璋下令大规模地营建中都凤阳，同时有大批的江南富户迁到这里，头绪纷乱，原来的主事人无法招架。元璋马上决定把这些事交李善长办理。善长为讨好元璋，竭尽全力经营，工程进展顺利，移民安置也井井有条。元璋果然很高兴。

洪武七年（1374），元璋提升善长的弟弟存义任太仆寺丞，负责全国马政。九年（1376），元璋又把大女儿临安公主嫁给善长的儿子李祺，在京为善长大修府第，李善长也因此又返回京城。但汪广洋等人没有放过他，弹劾善长父子礼数不周。善长被削夺了俸禄，只得了个"总中书省、大都督府、御史台、议军国大事"的荣誉头衔，实际上也只是管管土木工程一类的事。胡惟庸自从与李善长攀上亲戚，更加有恃无恐、飞扬跋扈，在他周围形成了一股强大势力。这对于朱元璋来说，当然是无法容忍的。

洪武十三年（1380），胡惟庸原籍定远旧宅中的井内忽然生出竹笋来。其实，这不过是附近的竹鞭在地下延伸到了井边，竹笋挤开井内砖缝生出来的。而那些专门巴结胡惟庸的门客竟说是不平常的瑞兆。又有人说，胡家祖坟上每夜有火光烛天，远照数里。胡惟庸听说后，越发觉得自己不是凡人，自负得忘乎所以。

这时的朱元璋觉得自己老了，他要在自己闭上眼睛以前，尽力用自己的威慑力量为子孙后代打好朱氏天下的根基。他的疑心加重，屡兴大狱，他要把那些他以为有碍于大明统治的文臣武将统统拔除。

胡惟庸冷眼相看，立刻与陆、费二人秘密勾结，令他们在外面招集兵马。胡惟庸还利用职权，找御史中丞陈宁私阅天下兵籍，招募天下勇士作卫士，网罗亡命之徒作心腹。同时，他又找亲家李存义密商反叛大计。李存义同意后，又去同李善长商量。李善长刚一听说，万分惊悸，怒斥道："你在胡说什么？这可是要灭九族的啊！"

后来，胡惟庸又让李善长的老部下杨文裕去游说，答应事成之后封他为淮西王。善长虽未同意，但有些心动，不再像上次那样激烈反对了。

过了些天，胡惟庸又让存义去说服善长，善长深深叹了一口气，说："我老了，干不成什么事了。等我死了以后你们再闹吧！"

胡惟庸不再强求，以为善长不管就可以放手去干了。他即命驻明州（今浙江宁波）卫指挥林贤下海去联络倭寇，又派元朝旧臣封绩，致书北方元嗣君爱猷识里达腊，约元军在胡惟庸闹事之后给予配合援助。他正在紧锣密鼓地为谋叛奔走时，却听到了皇上要赐死汪广洋的消息。

原来，汪广洋被罢相数年，由于胡惟庸的极力推荐，皇上才恢复了他的相位。胡惟庸的所作所为，汪广洋都看在眼里，但他不去报告皇上。这时，御史中丞涂节，听了朝内外的议论，禀奏皇帝，说刘伯温是吃药中毒死的，汪广洋知而不报。朱元璋得到了将汪广洋除掉的借口，立即下诏责汪广洋欺君犯上，贬戍云南；接着，又下诏赐死。

胡惟庸觉得事情就要败露，再不行动，那位多疑的皇帝就会先下手了。他在一种焦急、恐惧的心境中做出决定：一面用重金贿赂御史中丞涂节，答应事成后封官晋爵；一面又秘密与前来京城的日本贡使谈判，要求他们在自己失败后，掩护他退却。

洪武十三年（1380）正月，胡惟庸入朝，欺骗皇上说：“陛下圣明，德威远播，盛世祥瑞，喜事迭出。近日来，臣宅中有一眼井，忽然冒出甘泉，清凉甜润，实为罕见，请陛下临幸观看。”

朱元璋信以为真。第二天，他就抱着一种好奇心起驾出西华门，直奔胡宅。

忽有一匹快马冲上跸道。那人勒住马，来不及跳下来就气喘吁吁地要说什么，但是越急越说不出，脸上汗珠直冒，那马也因急勒而驻足，扬起前蹄直立起来“咴咴”嘶叫。朱元璋撩开轿帘，见是内侍云奇，怒斥道：“大胆，无礼！”

左右得令，上前把云奇从马上扯下，举棍乱打。霎时间，云奇被打得皮开肉绽。他的右臂快被打折了，却仍奋力举起，用手指着胡惟庸住宅的方向。朱元璋这才领悟，立刻返驾登城，遥望胡惟庸宅中，烟尘升腾，旌旗摇晃，料定是胡惟庸谋反。

朱元璋立刻命羽林军前往胡宅围捕。

涂节的亲信正在奉命观察动静，看到这些变化，马上转来报告涂节。涂节为了开脱自己罪责，急忙跑到皇宫奏报皇上：“陛下，胡惟庸忘恩负义，要反叛劫主……”

话刚说到这儿，羽林军以迅雷不及掩耳之势将叛军包围歼灭，把胡惟庸绳绑索捆，押到了皇上面前。

朱元璋亲自审问：“胡惟庸，朕委你重任，待你不薄，为何谋反？”

“臣不敢！臣确实以为井出醴泉是祥瑞之兆……”

涂节立刻出来作证，一一讲述了胡惟庸为了自己做皇帝不惜勾结外敌，内联叛逆，并以请皇上观泉为名，乘机弑主篡位。

胡惟庸吓得瘫软倒地，再也无法抵赖。朱元璋咆哮一声：“杀！”

左右卫上如狼似虎，一把将胡惟庸拉起，推至宫外，寸磔市曹。

朱元璋又下令将陈宁等一律正法。涂节虽然自首，究竟是胡惟庸同谋，也把他处死。又进一步追查胡惟庸党羽，诛戮达万余人。朱元璋因李善长、陆仲亨、费聚同自己原是患难之交，便暂将他们搁置不问。云奇伤重死亡，朱元璋大为悼惜，追封右少监，赐葬钟山。

翰林学士宋濂已经退休回家。他的次子宋璲与长孙宋慎，受胡惟庸党狱牵连，被处死。朱元璋还命刑部去捉拿宋濂来京。

马皇后听说后，心内恐惧，急忙进谏说：“民家为子请老师还能始终敬重，何况宋濂亲授皇子，独独就不能保他性命吗？”

“宋濂既为逆党，怎么能保他？”

“宋濂早已退休回家，怎么能知朝廷中事？”

“这些事，怎么是你妇人家能知道的？”

马皇后不敢再说什么，但她心里在琢磨如何才能救出宋濂。

宋濂一生经历了元、明两朝。他出身书香门第，在元朝时，他刻苦攻读，勤于治学，潜心著述。自受朱元璋聘请后，他对明王朝的建立和巩固，功勋卓著；他参与礼乐制度的建立，撰写诏告表文，并任编撰《元史》的总裁。他擅长诗文，道德、文章都受到人们称赞。

宋濂先被朱元璋任命为江南等处儒学提举，接着又做朱元璋长子朱标的儒学教师，同时给朱元璋讲解治理天下之道，后又任记录朱元璋言行起居的居注官。他的政绩是多方面的。宋濂以他深厚的儒学功底，结合前朝治理国家的经验教训，为朱元璋深入浅出地进行讲解，想促使他以仁治天下。他曾以《大学衍义》对朱元璋讲，身为人君，肩负着治理和教化的重任，要身体力行。

在他为太子讲书时，对前代兴亡事，都以自己的见识明辨是非曲直，要求太子的言行合乎礼法规范。他还陪太子和诸皇子在中都（凤阳）讲解武备韬略。

宋濂严于律己，宽以待人，处处小心谨慎。朱元璋每次接见宋濂都设座敬茶，甚至留他共餐，为政事一谈谈到深夜。宋濂本不会喝酒，朱元璋也要他喝上几杯。朱元璋说："宋濂侍朕十九年，未尝有一字之伪……"

然而，随着朱元璋猜忌的加剧，他时刻都在想的是那些开国的文臣武将会给他的权力带来威胁。宋濂对此已有所了解，所以在洪武九年（1376），向元璋恳请告老回家。转年正月，宋濂乘船回到金华老家。

回家后，他不为子孙置产业，除读书著述外，还辅导乡里好学的儒生，其中宁海人方孝孺后来成了建文帝的老师……

自从老友刘伯温死后，宋濂得到深刻教训，在家里不仅不问政事，连有人来求文墨也一概谢绝。谁料横祸仍不能免。宋璲、宋慎被杀后，朱元璋连这位退休老臣也不放过。

马皇后见为宋濂求情无效，便在朱元璋吃饭时故意不摆酒肉，朱元璋问她为什么，她流泪说：“妾闻宋先生就要受刑，不胜痛惜，愿为诸儿给他服丧！”

朱元璋听了，郁郁不乐，放下筷子走了出去。不久，朱元璋下令免除宋濂死罪，流放到茂州（今四川茂县北）安置。

洪武十四年（1381）五月，宋濂和随行的人走到夔州后，在一座寺庙内休息。宋濂躺下就起不来了，他睁开眼看着面前的佛像，叹气说：“佛家常说报应之类，看来这也是骗人的！”

他知道自己活不多长了，便连饭也不吃了，于五月二十日与世长辞，享年七十二岁。

胡惟庸一案的扩大化是朱元璋一手制造的，目的是借机杀掉他认为对他有威胁的人。这一次，朱元璋以谋反罪共杀了三万多人。

洪武十四年（1381）秋，诏命傅友德为征南将军，蓝玉为左副将军，沐英为右副将军，率步骑三十万，出征云南。

云南，自汉武帝时设云南郡，唐朝为段氏所据，国号大理。元世祖南下擒段兴智，派第五子忽哥赤为云南王，与段氏协同镇守云南。忽哥赤死后，他的儿子松山受封为梁王。元顺帝时，把匝剌瓦尔密袭梁王位。等到元主北去时，朱元璋因云南地处偏远，没有派兵，只让翰林院侍制王祎去招谕梁王。后元嗣主派使臣到云南征饷，将王祎害死。接着，明朝又派湖广行省参政吴云招降，又被杀，所以不得不用兵征讨。

傅友德等到达云南，元梁王把匝剌瓦尔密派平章达里麻率兵十余万，在曲靖抵御明军。傅友德采纳沐英建议，派精兵日夜兼行，到达曲靖东北的白石江。这里离曲靖城不过数里，大批队伍到了江边，佯作准备渡江，暗中遣奇兵，从下流潜渡，猛然出现在敌后，扬旗擂鼓，达里麻不得不分兵抗击。沐英见敌军已动，忙麾兵渡江，攻破敌兵前队，元军撤退。

沐英趁机率铁骑横冲而入，直抵达里麻营中，大喝一声挺枪刺去，达里麻被吓得栽于马下，被明军俘虏。其余元军被俘二万余人，尸横十余里。

友德又令蓝玉、沐英直趋云南，自己率兵到乌撒（今威宁、赫章等地），作为声援。梁王知道达里麻失败，便逃入罗佐山，后来看没有出路，与左右丞自刎身死。蓝玉、沐英所向披靡，东川、乌蒙（今云南昭通市）等地统统投降。

这时候只有大理还未攻下。大理背倚苍山，前临洱海，由酋长段世固守。沐英令王弼、胡海二将绕到大理背后，从山林中杀出，自己从正面杀入。两面夹攻，段世被擒，大理攻克。沐英又取鹤庆，破丽江、石门关等地，其余各部落一律降服，云南平定。

沐英留守云南，傅友德、蓝玉班师回朝。

元嗣主爱猷识里达腊于洪武十一年（1378）谢世，他的儿子脱古思帖木儿继位，仍不时犯边。徐达、汤和等奉命防御，生擒元平章别里不花，元兵败退。徐达平日训练士卒，整修城池，严加戒备，蒙古势力日渐衰弱，再不敢贸然进犯。这位戎马一生的老将军身体也逐渐支持不住，积劳成疾，一病不起。洪武十七年（1384）闰十月，徐达在北平病重，朱元璋遣使将他接到南京。

徐达背上长了痈疽，回家经过疗养刚刚见好。这种病最怕荤腥发物，而皇上听说他渐好，偏偏赐他蒸鹅一只，徐达已知皇上用意，不得不吃。当他含泪吃了皇上所赐蒸鹅后，很快便病重而死。这是洪武十八年（1385）二月二日的事，时年五十四岁。

徐达死前把为他治病的大夫叫到床前，要他们赶快远离，否则有被诛的危险。大夫们立刻叩谢徐达大恩，纷纷逃走。

徐达死去的前一年，也就是洪武十七年（1384），刚刚四十六岁的大将李文忠突然死亡。

李文忠自小跟着舅舅征战，敢打敢拼；同时他还爱读书，办事谨慎。他有许多好的建议被朱元璋采纳。但自朱元璋当了皇帝后，他的建议就很少被采纳了。李文忠曾劝朱元璋对功臣部将少加诛杀，又劝他身边不要设过多的宦官。胡惟庸案一出，有人告发胡惟庸私通日本，朱元璋一度想举兵远征，李文忠也出头谏阻。这些事都让朱元璋恼怒，认定是李文忠的儒生门客为他出了坏主意，不但严厉训斥了李文忠，还把他身边的门客全杀了。从此，深知朱元璋为人的李文忠经不起这场惊吓，竟一病不起了。

洪武十六年（1383）底，李文忠病倒，转年病情加重，朱元璋先派太子看望，并指定淮安侯华中负责督理给李文忠看病。后来，朱元璋又亲自去探视，虽然说了许多安慰的话，但在朱元璋去后的第二天，李文忠就去世了。

朱元璋怀疑是华云龙的儿子华中在药里下了毒，但无证据，只得贬去华中爵位，将他与家属一起流放到建昌卫边远地区。那些给文忠看过病的大夫及其妻儿，朱元璋下令一律斩杀。

洪武十五年（1382），马皇后病危，群臣议请良医，马皇后知道以后，坚决拒绝，她对朱元璋说："妾已病重，只得听天由命了，世有良医也不能起死回生。不必再请大夫了，如服药无效罪及大夫，反而增加了妾过……"

朱元璋见她已奄奄一息，不再勉强，问她还有什么遗言，马皇后说："妾与陛下，出身布衣，赖陛下圣明得为皇后，心愿已足，还有什么话说？只是妾死以后，还愿陛下亲贤纳谏，慎终如始……"说罢去世。

洪武十三年（1380），胡惟庸被处死以后，李善长、李存义都受牵连。存义与胡惟庸是儿女亲家，李善长与朱元璋也是儿女亲家，因此，朱元璋赦李善长兄弟死罪，善长被赦免，存义被贬至崇明。开初，李善长还有些提心吊胆，后来时间一长也就放下心来。岂不知朱元璋记恨在心，一直在观察他的行动。

洪武二十三年（1390），李善长已经七十七岁了，他又要为儿孙置产，再造府第，并从卫国公汤和那里借了三百个卫卒。汤和虽然答应了他，但怕受连累，赶紧密报元璋，元璋暗骂他不知好歹。

四月间，京城有数百吏民，受胡案牵累，要充军边疆，内有丁斌是善长私亲，善长替他说情求免，越发激怒了朱元璋。朱元璋下令将丁斌抓起来审问。

丁斌本来给胡惟庸家办事，一经拷问，反将李存义当时如何联络李善长等人的事和盘托出。刑官上报皇上以后，又将李存义父子捉来严刑拷问，存义父子熬不住，就把反叛情由推到李善长身上。这时，就连李善长的家奴也去告发，说是曾见胡惟庸到李善长家，东西对坐，一个说一个点头。御史们为了表白与李善长没有关联，弹劾的奏章纷纷送上来。这时又赶上天上星相有变化，占卜的人说此星应在大臣身上，应该严惩。于是，朱元璋再也不讲情面，赐李善长自尽。

羽林军闯入李善长的家，查抄抢掠，闹了个天翻地覆。

七十七岁的李善长连带老妻、子女和弟侄等七十余口锒铛入狱。临刑时，李善长用颤抖的双手捧着洪武三年（1370）皇帝赐予的诰命铁券，仰天哭道："'除谋逆不宥！其余若犯死罪，尔免二死，子免一死！'免死，免死，谋逆，谋逆！欲加之罪，何患无辞！"

一切都晚了！

朱元璋赦免了自己的女儿临安公主和驸马李祺，以及他们的两个孩子，把他们流放到江浦（今江苏浦口）。

吉安侯陆仲亨、延安侯唐胜宗、平凉侯费聚、南雄侯越庸、江南侯陆聚、宜春侯黄彬、豫章侯胡美、荥阳侯郑遇春等一并坐狱处死。

就在朱元璋日夜谋划剪除功臣，护卫他的家天下万世一统的时候，他的皇子们并不和他的想法一样。鲁王檀好饵金石，毒发致死，朱元璋谥他为荒，那寓意是骂他荒唐。潭王梓有心谋变，弄得夫妇俱焚。

潭王梓的母亲阇氏原是陈友谅的妃子，在朱元璋打败陈友谅时将她占为己有。潭王梓本是陈友谅的遗腹子，朱元璋并不知情，封王时将梓封在长沙。朱梓临行辞母，阇氏问道："你的封国在哪里？"

"长沙。"

"这是谁封的？"

"父皇所封。"

"你父亲在哪里，他又怎能封你？"

朱梓一听，十分惊异，马上跪下，询问详情。阇氏禁不住大恸，痛哭了一阵，才一边流泪一边叙说他的来历，最后说："母亲之所以屈身事仇，实是为了保你这点骨血，你今天既已长大成人，千万不能忘了前仇，不要忘了你的亲生父亲！”

梓饮泣而去。到了长沙，终日闷闷不乐，只同府僚们饮酒、作诗聊作消遣，同时与心腹们商量谋反。不久，他就听说岳丈于显和妻弟于琥都因胡惟庸案被杀。他想自己不反朱元璋，朱元璋也会找上门来，谋反的计划更加紧进行。果然，朱元璋派人来召他回京。朱梓害怕谋反的计划已被泄露，悲愤地对妻说：“宁见阎王，不见贼王！”

潭王梓纵火焚宫，夫妇俩相携投火，霎时被烧成焦炭。梓的母亲阇氏听到消息，忧悔成疾，不吃不喝，没过几天也就死了。

太子朱标性情仁恕，见他父亲如此残杀，心中不忍，进谏受责，心中怏怏。朱元璋觉得关中险要，意想迁都，而被封在关中的秦王樉恐怕失去封地，颇有怨言。朱元璋一怒之下召他来京，把他拘留了起来。又命太子亲往关中，视察可否建都，同时调查秦王在那里的过失。

朱标去调查以后，向元璋报告秦王无罪，哭着请父皇赦免。朱元璋不信，太子更加忧惧，日久成疾，于洪武二十五年（1392）病死。

就在这年六月十七日，镇守云南的大将沐英得知皇太子已死，感念自幼作为朱元璋的养子时，与朱标的手足之情，竟悲痛欲绝，呕血不止，终于溘然长逝。

朱元璋生二十四子，各自封王。其中，他对燕王棣特别钟爱。朱标死了以后，朱元璋就想立朱棣为太子。学士刘三吾说：“皇孙已经成长，孙承嫡统是古今通礼，若立燕王，那么秦王、晋王怎么办？弟不可在兄先，臣以为不如立皇孙。”

朱标在时，凉国公蓝玉常相往来，自北征还都后，曾对太子说："臣看燕王的举动行止，简直如皇帝一般，愿殿下事先预防。"

朱标宽厚，没有多想，回答说："燕王待我很恭敬，不会有别的事。"

"臣蒙殿下优待，所以密陈利害，但愿臣言不会应验。"

蓝玉退出后，不料有人听见了他们的谈话，传报燕王，燕王恨得咬牙切齿。既然太子薨逝，燕王入朝，对朱元璋密告说："儿看在朝公侯，有的纵恣不法，如此发展下去，恐怕会成尾大不掉之势，应早处置。"

这话正和朱元璋的想法不谋而合。燕王本意是指蓝玉，请皇上严惩。元璋没有表示什么，蓝玉依旧桀骜不驯，一切不加检点，恰好在战争中又俘获一些敌人将领，威焰更盛。朱元璋冷眼相看，并不升爵。到了册立皇太孙以后，朱元璋只命蓝玉兼太子太傅，却另召冯胜、傅友德回朝，令兼太子太师。蓝玉生气地一甩袖子说："难道我就不配做太师吗？"

从此，蓝玉心里不平，更加怏怏不乐。每逢入朝侍宴，一切言行都表现得妄自尊大，朱元璋越加疑忌，无论蓝玉上奏什么事情，一概不准。蓝玉私下对僚友们说："他已经疑我了。"

这话仍然传了出去，专门作皇上耳目的特务机构锦衣卫中的蒋瓛紧紧盯着蓝玉和与他交往密切的人。经过跟踪调查，蒋瓛密报给朱元璋，说蓝玉与鹤庆侯张翼、普定侯陈垣、景川侯曹震、舳舻侯朱寿、东莞伯何荣，以及户部侍郎傅友文等正在密谋策划，准备在皇上出宫去祭祀天地、耕田的路上，乘机劫驾。

朱元璋立刻命锦衣卫发兵，将蓝玉等统统带到殿前。朱元璋亲自审问后，即交刑部上枷下狱。审问的供词，不论是真是假，一律当真。

有一次审讯由皇太孙允炆和吏部尚书詹徽主审。蓝玉不服，詹徽高声问道："快讲，还有哪些同党？"

蓝玉想了想，对允炆说："罪臣原不敢讲，今天殿下在场，我就实说了吧，詹徽就是同党！"

詹徽一下子蒙了。

皇太孙立刻下令，将詹徽也抓起来下狱。

就这样，凡与蓝玉有过来往的文臣武将、普通吏员，以及他们的族属一律斩杀。这一次，又杀了大约五万五千人。

下一个倒霉的是傅友德。洪武二十五年（1392）二月，傅友德向朱元璋请求，把怀远的九顷多官田拨给他作园圃。朱元璋看了奏折很生气，立刻回信说："你的俸禄已经够多了，还来索取官田与民争利，是何居心？"

在蓝玉被杀后，每次跟着傅友德征战的战将王弼悄悄对傅友德说："皇上年高，说话做事让人捉摸不透，从十三年到现在，已经两次兴起大狱，许多有功的将帅都被牵连进去了。我们今后是不是也会死于非命？"

王弼出自肺腑的担心，傅友德也有同感，但他深知这样的私下议论会引起什么后果，所以没有搭茬儿，立刻把话题引向别处。谁知隔墙有耳，锦衣卫特务到底还是把这番话传给了朱元璋。

朱元璋在战争期间非常重用武将，而到了太平以后又把他们看成是皇权的障碍。汤和老将最为明智，洪武十九年（1386）就主动告老还乡，不问国事。朱元璋本希望许多人都学他的样子，可直到二十五年（1392），有些武将还不响应，朱元璋早就耿耿于怀。这次，王弼与傅友德的谈话恰巧让朱元璋抓住了把柄。

朱元璋先杀了王弼，又在二十七年（1394）十一月二十九日通知大宴文臣武将。当时，傅友德的长子傅忠为驸马都尉、次子傅让为金吾镇抚，均在御前值班。朱元璋见傅让没佩箭囊，说他傲慢无礼，傅让谢罪退出。傅友德起身打算赔罪，朱元璋又斥责他大不敬，大叫道：“把你两个儿子给我叫来！”

傅友德奉命出殿。刚走到殿门口，卫士传旨：“携二子首级来见皇上！”

真如晴天霹雳！傅友德顿觉天旋地转，两腿瘫软，呆呆地站了一刻才蹒跚走出。君要臣死，臣不能不死。傅友德已经明白，大祸临头，再也无法避免。

不多时，傅友德手提两颗血淋淋的人头，不再有任何犹豫，腾腾地迈着大步，走到朱元璋面前。

朱元璋一看，反而故作吃惊，痛斥道：“你怎么如此残忍？莫不是怨恨我吗！”

傅友德也不答话，嘴角痉挛，热血沸腾，怒吼道：“你不是要我们父子的人头吗？”

他一边吼着，一边拔出佩剑，当场自刎。开国武将颍国公就这样结束了一生。

洪武十四年（1381），傅友德、沐英、蓝玉平定云南以后，占据东北的元将纳哈出拥兵数十万，仍有很大势力，屡次侵扰辽东。洪武二十年（1387），朱元璋命冯胜为征虏大将军，傅友德、蓝玉为左右副将军，还有常遇春的儿子郑国公常茂、李文忠的儿子曹国公李景隆、邓愈的儿子申国公邓镇等人。常茂是冯胜的女婿。

冯胜率军出长城，在大宁、宽河、富峪分别筑城，切断纳哈出与元中路军的联系，然后出兵进击。纳哈出见难以抵挡，要求投降。冯胜派蓝玉率轻骑受降。在酒宴上，蓝玉将外衣脱下，披在了纳哈出身上，表示友好，纳哈出不受，对左右说了些蒙语。常茂在座，他的部下有懂蒙语的，告诉常茂纳哈出可能要逃。常茂冲上去将纳哈出扭住，纳哈出反抗，被常茂举刀砍伤臂膀。都督耿忠等拥着纳哈出去见冯胜。冯胜对纳哈出好言抚慰。于是，纳哈出部下归降四万多人，加上辽东所部，共有二十余万人。纳哈出的两个侄子起初不肯降，经冯胜派人劝谕后，也率部来降。

冯胜班师回京，朱元璋派使出迎，慰劳冯胜、傅友德、蓝玉等诸将士。冯胜奏明常茂冒失从事差点儿惊散降众。常茂不服，攻击他的老丈人冯胜。经调查，有人告发冯胜私匿良马、强纳敌女，还说他曾派人到纳哈出妻子面前索要珠宝。朱元璋将冯、常翁婿一起治罪。常茂被谪至龙州，冯胜被收回大将军印绶，回归凤阳。

蓝玉被杀的当月，冯胜被召回京。洪武二十八年（1395）二月，在颍国公傅友德被逼自杀两个月后，有人告发冯胜家门前稻场下面藏有武器，意指冯胜图谋不轨。

朱元璋把冯胜召去，向他说了此事。冯胜坦然解释道，那是用木板铺了个走廊，并无什么武器。朱元璋斟了一杯酒递给冯胜说：“没有这事就好，朕不会轻信的。”

冯胜以为这下子可以放心了，尽情宴饮。谁知喝得踉踉跄跄走回家后，竟当夜七孔流血而死。明朝开国的最后一员猛将，也是朱元璋最后一块心病消除了。

洪武二十八年（1395）八月，急流勇退的老将汤和，病殁于凤阳老家，算是寿终正寝。

真是“兔死狗烹，鸟尽弓藏”。史家统计，洪武三年（1370）所封功臣三十七人，后来自己被杀的十五人，儿子袭爵后被杀的五人，共二十人；自己因罪被除爵的二人，儿子袭爵后充军或除爵的九人，共十一人。这两项加在一起，三十七家功臣中，被杀、被充军除爵的共三十一人，其中还不包括被暗害死的。朱元璋生前几乎将功臣宿将斩杀殆尽。

朱元璋既然迭杀功臣，所有守边事宜，改令皇子专任。燕王朱棣最为英武，朔漠一带统归他防守。洪武二十三年（1390），朱棣率师出古北口，收降元太尉乃尔不花。洪武二十九年（1396）他又率师到撤撤儿山，擒斩元将孛林帖木儿等数十人。

洪武三十一年（1398），朱元璋已年老多病，他诏谕燕王说：“朕之诸子，汝独才智，秦晋已薨，汝实为长。攘外安内，非汝而谁？尔基总率诸王，相机度势，用防边患，奠安黎庶，以答上天之心，以副吾付托之意！”

从此，燕王权力愈大，兵马益壮。

洪武三十一年（1398）闰五月，朱元璋死了，享年七十一岁。这时，统一大业基本完成。大明帝国的疆土东起朝鲜，西至吐蕃（今西藏自治区），南括安南，北距沙漠，东西一万一千七百余里，南北一万零九百余里，是十四世纪世界上第一大国。

第二十八回 智慧谋略家喻户晓 道德文章千古称颂

洪武十年（1377）夏天，监察御史李铎奉旨到武阳村来取《观象》《玩占》等书籍、文稿。刘伯温的长子刘琏（字孟藻），当即从石屋中将一个口袋取出，并随同李御史进京，晋谒朱元璋，说："先父基临终嘱臣，慎勿泄露，等丧葬毕即呈献皇上。臣未及送上，烦劳使者来取，罪当万死。现把先父所留，全部献给皇上，请陛下过目。"

朱元璋安慰刘琏说："你这样做是尽忠尽孝了。你就留在朕的身边吧。"

刘琏叩谢，并要求赐服回家，照顾母亲。元璋也不勉强，令赐宝钞三十贯，打发他回家。皇太子想到伯温先生的德才，召刘琏饮宴，又加赐宝钞五十贯。

七月间，刘琏被任命为考功监丞，不久又令他兼任监察御史。

洪武十一年（1378），刘琏被任命为江西右参政。

十二年（1379）六月三十日，刘琏因受胡惟庸党徒沈立本的威胁，坠井而死，年方三十二岁。

朱元璋知道以后悲叹不已，敕有司为刘琏护丧回里，皇上亲作祭文，派国子生陆居敬代为祭奠。

洪武二十年（1387）到二十三年（1390）间，功臣们死的死了，杀的杀了，朱元璋也到了晚年，回首往事，愈觉刘伯温对他最好，自己却亏待了他。这几年的年初岁末，他总是连续几天接见刘基、章溢、叶琛、胡深的子侄，夸赞他们父辈的道德才学，说："你们的父亲就是吃了些苦头，不过在朝廷也留下了好名声。"

朱元璋特别对刘伯温的次子刘璟说："我也常思念刘伯温。他在朝廷时，满朝都是这党那派，唯有他一人不随波逐流。他吃了他们下的毒药。他的大儿子也很厉害，不向他们低头，也让他们害了。这些反党都让我废了，连他们的坟墓也掘了。"

洪武二十三年（1390），李善长一家被杀以后，十二月间，朱元璋封刘伯温长孙刘廌为诚意伯，俸禄增到五百石。朱元璋原意让刘璟袭爵，刘璟说兄有长子，因而改由刘廌袭诚意伯。刘璟被授为阁门使。朱元璋这样做是承认刘伯温没有错。

刘廌袭爵第二年，就因事被贬回家。朱元璋死后，建文帝朱允炆和朱棣都想用他，他都以奉亲守墓为名力辞不出。刘廌以后，他的儿子停止袭爵。这主要是因刘璟不与朱棣合作。

洪武二十三年（1390），刘璟为阁门使，二十四年（1391）升谷王府左长史。刘璟与他父亲一样，读了很多兵书，喜欢与人谈兵法。温州叶丁香叛变，延安侯唐胜宗前去征讨，采纳了刘璟的建议取得胜利。回朝后，唐胜宗在皇上面前称赞刘璟的才略，朱元璋高兴地说："刘璟真不愧是刘伯温的儿子！"

后来，刘璟同朱棣弈棋，朱棣说："卿也不稍让一步？"

“该让则让，不可让者则不敢让！”

朱棣没再说什么，沉默中心生不满。

朱棣即位以后，召刘璟到首都，刘璟称病不去。朱棣一怒之下派人把他抓到京城。刘璟见了朱棣仍旧称他为“殿下”，而且说：“殿下百年以后，仍然逃不了一个‘篡’字！”

朱棣大怒，将刘璟投入狱中。刘璟并不屈服，在狱中自缢身死。

直到明代宗景泰三年（1452），刘伯温的七世孙刘禄才重新袭爵诚意伯。正德皇仍觉“恩典尚遗”，又追赠刘伯温为“太师”，谥文成。

在历代皇帝中，朱元璋出身卑微，他的祖父、父亲都是佃农，外祖是巫师。一方面，他不断地说：“朕本淮右布衣”“江左布衣”“出身寒微”，标榜自己是赤手空拳打天下的；另一面，又因出身卑微而存有自卑心理，怕人家瞧不起。因此，他像历代皇帝一样，极力制造“君权神授”和“真命天子”一类的神话。比如传说天上有二十八宿轮流下凡做人间君主，而在元天历元年（1328）朱元璋出生时娄宿星不见了，到洪武三十一年（1398）朱元璋死后娄宿复明。与此同时，也有“命世之臣”来辅佐他。而“未卜先知”的刘伯温就是这种神奇的“异人”。刘伯温被神化是为了陪衬朱元璋，也是封建皇帝以神权来支撑、维护政权的需要。拨开封建统治者所散布的层层迷雾，刘伯温实是元末明初的著名学者、伟大的政治家。

朱元璋在元末农民起义中崛起，独树一帜，力挫群雄，结束了长达二十多年各自占山为王的混战局面，统一了中国。这是朱元璋顺应历史潮流创造的历史功绩。刘伯温为他出谋划策，协助他完成了这一伟大使命。明朝仍是封建王朝，但与已经腐朽的元朝统治相比，社会渐渐走向安定，统治者对农民的剥削和压迫有所减轻，因而刺激了生产的恢复和发展，相对改善了人民的生活条件。朱元璋统一中国是有功的。刘伯温也是为祖国统一大业做出了贡献的功臣。

刘伯温在元朝时中进士，做官，后因受排挤回家。从他经历中，他深深地认识到元末政权的腐败已如将要倾圮的房屋无法修葺。他痛恨元政权坚持种族歧视，以种族和地域划分等级给予不同政治待遇的政策。元朝弊政的危害如天之降雨，无处躲藏。刘伯温心存大志，却尽忠无途、报国无门。由于对国家命运的关注，他看出朱元璋是群雄割据中最有希望的一个，因而在他五十岁的时候，毅然应聘，赴金陵参加朱元璋的队伍。这是刘伯温洞明时势、疾恶如仇、大智大勇的表现，是识时务的俊杰。

刘伯温在参加朱元璋队伍以后，为朱元璋北定中原、扫平四方割据势力、统一中国拟定了“征讨大计”，在多次关键性的战役中参与军机，运筹帷幄，立下了不可磨灭的功勋。

大明开国后，刘伯温为官清廉，刚直不阿，抗言劝谏，按律斩杀中书省都事李彬，秉公执法，在大封功臣中辞爵拒相，不结党营私，不计个人恩怨，不施报复，在遭受诬陷被夺去俸禄时还赴京自责。连朱元璋也不得不说这是“君子绝交不出恶言，忠臣去国不洁其名”的表现。

这些识大局、顾大体，不追名逐利，功成引退，甘居茅舍，吃粗茶淡饭的种种品德，都使人们千古称颂。

刘伯温博学多才，主张作文要“心随物迁，志与景超”“文与诗同生于心”“言生于心而发为声，诗则其声之成章也”“文以理为主”“理明而气昌”。这些文学主张与实践，都是有识之见。

他曾批评元末的文坛情况，说："近世之为文，非达官贵人及善谀，不谐于时。""为诗者莫不以哦风月弄花鸟为能事，取则于达官贵人而不师占，定轻重于众人而不辨为玉为石。"他这些注重思想内容，主张作品对社会有益的观点都是正确的。

收辑在《诚意伯文集》中的诗词有一千六百余首，文章有二百三十余篇。这些诗文具有时代气息和真情实感，实践了他自己的文学主张。有些诗作带有苍凉浓郁的情调，那是元末动乱和他无可奈何的心境的写照。

以《郁离子》为代表的散文作品，构思独特，寓意深邃。著名的《卖柑者言》揭露了当时社会的黑暗和权贵的可憎，也揭示了"金玉其外，败絮其中"的深刻哲理。

此外，刘伯温对哲学、经济、天文地理、医药建筑以及植物学等，也均有涉猎，并在他所处的那个时代达到了很高的成就。这些都丰富了中华民族的文化历史宝库。